友達以上探偵未満

麻耶雄嵩

角川文庫
22418

目次

伊賀の里殺人事件

上野城公園地図～伊賀の里ミステリーツアー

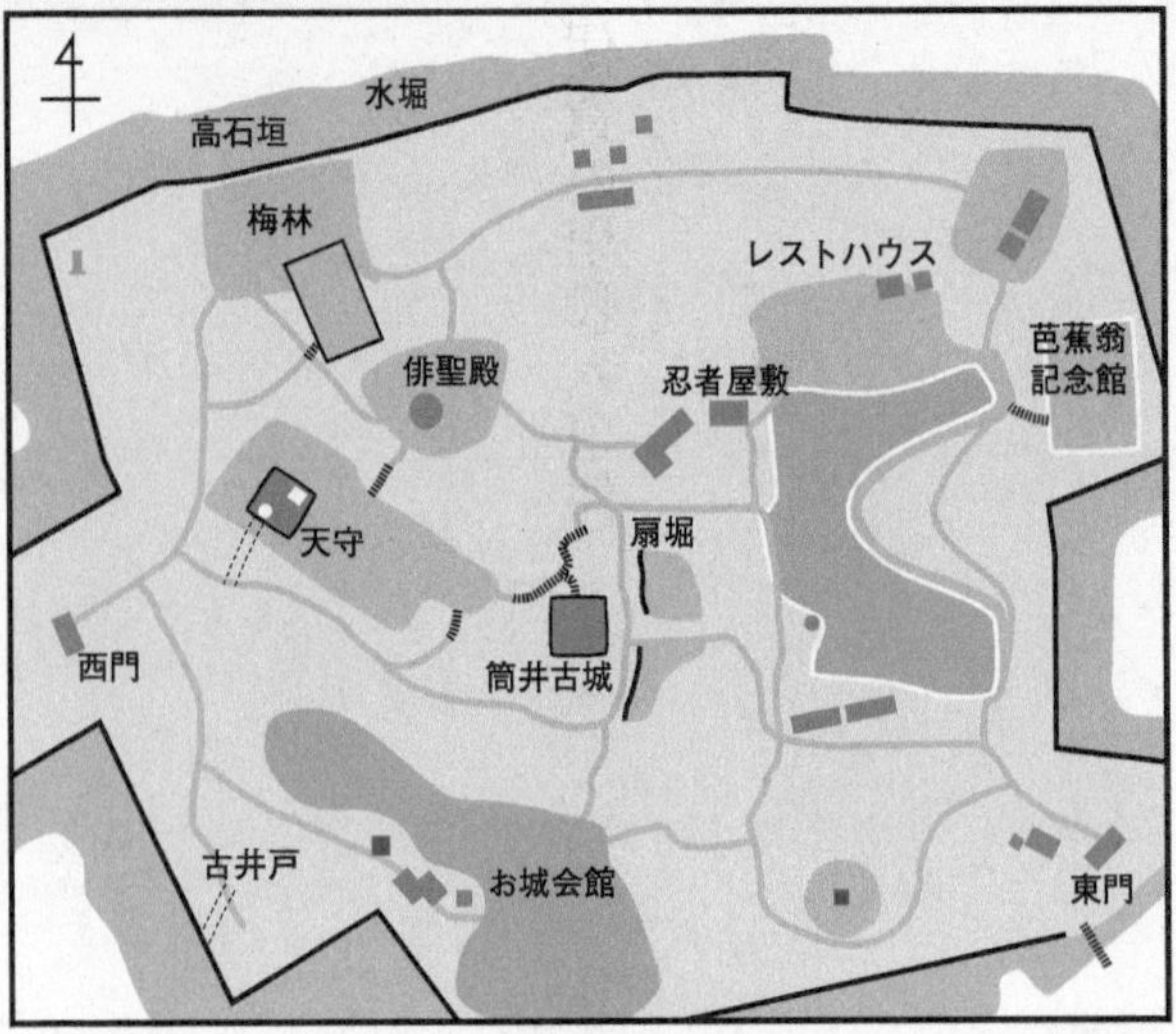

広小路正樹　芭蕉
広小路愛希　黒忍者
広小路陽太　青忍者

上林佑紀　　青忍者
上林絵梨子　黄忍者
西大手晴清　芭蕉

猪田道夫　　黄忍者
茅町一郎　　黒忍者

0

「君たちに頼みたいことがある」

遮光カーテンを閉め切った放送部のミキサー室。薄暗い中、机に両肘《ひじ》をつき顔の前で手を組み合わせた部長が云《い》った。

「なんですか、部長？」

いつもと違う真剣なトーンに、伊賀《いが》ももは警戒しながら尋ねる。黒縁メガネの奥が蛍光灯の反射でよく見えないのが、怪しさに輪をかけている。部長がこんな態度をとるときは、決まって説教だ。

なにかしでかした？

慌てて脳内のＲＡＭを探るが、心当たりはない。先週、話に夢中になりオレンジジュースをミキサーにぶっかけてしまったが、それは既にさんざん叱られている。

隣に立っている親友でライバルの上野《うえの》あおもゴクリと唾《つば》を呑《の》んでいる。今日は珍しく二人同時に呼び出されたのだ。

「週末に行われる『伊賀の里ミステリーツアー』の取材をしてほしい」

「え、私たちが取材を？」

説教でなくてほっとしたが、意外な内容に思わず問い返す。

「面倒くさそう」

あおがぽろりと洩《も》らす。彼女は感情を表に出さないタイプなので、表情こそ変わっていないが、その声には明らかにネガティヴな響きが籠《こ》もっていた。

「取材が面倒くさいとは随分な云い草だな。君たちはなぜ放送部に入ったんだ」

「それはミステリ研がなかったからです」

ももが即答する。入部した五月からこの二ヶ月あまり、何度も繰り返されてきたやりとりだ。あおもうんと無言で頷《うなず》いている。ミステリ研がないので最初、文芸部に入ったが、部員がみんな太宰治《だざいおさむ》みたいで馴染《なじ》めなかった。それでいつの間にか放送部に流れ着いたのだが。

「解った解った。放送部の問題児たちに訊《き》いた俺がバカだった」

部長は大きく溜息《ためいき》を吐いたあと、レンズの奥から鋭い眼光で睨《にら》みつけ、

「ともかく他の一年は既にノルマを済ませて、君たちだけが残っているんだ。取材レポートは一年の必修だからな。今年は新入部員が少ないから今まで大目に見てきたが、もし断るのなら、本当に退部してもらう」

机の抽斗《ひきだし》から取り出した退部届の用紙を、目の前でひらひらとかざされる。必要な箇

所は部長の小汚い字で埋められており、あとは記名するだけの状態だ。

「ええっ。せっかくの憩いの場が……」

ももがぶうたれると、あおも呼応するように、「静かな読書空間が……」と呟《つぶや》く。

「シャラップ！」

部長はどんと拳《こぶし》で机を叩《たた》くと、

「お前たちのせいで、他の部員まで気が緩み始めてるんだ。毎日毎日、菓子とジュースを持ち込んで、ぺちゃくちゃぺちゃくちゃ。放送部員なら少しは働け。働かざる者、在籍するべからずだ」

1

三重県伊賀市。西は奈良県、北は滋賀県、こっそりと京都府とも接する人口十万弱の山間《やまあい》の町は、伊賀忍者の里として、また松尾《まつお》芭蕉《ばしょう》の生誕地としてつとに有名である。そのおかげで毎年多くの観光客が伊賀を訪れている。

そんな伊賀をさらに盛り上げようと、市や観光協会の協力のもと計画されたのが、この『伊賀の里ミステリーツアー』だった。伊賀市内に点在する名所をクイズ形式で巡っていく企画で、五年前から月に二度、土曜午後と日曜午前の二日にわたって行われていた。

主催は市内のキャッスル伊賀というホテルで、初日は伊賀市内の各名所でクイズを解き、二日目は上野城《うえのじょう》公園内で同様にクイズラリーが行われる。そして上位入賞者には賞状代わりの巻物に加え、俳聖殿《はいせいでん》に自作の俳句が飾られる。

「早く！　こっち、こっち」

マイクを片手に持ったももは、空いた手であおの左手を引っぱった。あおの右手には小型のハンディカメラが握られている。

ももとあおは三重県立伊賀《いが》野《の》高校の放送部に所属している、高校一年生。二人とも白を基調に、ねずみ色の襟と青いリボン、紺のスカートというセーラー服を身に纏《まと》っている。伊賀野高校の夏服だ。左腕には忍者のシルエットをデザインした黄色い腕章を巻いていた。

「あ……日焼け止めクリーム忘れた」

あおが声をあげる。梅雨も明けたため日差しが強い。

「あとでドラッグストアで買えば」

「それじゃ手遅れなんだけど。幸福の女神と紫外線は待ってくれない」

透き通るような白い腕をあおがアピールしてくる。

「なら、ここが終わってから。そもそも昼まで寝てたあおが悪いんだから」

ポニーテールの黒髪を左右に揺らしながら、くりっとした茶色い瞳《ひとみ》でももは睨みつけた。丸顔でもちもちした頬に血色のいい肌は、どこかきな粉もちを連想させる。ももの家は代々伊賀に住んでおり、忍者の末裔《まつえい》とも云われている家系だ。その影響もあるのか、父親はただのサラリーマンだが、兄は公儀隠密《おんみつ》ならぬ伊賀署の刑事の職にある。

「低血圧なんだから仕方ない。これも宿命」

あおは切れ長の目で睨み返した。青みがかったショートカットの黒髪と対照的に、肌は雪のように白い。こちらは痩《や》せたいちご大福といったところ。

あおは父親の仕事の都合で二年前に東京の上野《うえの》から引っ越してきた。同じ上野でも伊賀上野ではなく東京の上野だ。苗字《みょうじ》も上野なので、トリプル上野。一人娘で母親は早くに他界しているため、今は勤務医の父親と二人暮らし。

中学二年の春にもものクラスに転入してきたあおは、クールで口数の少ない女子だった。だが同じ探偵志望ということでもともとはすぐに意気投合。梅雨に起こったひったくり事件をきっかけにタッグを組むことになる。とはいえ実は、ももはあおにおんぶにだっこなのだが。それから二人で学内の事件を解決したりして、もも（桃）とあお（青）で名探偵・桃青《とうせい》コンビとクラスでもてはやされた。

二人は学内だけでなく、ももの兄の伊賀空《そら》に協力して殺人事件なども解決しているのだが、全て兄の手柄になっているため、ほとんどの人間は彼女たちの活躍を知らない。

桃青コンビの快進撃は高校に進学したあともこっそりと続いているが、同じ中学から来たクラスメイトを除けば、部長のようにただのミステリ好きの一年生としか思っていない者ばかりだった。

「間に合った！　ちょっと、いいですか？」

ちょうど蓑虫庵《みのむしあん》の門から出てきた男女二人連れに、ももはマイクをつきだした。

蓑虫庵は芭蕉の門人が建てた古風な庵《いおり》で、芭蕉が訪れた際『蓑虫の音を聞きに来よ草の庵《いお》』と詠んだことから、蓑虫庵と呼ばれるようになった。民家やビルが並ぶ町中の一角に、今なお猫の額ほどの庭と草庵が涼しげに残されている。

ももはマイクに反応した二人連れ、一人は四十代半ばの中年男で、もう一人はアラサーの女だった。身長はどちらも百六十センチ台後半だろうか。女のみならず男の方もほっそりとした体格だ。二人とも彼女たちと同じ忍者の腕章を巻いている。腕章はこのイヴェントの参加者の印だった。

「少しお話を伺いたいのですが、よろしいですか？」

白い歯を見せインタビュアーらしいはきはきした口調でももが尋ねる。同時に背後のあおがカメラを構えた。

ホテル側から取材のことは聞いているらしく、二人はあっさり了承する。といっても女の方は渋々といった表情。断りの一つもなく細身のタバコに火をつけ、ぷかとやりだす。すぐにももの方までメンソールの匂いが漂ってきた。都会と違って禁煙区域がないとはいえ、マナーとしてはあまり褒められたものではない。

「ええと、広小路《ひろこうじ》愛希《あき》さんですか？」

ホテルから渡された参加者のリストを見ながらももは尋ねた。リストには名前の横に衣装の種別が記されている。

このイヴェントは参加者が芭蕉か忍者の衣装を、それぞれ身に纏ってクイズラリーをしている。いわばコスプレだ。主催者側で準備した衣装は全部で五種類。黒い僧衣に黄土色の宗匠頭巾《ずきん》を被《かぶ》った芭蕉の旅装束と、色違いの四種の忍者装束。忍者装束は頭から爪先《つまさき》まで、それぞれ黒、青、黄色、ピンクで統一されている。今回は八名が参加しているが、珍しくピンク色を誰も選んでいなかった。ももなら真っ先にチョイスするのだが。

そして目の前の女性は黒忍者、男性は芭蕉の旅姿をしている。リストによると黒忍者は二人で、男女それぞれ一人ずつ。女性の黒忍者は一人しかいないため、簡単に愛希の名前が特定できたのだ。

「そうだけど」と愛希は頷く。「ほんと、名前まで公開されるとは思わなかったわ」

いきなりプライヴァシーを意識したように、胸許《もと》にぶら下げていたサングラスで顔を隠す。目鼻立ちがくっきりとしたかなりの美人だが、今はタバコを咥《くわ》えた真っ赤な唇だけが目立っていた。

愛希がぼやくように、リストはももたちに渡されたものだけでなく、ホテルのロビーにも堂々と張り出されていた。

「まあ、悪事を働くわけじゃないし、いいじゃないか」

隣の中年男が宥《なだ》めるように彼女の肩に手をかける。

「やめて」

愛希は物憂げに男の手を振り払った。

「お隣のかたは広小路正樹《まさき》さんですか？」

リストによると芭蕉の衣装は二人いてどちらも男だったが、苗字が同じ方を当てずっぽうで聞いてみた。

「そうだよ」と正樹。口許に髭《ひげ》を生やし好色そうな笑みを浮かべている。

「ワイドロードの社長の広小路正樹だ。ワイドロードは公共事業から住宅地の造成まで手広く手がけていてね。元は小さな会社だったのを、親の代で……」

唾が飛んできそうな距離まで顔を近づけてくる。いきなり語り出したのでももが面喰《めんく》らっていると、

「こんな田舎で女子高生相手に自慢してどうするの？　ほんと見境ないのね」

呆《あき》れたように愛希が吐き捨てた。

「今日はどちらからいらしたんですか？」

「名古屋《なごや》だよ。名古屋の中村《なかむら》区にワイドロードの本社ビルがあってね。六階建ての自社ビルなんだ。入り口には大きな回転ドアがついていてね」

再び会社自慢が始まりそうだったので、ももは慌てて、

「ええと……お二人は夫婦ですか？」

その質問に正樹はニヤッとしたが、

「違う！」と、愛希がにべもなく否定した。勢い余って、言葉と一緒に紫煙も一直線にもものほうに向かってくる。「叔父《おじ》と姪《めい》」

「そうなんですか。ごめんなさい。それで今回はお二人で参加されたのですか」

「そのつもりだったけど……もう一人ついてきたの。余分なのが」

サングラス越しでも彼女がうんざりしたのが解った。

「その方は？」

「別の場所に行ってるわ。ええと、何とかの辻《つじ》」

「鍵屋《かぎや》の辻。荒木《あらき》又《また》右衛門《えもん》の仇《あだ》討ちで有名なところだよ」

髭を撫《な》でつけながら、得意げに正樹が補足する。

「そうそう、そんな名前だった。スタンドプレーで、叔父さんにいいところを見せたいんでしょ」

「そう云うな。あいつはあいつで頑張っているんだから」

「叔父さんは陽太《ようた》に甘いわ」

咎《とが》めるような口調。なにやら痴話げんかが始まりそうだったので、ももは慌てて質問を挟んだ。

「正樹さんは、伊賀にお詳しいようですね」

「伊賀というか芭蕉が好きなんだよ。芭蕉祭にはいつも投句しているんだ。ほら衣装も芭蕉だろ。このイヴェントに参加したのも上位に入れば俳聖殿に自分の俳句を飾ってくれると聞いたからだし。そうと知っていればもっと早くに参加したのに」

「下手の横好きで、いくら俳句を投稿しても一つも採用されないの。文才もなかったようね」

愛希が冷淡に説明する。

「俺の感性と審査員の感性が合わないだけだろ。芭蕉が審査員なら絶対に採用されてたさ」

「それって、感性が江戸《えど》時代のままってことじゃない？」

「……あ、ありがとうございました。イヴェント頑張って下さい」

礼もそこそこに、ももはそそくさと退散した。彼らの後ろ姿が見えなくなったのを確認してから、大きく息を吐く。いつもはぴんと伸ばしている背筋が、今は思いっきり猫背になっている。

「どうして他人の前でけんかできるんだろう。インタビューってこんなに疲れるとは思わなかった。あお、代わってよ」

「いや。私はカメラマン。最初にそう決めたでしょ」

閉店前のロシアのスーパーの店員のように、すげなく拒絶するあお。

「ハンディカメラよりマイクの方が軽いからって、こっちにしたのは誤算だった」

「ももはこういうの得意じゃなかったの？　事件の時はずかずかと他人の心に土足で踏

み込んでいくせに」

冷ややかな視線をあおが注いでくる。髪と同じ青みがかった瞳で射すくめられると、冗談でもぞくっとする。

「だって、容疑者なんて解決するまでは犯人みたいなものでしょ。気を遣ってあげる必要なんかないし。正義のためには許されるのよ」

「すごい使命感。正義の御旗のテロリストみたい。でもそんなところも好きよ」

だがももは、ぷくっと頬をふくらませたまま、

「おだてても無駄。あおだって私を前面に立てていろいろ引き出そうとしているくせに。いくら自分が人見知りだからって」

「適材適所。その代わり分析力や記憶力は私の方が上なんだし。ももは昨日のお弁当の中身すら覚えてないでしょ」

「たしかにそうだけど。でも、こんなに気を遣うとは思わなかった。私も日焼け止めを買ってこようかな」

容赦なく照りつけるドSな太陽を見上げながら、ももはぼやく。

「日焼け止めがインタビューとどう関係するの？　まあいいけど。次は……芭蕉の生誕地よ」

イヴェント用のイラストマップを見ながら、あおが指示する。芭蕉翁生家は蓑虫庵から一キロ半のところにある。

「えー、芭蕉の生家まで結構あるよぉ。ずっとここにいてみんなが来るのを待ったほうがいいんじゃない？」

ももは口を尖《とが》らせるが、

「手抜きすると部長が怒るでしょ。さすがにそろそろ爆発する頃合いだし。ちゃんと他のポイントの映像も押さえておかないと」

初日のポイントは、他に旧崇廣堂《すうこうどう》やだんじり会館など六箇所ある。それらを半日掛けて回るのだが、だいたい半径一キロの円内に収まるので、みんな街中をのんびり歩いて巡ることになる。

「それにもう既に蓑虫庵に来た人も多いだろうし。次へ行きましょう。一応、参加者全員に取材しないと。云っておくけど、もものマイクより私のカメラの方が重いんだけど」

イヴェント参加者は散策がてら徒歩で茶屋や土産屋に寄り道したりしているが、ももたちは当然そんな面倒は厭《いや》なので自転車で移動している。駅近くのショッピングセンターに寄って日焼け止めとペットボトルのジュースを買ったあと、両側に古寺が並ぶ寺町《てらまち》通りを颯爽《さっそう》と抜け芭蕉の生家に向かう。

芭蕉翁生家は芭蕉が三十近くまで過ごした家で、ほぼ当時そのままの姿で残されている。芭蕉は下級武士の出で、生家もこぢんまりとした江戸時代の典型的な木造家屋だが、庭の奥に小さな庵があり、そこで俳句を詠んだと伝えられている。

二人が自転車を停め中に入ろうとすると、生家の入り口で黄色い忍者がきょろきょろしながら中の様子を窺《うかが》っていた。

二十代半ばだろうか。小柄な女性で、バタ臭い愛希と異なり彫りが浅い和風な顔立ちをしている。目、鼻、口、それぞれのパーツも小ぶり。垂れ下がった右の目尻《じり》に泣きぼくろがついて、少し幸が薄そうな印象だ。

「あの、いいですか？」

マイク片手におそるおそる尋ねると、相手はびっくりしたように「あ、はい」と振り返る。心ここにあらずといった様子だ。

「もし、急いでいるのなら、無理にお願いはしませんが」

カメラを回しながらあおが確認する。

「大丈夫です。せっかく可愛い高校生が頑張っているんだから」

薄い唇で笑顔を作って女性は頷いた。

「可愛いって云われちゃった」

「はいはい。いいから先を」

眉一つ動かさず、あおは片手で促した。

「ええと、上林《うえばやし》絵梨《えり》子《こ》さんですか？」

黄色忍者も二人いるが、こちらも女性は一人だけ。特定は容易だ。

「はい」

「今日はどこからいらっしゃったんですか？」

「あま市からです」

「あま市？」

聞き慣れない名前にももが首を傾げていると、

「名古屋の西隣にある市です。あまゾネスというゆるキャラが有名で」

「ああ、あまゾネスの……あのボンデージ姿に白ネギを持った」

カメラマンのあおが声を上げる。彼女は妙なものに詳しい。

「そうなんだ……」

もものほうは姿を思い描こうとしても、全く想像がつかない。ネギのボンデージ？

仕方ないので次の質問に移ろうとしたとき、

「その前に、兄を見ませんでしたか？」

切羽詰まった声で逆に絵梨子が尋ねてきた。

「お兄さん？」

「あ、すみません。これじゃあ解らないですね。兄の名前は上林佑紀《ゆうき》。身長が百七十センチくらいの青い忍者装束です。歳は二十八でスタイルが良くて男前で、その上性格もすごくいいんです。優しくて、気配りもできて。この前も雨の中に捨てられた子犬を……」

「ご、ごめんなさい。青い忍者にはまだ遭遇してないんです。私たちも三時からインタビューを始めたばかりなので」

いきなり兄をべた褒めし始めたので、慌てててももが遮る。恋人ならともかく——それも面倒だが——とんだブラコン妹だ。

イヴェント自体は十二時から始まるが、今日は初日でもあるので、ももたちは三時から取材を始めていた。本当は二時半からの予定が、あおの寝坊で三十分遅れたのだ。

明日もあるのでずっとインタビューし続けるのも面倒なことに加えて、そんなに長く映像を撮れないという経費や容量の問題もある。田舎の県立高校の名も無き放送部。予算なんて雀の涙だ。その上今回は問題児たちのお試し取材。推して知るべしである。

「もしかして、あれ？」

空いている手であおが背後を指差す。振り返ると、青忍者の背中がちらっと見えた。

「お兄さん！」

絵梨子は甲高い声で呼び止めたが、こちらを向いた顔を見るや否や「すみません。人違いでした」と謝る。

「背格好がそっくりだったので」

「いいよ、いいよ」目尻を下げながら、青忍者は笑った。三十くらいだろうか。色黒で、鶏のように尖った口許に、小さな目がぎょろっと飛び出している。

「えーと」

とりあえず、にこやかに近づいてきた青忍者のほうから尋ねることにする。リストで確認して、

「広小路陽太さんですね」

　青忍者も二人しか参加していない。二人とも男だが、佑紀でないとなれば、簡単な消去法。

「そうだけど。君たちがホテルの人が話してた取材の高校生？」

　背後の絵梨子が「えっ」と大声を上げた。三人の視線が絵梨子に集まる。

「もしかして広小路愛希さんのご家族ですか？」

「又従兄弟《いとこ》だよ。愛希の名前を知っているということは、愛希の友達なの？」

「いえ……少し名前を知っているだけで」

　煮え切らない態度にぴんときたようだ。陽太はニヤッと口許を緩めると、

「もしかして上林佑紀の妹さん？」

「……はい。でも兄の名前はどうして」

「まあ、愛希からね。もともと顔見知りだったし」

　苦笑いする。たちどころに絵梨子は顔を青くして、

「まさかこれが本当の目的だったなんて。申し訳ありません、絶対に止めさせますので」

　水飲み鳥のようにぺこぺこ頭を下げる。これが平謝りというやつかと、ももは感心した。

「まあ、ほどほどにね。問題が起きると、どちらもダメージ受けるし」

　不揃いな前歯を大きく見せながら、陽太は笑った。とても感じがいいとはいえない笑

みだったが、本人はまるでイケメンがポーズを決めたかのように右手を振ってそのまま外に出ていく。

「なに、あれ」

背筋に悪寒を感じたももがぶるっと身体を震わせる。

「追って話を聞きに行かなくていいの？」

「いやっ。なんならあおが行けば。それより絵梨子さん、止めさせるって、何をですか？」

もものつぶらな瞳が爛々《らんらん》と輝く。事件の臭いには敏感なのだ。

「それは……」

もじもじと口籠もる絵梨子。

「もも、他人様のプライヴァシーに首を突っ込んじゃダメでしょ」

あおが叱ると、絵梨子は「……失礼します」とそそくさと駆けだしていった。

「あ～あ、逃げられた。あおのせいで。でも、どうする、この映像？　部長、こういうアクシデントは好きかな」

「頭の固い人だから、ワイドショー的なのは嫌うかも」

カメラを止めたあおは、小ぶりな肩を竦《すく》めた。

次の場所、かつての藩校だった旧崇廣堂の前に自転車を停める。赤門《あかもん》と慣れ親しんで

呼ばれている立派な正門をくぐった時、

「あの黄色い忍者、どこかで見たことあるような……」

映画村にある武家屋敷のセットのような崇廣堂の玄関に立っている男を認め、ももは足を止めた。三十代半ばだろうか、ひょろりとした細長い体型で度が強そうな白縁メガネを掛けている。ネズミのような逆三角形の顔は、頬にそばかすが残っていた。猫背できょろきょろと周囲を見回す仕草が、どこかオタクっぽい。

「あのメガネの人？」

あおは心当たりがない様子で首を傾げている。

「う〜ん、どこかで見たんだけどなぁ。あおが知らないってことは、見間違いかな」

眉《まゆ》根を寄せてももは首を捻《ひね》っていたが、次の瞬間、「思い出した！」と奇声を上げた。

同時にももは徐々に苛《いら》ついた顔つきになり、

「間違いない。前に話したでしょ。ほら〝ネオ芭蕉〟とか云う名前でネットで芭蕉の末裔を騙《かた》ってる不届き者」

「そう？　よく覚えてない」

興味なさそうにあおは呟く。記憶力がいいあおが覚えていないのだから、よほど関心が無かったのだろう。その態度がももの怒りにさらに火をつけたらしく、

「これだから東京者は。伊賀の人間にとって芭蕉はソウルマザーなの。俳句の心は伊賀心、詠めばお城の泉湧く、なの。勝手に末裔を名乗られたら困るの！」

耳許で小声でまくし立ててくる。あおはうざそうに手でももの口と顔を押しのけながら、

「そういえば、芭蕉に末裔は居ないの？」

「寿貞《じゅてい》っていう内縁の妻がいて、彼女の連れ子は居たけど。芭蕉の実子はいないとされてる」

「じゃあ、真っ赤な偽者なんでしょ。わざわざ相手にしなくてもよくない？」

「それが……」途端にももはトーンダウンする。「寿貞は連れ子以外に二人子供がいて、一応別人の子供ということになってるけど」

「つまり、芭蕉の子供の可能性がわずかに存在するわけか」

冷静なあおの要約に、ももは不承不承、

「限りなく黒に近い灰色だけど、黒とは断言できないのが。元が大昔の話だし。ただネオ芭蕉はホームページでも証拠をあげるわけでもなく、ひたすら子孫だと云い張っているだけだから。そもそも寿貞の末裔ですらなさそうなの」

「じゃあ、本当に無視しておけばいいんじゃない？　ホームページで息巻いているだけでしょ」

「そうもいかないの。ネットの一部では、芭蕉の子孫の面白俳句とか盛り上がってしまって。変に格好をつけたわけの解らない句で、とても俳句と呼べるような代物じゃなかったのに。『闇パセリ無限の輪廻《りんね》の継承者』って何のことか解る？　ネオ芭蕉の会心の

句らしいの。何よ〝闇パセリ〟って。毒が入って紫色になってそう」

ヒートアップするももと対照的に、あおはますます冷淡な口調で、

「私には理解できないけど、もう二十一世紀なんだしそんなのがあっていいかも。季語はパセリになるのか。ほんと、俳句のことになると過激な原理主義者に早変わりするね。いつもはあんなにいい加減なのに」

「私は原理主義じゃない。俳句を愚《ぐ》弄《ろう》するやつが許せないだけ！」

怒りの余り暴力も辞さない勢いに、あおは大きく溜息を吐くと、

「仕方ない……私がインタビューをする」

ももの手からすっとマイクを奪うと、替わりにカメラを押しつけた。そのままたすたと黄色忍者の方へと向かう。無愛想にマイクを突き出すと、

「猪田《いだ》道夫《みちお》さんですよね。今日はどういったつもりで、ここに？」

「えっ」不躾《ぶしつけ》な質問に猪田は一瞬戸惑ったようだが、「ああ、取材のＪＫか。ぼくは実は芭蕉の末裔なんですよ。ネオ芭蕉という俳号で句を詠んでます。なので一度はこのイヴェントに参加しないといけないと思ってね」

金色でネオ芭蕉と印字された名刺を、あおに手渡している。あおはちらっと見たあと、無造作にスカートのポケットに突っ込むと、

「そうなんですか。ところで芭蕉の末裔とうかがいましたが、本当なんですか？」

「本当です。十二歳の春でした。公園の桜並木を歩いていたら、いきなり空から芭蕉が

舞い降りて、『お前は私の末裔だ。これからネオ芭蕉と名乗り、世界に俳句を広めるのだ』とぼくに囁いたんです」

「それはホンモノですね」

「でしょでしょ。それよりおたくの後ろのJKが怖いんですけど」

　ぎりぎりと歯がみするももを気にしながら、猪田が訴える。

「気にしないで下さい。あの娘《こ》は俳句愛が暴走しているだけですから」

「おっ、お仲間か」意外にも、猪田は嬉《うれ》しそうだ。「やっぱり芭蕉の聖地だとJKすら俳句を愛してるんだな。でもそれならどうして暴走を。もしかしてあのJKも芭蕉の末裔なの？」

　浮かれた態度に、ももの臼歯《きゅうし》は摩滅しそうになった。

「でも、イヴェントは数年前から始まってるのに、どうして今頃になって参加したのですか？」

「誰も教えてくれなくて。知っていたらもっと早く参加してたよ」

　腕組みしながら憤慨する猪田。

「芭蕉の末裔なら、それくらい調べなさいよ！」

　それまでなんとか耐えていたももだが、傲慢《ごうまん》な態度に煽《あお》られ、思わず罵声《ばせい》を浴びせる。

「ん？　ぼくも仕事が忙しいんでね」

　自分が反感を持たれていることに漸《ようや》く気づいたらしい。猪田の声が少しとげとげしくなった。

「忙しいって、ホームページはあんな頻繁に更新しているのに。めっちゃくちゃ暇そうだけど」

すると猪田は途端に相好を崩し、

「なんだ、ぼくの熱心なファンか。それならそうと云ってくれれば。もしかしてツンデレ？」

「違ーう！」

「ご職業は、何をされているんですか？」

赤門の外は人通りが多い往来だ。一般の通行人がちらちら二人を見ている。なにせ女子高生と忍者が口論しているのだ、いやが上にも目立つ。噂が立てば自分まで巻き込まれそう、そう判断したあおが冷静に割って入ると、

「浜松《はままつ》で俳句教室を開いています」

「マジ⁉　俳句教室って、生徒が可哀想」

ももの批判に、猪田はむしろ挑発するように、

「残念ながら教室は大盛況で、もっと広い場所を借りようかと考えているくらいなんだ。芭蕉の末裔の実力を嘗《な》めてもらっちゃ困る。ところでおたくは何か実績があるのかい？」

当然ももには形になるような実績はなにもない。顎《あご》が外れたように大口を開け呆然《ぼうぜん》と

していたももだが、すぐに我に返ると、

「……話にならない。もう行きましょ」

相手をするのも汚らわしいとばかりに、あおの手を強く引っ張り外に出た。

「崇廣堂JK涙目虚無の蟬」

背後からネオ芭蕉の勝ち誇った一句が聞こえてきた。


旧崇廣堂から西へ進み、坂を下って鍵屋の辻に行く。かつて曾我《そが》兄弟、赤穂《あこう》浪士と並ぶ日本三大仇討ちの一つが行われた場所は、今は小さな公園となっている。入り口で自転車を停めると、中央の池の前で男が二人立ち話をしていた。青忍者と芭蕉。二人とも痩せぎすで同じくらいの背格好だ。リストによると芭蕉は二人で、一人は蓑虫庵で逢《あ》った正樹なので、残る一人の西大手《にしおおて》晴清《はるきよ》になる。青忍者も二人だけなので、彼が絵梨子が捜していた兄の佑紀だろう。佑紀のほうはたしかにイケメンだった。ただ妹の言葉の七掛けくらいだが。優しげというよりも、どこか気が弱そうだ。対して晴清の方は、こちらもそこそこの容姿で、意志が強そうな太い眉と鋭い目つきをしている。イケメンではなく運動部の男前という形容がふさわしいタイプ。

「先輩……諦《あきら》めてください……騙《だま》されて……愛希……絵梨子さんも……」

芭蕉の方が身ぶりを交えつつ、必死に何かを訴えている。風に乗って低い声が断片的に届いてくる。二人の表情からも、深刻な内容であることが解った。

「どうする？」

入り口脇の大樹の陰でももは尻込みしていた。移動中に多少クールダウンしたのもあるが、不穏な雰囲気にさっきまでのネオ芭蕉に対する憤りは全て吹き飛んでいた。空気が読めないと友人たちから罵《ののし》られるももだが、ここまであからさまだとさすがに察せられる。

「取り込み中のようだから、気づかれないように、帰ろう」

カメラを持つあおも同意したので、踵《きびす》を返そうとしたとき、

「お兄さん」

背後から聞き覚えのある声がし、黄色忍者が二人を追い越していった。

「また、あの人のこと追っかけ回してたの！　ここに来たのもそのためなんでしょう」

「絵梨子」

「絵梨子ちゃん」

男たちが振り返る。

「お兄さんは騙されているの。どうしてそれが解らないの！」

先ほどの大人しそうな印象とは裏腹にヒステリックな絵梨子の大声は、ももたちの耳にはっきりと届いてくる。だが聞こえてきたのはここまで。一塊となった青忍者、黄忍者、芭蕉の三人は、身ぶりを交じえながらぼそぼそっと諍《いさか》いを始める。

「よほどのブラコンみたい、あの人」

呆れるように呟いたあおは、触らぬ神に祟《たた》りなしとばかりに、そそくさと自転車に跨る。

「待ってよ。勝手に行かないで。私だけ出歯亀みたいじゃない」

もももあとを追って、慌てて自転車のペダルを漕いだ。

一通りスポットを回ってホテルまで引き返してくると、もう夕方になっていた。いろいろあった上に、七月の容赦のない日差しが追い打ちを掛け、ももはくたくたにくたびれていた。

「これで全員いけた？」

「一人まだ。黒忍者の茅町一郎《かやまちいちろう》という人」

リストで確認しながら、ぼそっとあおが答える。

「まだいるの？……もう、一人くらいいいんじゃないかな」

「まあ、一人くらいなら部長も気づかないかも」

珍しくあおが同調する。彼女もよほど疲れたようだ。普段から色白の顔だが、いつもより生気が薄く見える。

腕章を返すため木目調のシックな壁板で統一されたロビーの前を通ると、乳白色の布張りのソファーで愛希が黒装束のままスマホを弄《いじ》っていた。さすがにサングラスは外している。

「あれ、お一人なんですか？」

「あら、あなたたち。仕事はもう終わり？」

タバコを吹かしながら逆に尋ねてくる。前のガラスの灰皿の中にはすでに三本の吸い殻が載っていた。いずれも細身のメンソールで、吸い口には真っ赤な口紅が残っている。

「はい。明日も取材がありますから」

ももが頷くと、

「そう、明日もあるのね」うんざりしたように愛希が大きく伸びをする。「私もこんなところで油を売ってないで、さっさとシャワーでも浴びようかな」

「お連れの方は？　叔父さんでしたっけ」

「一句捻るためにまた蓑虫庵に行ったわ。本当に俳句が好きなの。下手過ぎて誰にも相手にされないけど」

最後にタバコを大きく吸ったあと、もみ消しながら愛希は立ち上がる。

「この服、結構蒸れるの。芭蕉のも重ね着で暑そうだし、夏服とかない？」

「はあ……一度も着たことがないので」ももが戸惑っていると、

「まあ、あなたたちに愚痴っても仕方ないか」

やれやれと肩を竦め、愛希はロビーの奥のエレヴェーターへと消えていった。

扉が閉まりエレヴェーターのランプが階を上っていくのをぼんやり見ていると、フロントから「茅町様」と涼しげな声が聞こえてきた。受付の女性の声だ。振り返ると、もう一人の黒忍者がフロントに紙を渡している。今日のクイズラリーの成績が明日の上野城公園内でのラリーのコースを決める。彼が渡したのはクイズの解答用紙だった。

　黒忍者は愛希と同じようにサングラスを掛けていて、その上背格好まで似ていたので、愛希がエレヴェーターの中からワープしたのかと錯覚するほどだった。だが、よく見ると、こちらは口許まで忍者のマスクで覆っていた。忍者のマスクは口許を覆うことも可能だが、夏ということもあり他の忍者はみな口を出していた。

「あの、茅町さんですよね。少しよろしいですか？」

　おそるおそる声を掛けてみたが、黒忍者は無視をして顔を背けるようにエレヴェーターへと向かっていく。

「なに今の」

　猪田に対した時とは違う怒りが、ももに湧き上がっている。今までの参加者は愛想は悪くても応じてくれた。

「こっちだって好きでやってるわけじゃないのに」

「それを云ったらお終《しま》い」あおはクールに宥めた。「とりあえず茅町さんも映像には収めたから、部長も納得してくれるでしょう。取材への協力はあくまで任意なんだし。何より向こうはお金を払って参加しているお客様。そろそろ帰ろ。私も早くシャワーを浴びたい」

　フロントの大時計を見ると五時を少し回っている。

「まあ、明日もあることだし。あお、明日こそは絶対に起きなさい」

電源がオフになったマイクを突きつけ、ももは執拗《しつよう》に念押しした。

「でも大事な週末がこんなことで潰《つぶ》れるって、ホント最悪」

古風な景観で統一された商店が軒を並べる銀座《ぎんざ》通りを、颯爽《さっそう》と自転車で風を切りながらももはぼやく。ポニーテールが吹き流しのように後ろになびいている。

「本を読む時間が減るのは困るけど。でもそんなこと云うって、デートの予定でもあったりする？」

併走するあおが尋ねると、

「まさか。あおとの大阪デートなら行ってもいいけど」

「梅田《うめだ》の古書店巡りにつきあってくれるなら」

「ええ〜。USJとか海遊館《かいゆうかん》じゃないの？」

「ももはミステリ好きなのに、ほんと本を読まないね」

「私はドラマ派だから！」

正面を向きながらももが叫んだ。前を歩いていた婦人が呼びかけられたのかと足を止め振り返るが、ももたちはその脇をすいーっと通り過ぎる。

「それでよくミステリ研に入る気になれるね。もし伊高にミステリ研があったら、確実に先輩からバカにされてた。一日一冊はミステリを読むよう修行させられるとか」

「大丈夫よ。何にもしなくても放送部にいられてるでしょ。放送部の部員が少ないからだけど。仮にミステリ研があっても、少ないだろうから無下には扱われないはず。少子化万歳ね」

「ホント、ももは無邪気ね」

西日を右半身に浴びながら、二人の自転車は徐々に小さくなっていった。

＊

お城近くのキャッスル伊賀の最上階にある展望レストランからは、ライトアップされた伊賀上野城が一望できる。昭和初期に新たに建てられた模擬天守なので、昔からある基礎の石垣とサイズが合っていないが、それでも八十余年の歳月を重ねた貫禄《かんろく》ゆえか、白鳳《はくほう》城の愛称にふさわしい純白で優美な姿を浮かび上がらせている。

イヴェント参加者はみな七時から、このレストランで晩餐《ばんさん》をともにしていた。もちろん全員コスプレを解き私服に着替えている。

ローマ建築のようなアーチ状の天井から吊《つる》されたシャンデリアの橙《だいだい》色の光に照らされたテーブルに、前菜、スープ、パスタと続き、伊賀牛《いがぎゅう》のローストビーフが運ばれてきた。肉の上にはバルサミコソースがかけられ甘酸っぱさを匂い立たせている。

……おいしそう。

ともすれば涎《よだれ》が零《こぼ》れ落ちそうになるのを我慢しながら、ももはカメラを構えていた。

あおは脇のテーブルに座り、涼しげにアイスティーを飲んでいる。

家に帰るとすぐに部長から連絡があり、夕食の場面もカメラに収めるように命令された。「聞いてない」と抗議したら「ちゃんと聞いてなかったのか」と逆ギレされた。更に「念のため確認してみたら、やっぱりか」と毒づかれる。

部長の小言が終わったあと、あおに電話すると「云ってたけど、無視した」と返ってきた。聞いてなかった自分より酷《ひど》いというか、さすがあお、肝が据わってるなと感心してしまった。

仕方なくホテルにとんぼ返りし、豪勢な料理を目の当たりにしながら、カメラ片手に働いている。といっても食事の邪魔は出来ないので、遠巻きに撮影するのみだ。カメラは一台しかないのであおとは交代交代。今はあおの休憩タイムだった。

「伊賀牛は知名度こそ大差をつけられているが、松阪牛《まつさかうし》に比肩するくらい美味《おい》しいんだよ」

講釈しながら舌鼓を打っているのは正樹だった。愛希と陽太の三人でテーブルを囲んでいる。愛希は漆黒の忍者姿と打って変わって、華美なピンクのイブニングドレスを身に纏っていた。

隣のテーブルからは一人の男が愛希の姿をじっと見つめている。視線を感じたのか彼女はちらっと見やったあと、向かいの席の陽太を睨みつけた。

「また、あいつこちらを見てる。陽太、あんたがこのことを教えた？」

「まさか」

へらへらしながらも陽太は強く否定する。

「ったく。あんたじゃなきゃ誰だっていうの？　せっかくの美味しい料理がだいなしでしょ」

眉をつり上げて抗議するが、陽太は取り合わない。愛希は音を立ててワイングラスをテーブルに置くと、

「じゃあ、直接訊く」

云うが早いか、つかつかと隣の佑紀たちのテーブルまで近寄る。

「どうしてここにあなたがいるの」

「どうしてって、僕は忍者に興味があって参加しようと思っただけだ。た、ただの偶然だよ」

気圧《けお》されるように視線を逸《そ》らせて佑紀は答えた。声があからさまに震えている。

「誰に訊いたの。陽太でしょ」

「愛希さん！」

向かいに座っていた絵梨子がすっくと立ち上がる。鮮やかなレモン色のワンピースの裾《すそ》がふわりと揺れた。彼女は愛希を睨みつけると、

「みんなの注目を浴びていますよ。それでもいいんですか」

感情を抑えた口調で、そう云った。愛希は周囲を威圧するように「ふん」と見渡しな

がら、

「あんたもお兄さんのことが大好きなら、ちゃんと首に縄をつけときなさい」

捨て台詞《ぜりふ》を吐き、大股《おおまた》でテーブルに戻る。

絵梨子は再び座るなり口を尖らせた。

「お兄さん、どれだけ未練がましいの。こっちが恥ずかしい」

「まあまあ、絵梨ちゃんも目くじら立てずに。ワインでも呑んだら。すごく美味しいから」

西大手が宥めながら斜《はす》向かいのグラスにワインを注ぐ。

「偶然を装うために、私たちはお兄さんに利用されたの。解ってる？　晴清さん」

「解ってますって。だから鍵屋の辻でも説得してたんだし。でもここで事を荒立てても、なにもいいことありませんよ」

西大手は柔和な表情で「ね、ね」と諭す。

「もう、晴清さんもお兄さんには甘いんだから」

「それは絵梨ちゃんも同じでしょ」

彼はもものカメラに気づいたのか、両手の人差し指でももに向けて笑顔のまま×サインを出す。ももは慌ててカメラを逸らせた。逸らせた先がネオ芭蕉の猪田だったため、ついシャンデリアが煌《きら》めく天井にカメラを向けてしまった。

デザートが終わり歓談の時間になったとき、

「ねえねえ、隣に座ってもいいかな」

ねずみ顔の猪田が、ワイングラス片手に絵梨子に話しかけてきた。半袖《そで》のシャツにケミカルウォッシュのジーンズとずいぶんラフな格好だ。

「ぼくだけ一人の席で寂しかったし。黄色の忍者同士こうやってお話が出来たらいいなと。実はぼく、ネオ芭蕉といって松尾芭蕉の末裔で……」

馴れ馴れしい態度で、返事も聞かず隣の椅子に腰掛ける。顔が赤いのでかなり酔っているようだ。

猪田のテーブルは向かいに茅町のプレートが置かれていて二人席のようだったが、料理が運ばれた形跡はなかった。

「おい！」

向かいの西大手が立ち上がり割って入る。

「誰だ君は？　いきなり失礼だろ」

猪田はきょとんとしたまま、絵梨子と西大手を見比べていたが、

「え、ネオ芭蕉ですけど。二人はつきあってるの？」

「まだです」

「違う」

絵梨子の表情が陰る。めざとく猪田が、

「だよね。赤ワイン目覚めし右手の夏古城」

グラスを窓の外の伊賀上野城に向けてかざしながら、一句捻った。

「なんですか、それ？」

絵梨子は怪訝《けげん》そうに尋ねるが、

「いやいや、こんな可愛いのにもったいないなと思っただけだよ」

「そうじゃなくて、それ、俳句のつもりですか？」

目を細め気色悪そうに猪田を睨む。そうそう、もっと云ってやれ……ももも心の中で激しく突っ込んでいた。猪田が謎俳句を詠んだとき、思わず飲みかけの紅茶をむせそうになったからだ。カメラはいまあおが怠《だる》そうに回している。

「そうだよ。人呼んで二十一世紀の俳諧師。昼も未熟なＪＫを一人調伏してきたばかりだ。ぼくにとって伊賀は心の故郷というべき存在。身体の故郷は浜松だけどね」

「はあ、大喜利と間違えてません？」

思わず絵梨子が席を立つと、入れ替わるように、

「おやおや、本当に君は芭蕉の末裔なのか。芭蕉には子供は居なかったはずだが」

絡んできたのは芭蕉好きを自任する正樹だった。こちらもかなり酔いが回っているのか顔が赤い。

「それがね居たんですよ。芭蕉本人に聞きましたから、間違いないです。ほら芭蕉は聖人だったから、俗な部分は弟子が隠蔽《いんぺい》してたんですよ。内縁の妻のことさえ明治になる

まで隠されていた。芭蕉の話では、寿貞の子は芭蕉の実子なんですよ」

「ほんとかね。俺も芭蕉のコレクションはいろいろ持っているが、そんな文言を目にしたことなど……」

「あれ。見覚えがあると思えば、ワイドロードの社長さんじゃないですか？」

なにか気づいたらしく、猪田の口調が豹変《ひょうへん》する。

「そうだが、それがなにか」

彼の変貌《へんぼう》に、正樹も警戒心丸出しの声で応じた。とはいえ呂律《ろれつ》が少し怪しい。にこやかな髭面の笑顔は、一瞬にして影を潜める。

「聞いてますよ。芭蕉のコレクションを買い占めて門外不出にしたり、今度は名古屋に芭蕉ランドを計画しているとか。先祖を見世物にされるのはこちらも不愉快ですね。しかも伊賀ではなく名古屋に」

「たしかに金城《きんじょう》ふ頭に計画はしているが……それはともかく、どうせ君は偽者なんだろう。偽者がなにを偉そうに」

「偽者ですと！」その言葉は禁句だったらしく、猪田は酒臭い顔を近づけると突然ヒートアップして、「土地転がしの成金ふぜいが何を云う。欲まみれ冥府魔道に芭蕉嘆《な》く」

「成金だと！　成り上がったのは俺の親で、俺は生まれながらの金持ちだ！　それに季語がない！」

呼応するように、正樹も激昂《げきこう》している。

「ちょっとちょっと、正樹おじさん。落ち着いて下さい」

見かねて陽太が割って入った。

愛希のほうは席に着いたまま、他人のふりをしてタバコをくゆらせている。死ねばいいのにと云わんばかりの、冷たい眼差《まなざ》しだけ投げかけていた。

「こんなところで騒いでも」

「なんだ、陽太」

すると猪田はすっと陽太に近づき、

「君は次期社長なのか。それなら芭蕉ランドなんていうおちゃらけたものは止めるよう、君からも云ってくれ。話せば解ってくれるかと思ったら、この社長はとんだ銭ゲバだった」

「いやいや、僕は……次期社長じゃないですよ。それに芭蕉ランドは」

口にしかけて陽太が言葉を濁す。微妙なニュアンスにめざとく反応したのは正樹で、

「どういうことだ。この前の役員会でも反対の声が多かったが……まさかお前、重役たちに唆されて」

「待って下さい、おじさん。濡《ぬ》れ衣《ぎぬ》です。誤解です。そもそも僕には何の権限もないんですよ」

「お前、恩を仇で返す気か！」

一触即発というか、既に暴発し、延焼して収拾がつかなくなりつつある。黙って控え

ていたウエイターも、どうしていいものか戸惑うばかり。その時だった。

「あ、あ」

　ウーファーを効かせた声とともに、壇上に恰幅《かっぷく》のいい中年男性が現れた。

「皆様このたびは、キャッスル伊賀ならびに伊賀の里ミステリーツアーにご参加いただきありがとうございます。支配人の藤堂《とうどう》です」

　有無を云わさぬ声圧に騒動がピタッと止まる。

　反応に気をよくしたのか支配人は慇懃《いんぎん》な挨拶《あいさつ》に続いて伊賀の魅力をしばらく述べたてたあと、

「まだミステリーツアーは明日もございます。明日は上野城公園の中で行われますが、クイズも今日より一段と難しくなっております。詳しい時間やルール、皆様がたの順位などは、ロビーに張り出されておりますので、夕食後にご確認下さい。なおご不明な点があれば……」

「昼もそうだけど、プライヴァシーとかないわけ。だから田舎は好かないの」

　紫煙を吐きながら愛希がぼやく。

　騒動の最中、ももはずっと席に座り成り行きに圧倒されていたが、最後に残ったのは「芭蕉ランドってなに？」ということだけだった。

2

「ほんといつまで寝てるんだか」

スマホを鳴らしてもすぐに留守電モードになる。いくらメッセージを吹き込んでも、豆腐に鎹《かすがい》で一向に返信がない。家の電話にかけても誰も出なかった。あおの父親は既に病院へ出勤したあとなのだろう。

「やっぱり寝坊してる。あれだけ注意したのに」

朝の九時少し前、昨日同様夏の日差しが照りつける上野城公園の東門の前で、マイク片手にももは地団駄を踏んでいた。

「他のことは凄《すご》くしっかりしてるのに、朝だけは弱いから。カメラもなしにどうすればいいっていうの」

ハンディカメラはあおの許にある。映像がなければ部長も取材したとは認めてくれないだろう。

市役所近くの東門は、車止めのような小さな柵《さく》が置かれ道を塞《ふさ》いでいたが、その前には既に正樹、愛希、陽太の広小路三人衆が待機している状態だった。三人しかいないのは、他のメンバーが寝坊しているわけではなく、もう一つ西側にも入り口があるためだ。もちろん中にはあおのように寝坊している者もいるかもしれないが。

一人で入るか、ここで待っているか、それともあおの家まで叩き起こしに行くか——往復だと確実に三十分以上はかかる——迷っていると、

「今朝は一人なの？」

背後から声を掛けられた。振り返るとサングラスをかけた黒忍者の愛希だった。クールな口調だが、昨日ほどとげとげしくはない。横には髭面の正樹がいる。杖《つえ》を手にした芭蕉姿。二人の背後には青忍者の陽太が控えていた。

「聴いて下さい。相棒が寝坊してるんです。昨日も寝坊したから今日は絶対に起きるよう念を押したのに。もう……」

「あらあら、まるで叔父さんみたい」

タバコに火をつけながら愛希が笑う。

「何を云うんだ。今日は誰よりも早く起きただろ」

「今日はね。雨でも降らなければいいけど」

その時九時のチャイムが軽やかに鳴り響く。公園の職員なのか、小太りの制服姿のおばちゃんがやってきて、

「おはようございます。ではみなさん、これから頑張ってクイズを解いてくださいね」

ももたちに厚化粧の笑顔をふりまいたあと、柵を脇にどかした。

「じゃあ、正樹おじさん。僕は先に行かせてもらいます」

云うが早いか、陽太は二人を追い抜き堀を渡ると、我先に砂利の坂道を上っていく。

四方を深い水堀に囲まれた上野城は、小高い丘を利用した平山城なので、中央の曲輪《くるわ》ほど高い場所にある。本来なら中心の一番高い筒井古城が本丸で、そこに天守が建っているはずなのだが、歴史的な経緯で一段低い西隣に本丸があり天守がある。筒井古城は城代屋敷の二の丸として使われており、最高地点には前身である筒井天守跡の碑だけが残されていた。

今回のチェックポイントは、筒井古城の二の丸を中心として、西側の上野城天守、北西の梅林と俳聖殿、北東にある忍者屋敷、東の芭蕉翁記念館、南側に位置するお城《しろ》会館、南西の古井戸の合計八箇所になる。

「おい待ちなさい。陽太」

正樹もあとを追いかけようとするが、

「陽太が勝っても、叔父さんが俳句の権利をもらえるんでしょ。なら慌てることはないんじゃない」

冷めた声で愛希が引き止める。

「なに云ってるんだ。それはそれ、これはこれ。勝負は勝負」

「はいはい。そんなに熱くならないで」

まるで子供だとばかりに大仰に肩を竦めて、正樹の横をゆっくりと歩いて行く。先ほどのおばちゃんも園内に用事があるらしく、少し離れてトコトコ砂利道を上っていった。

「私も行きます」

ここで一人ぽつねんと待っていても仕方がない。目覚めたら向こうから電話を掛けてくるだろう。旅は道連れ。慌ててももは愛希たちについていった。

「まずは筒井古城ね」

　イラストマップを見ながら愛希が呟く。

「あれ、愛希さんは別の場所じゃないんですか？」

朝、腕章をもらいにホテルに寄ったとき、ロビーに張り出された第一チェックポイントのリストには、正樹が筒井古城で、愛希は芭蕉翁記念館と書かれていた。芭蕉翁記念館は公園の東にあり、芭蕉に関する資料が展示されている建物だ。

「別に私は本気でクイズラリーをする気もないし。叔父さんを手伝ってあげる」

「本当か。それはありがたい。これで陽太に勝てるかもしれん」

　正樹は相好を崩して素直に喜んでいる。陽太という人もそうした方が正樹に喜ばれたのでは？　ももは複雑な思いで二人の背中を眺めていた。

　筒井古城に着いたのが九時五分。そこで最初の問題を解くのだが、昨日のものより難易度が上がっている。パズルは解くのにだいたい十分から十五分ほどかかるように作られているらしい。解いたパズルにキーワードと次の行き先が書いてある。

　実はこのクイズラリー、それぞれスタート地点が違うだけでルートは同じ。仮にチェックポイントの八箇所がＡＢＣＤＥＦＧＨの順なら、Ｂから始まる人はＢＣＤＥＦＧＨＡの順番で回ることになる。同じ問題だから行き先も同じというわけだ。もちろん、ももたちは取材の便宜のためにこっそり教えられただけで、参加者たちには知らされていない。

八分後、正樹たちは最初のパズルを解いていた。

「本当に芭蕉が好きなんですね」

ももが心から感嘆する。

二人の頭脳を合わせたからといって、単純に所要時間が半分に縮むことはない。平均より早く解けたのは、正樹の芭蕉好きが活《い》かされたからだ。

「まあね。俺も早く引退して、芭蕉のように全国を行脚して回りたいと思ってるんだ」

「何、虫のいいことを云って。今でも私に任せて家に籠もりっぱなしで、会社どころか外にも全然出ないくせに」

「庭を見て俳句を詠むのに飽きたんだ。やはり俳句は自然を眺めて詠むものだと悟ったんだよ」

「女を家に呼び込むのに飽きたの間違いじゃ。気ままな渡り鳥をしてみたいんでしょ」

「そう云うな。それで、愛希。お前も一緒についてこないか」

「私が？　叔父さんが退いたら誰が会社の経営を。まさか陽太に譲るつもり？」

「譲りはしないさ。権利はお前のものだ」

「権利……そうやって私を縛りつける。今までみたいに」

愛希は伏し目がちに溜息をついた。

ハンディカメラがないのでももはスマホで写真だけを撮っている。そのためか二人は平然ときわどい会話を交わしていた。ビデオが回っていたら絶対にしなかっただろう。ただ当人たちも高校生を前にエスカレートしすぎたことに気づいたのか、

「ともかく早くクイズをすませましょう」

と、ごまかすように再び問題に取りかかった。

次の芭蕉翁記念館に着いたのは、筒井古城を出て五分後のことだった。

「これ大垣《おおがき》じゃないか？　大垣には奥《おく》の細道《ほそみち》むすびの地記念館というのがあるんだよ」

しばらく頭を捻っていた正樹が声を上げる。

「そうみたいね」

愛希は手早く空白のマスを埋めた。記念館に着いてから、これも八分後のこと。

「本当に詳しいんですね。大垣が奥の細道の最後の句の場所なのは知ってましたが、記念館があることまでは……」

芭蕉愛を自負するももが称賛すると、正樹は嬉しそうに、

「だろ。蛤《はまぐり》のふたみにわかれ行く秋ぞ。あんなインチキ末裔なんかとは違うんだよ」

と、ウィンクを飛ばしてくる。

「そのうえ、俺の念願の芭蕉ランドをバカにしてからに」

「何ですか芭蕉ランドって？」

昨夜から気になっていたパワーワードだ。気になりすぎて八時間しか眠れなかったく

らい。

「それはまだ秘密だ。そのうち大々的に発表するから楽しみにしていてくれ」

期待していると勘違いしたらしく、正樹は思わせぶりに口を閉じる。これ以上は訊けない雰囲気に、ももはしかたなく引き下がった。

「ともかく、次は俳聖殿か」

俳聖殿は筒井古城の北西にある二階建ての木造建築で、芭蕉翁生誕三百年を記念して戦時中に建てられた八角形のお堂だった。中央には芭蕉の坐像《ざぞう》が祀《まつ》られ、建物の外観は芭蕉の旅姿を模したデザインになっている。

十月にある芭蕉祭では、全国から募集した優秀な俳句が殿内に飾られるが、同様にこのイヴェントの上位者の俳句も飾られるらしい。

俳聖殿の東側には有名な伊賀の忍者屋敷があるが、古城、俳聖殿、忍者屋敷はそれぞれ違う曲輪《くるわ》にあるので、芭蕉翁記念館からはいずれも回り道を強いられ結局五分ほどかかってしまう。

「痛っ！」

そう叫んで愛希が蹲《うずくま》ったのは、途中の石段でのことだった。

「大丈夫ですか」

「どうしたんだ」

ももと正樹が気遣うと、

「ごめん、足を捻ったみたい」

柄にもなく弱気な声で愛希が答えた。石段を踏み外したのか、右足のくるぶしあたりを押さえている。

「立てるか、愛希」

「ええ、なんとか」

愛希は自力で歩こうとするが、少し痛々しい。

「救急車を呼びますか」

ももが提案すると、愛希は微笑みながら、

「そこまで大ごとじゃないから。ちょっと休んで冷やせば治ると思う」

「そうだな。少し休むか」

気遣うように正樹が周囲を見回すと、ちょうど百メートルほど先の広場にレストハウスがあった。芭蕉翁記念館と忍者屋敷の中間、筒井古城の北東にあたる場所だ。

「とりあえず、あそこのレストハウスに行こう」

正樹が肩を貸し、ももが先導する。

レストハウスはイヴェントのためまだ営業前だったが、中に従業員がいた。心配げに出てきたのは先ほど入り口にいたおばちゃんだった。事情を説明すると厚化粧のおばちゃんは、

「ちょっと休んで様子を見ましょうか。ここを使っても大丈夫よ。ほら、このおしぼり

で冷やすといいわ。あと何か飲む？　こっちは有料だけど」

「アイスコーヒーと灰皿をちょうだい」

　席に着くなり愛希は、早速タバコを吹かす。まるで痛みを紛らわせる特効薬のように。

　一息吐いたところで、つっ立ったままおろおろと見下ろす正樹に向かって、

「ありがとう。私は大丈夫だから。少し休むから、叔父さんは先に行ってて」

「お前を残してか」

「叔父さんは賞が欲しいんでしょ。それにここには店の人もこの娘も居るし、心配ないわ」

「えっ、私も残るんですか？」

　意外な展開にももが驚く。

「ただ待つのは退屈だから、話し相手になって。それにその叔父さん、もう気づいていると思うけど、女好きで手が早いから二人きりだと危険よ。姪の義務として、いたいけな少女をみすみす魔の手に引き渡すわけにはいかないし」

「おいおい……」

　渋い表情で正樹は窘《たしな》めるが否定はしなかった。途端にももも怖くなる。

「俺は女好きかもしれないがロリコンじゃないぞ」

「何を威張ってるの。ちゃんと否定しないから、この娘、怯《おび》えてるでしょ。叔父さんのせいよ。早く行きなさい」

「解った、解った。なにかあったら報せるんだぞ」

宗匠頭巾を被り直した正樹が、芭蕉の杖を手に名残惜しそうにレストハウスの扉を開けた時だった。いきなり空が暗くなり、雨が落ちてきた。ほんの三十秒足らずでたらいをひっくり返したような豪雨に変わる。

もちろん正樹は扉の前で立ち往生している。呆然とした髭面で。

「朝っぱらからゲリラ豪雨とは。天気予報は晴れだったから傘とか持ってこなかったぞ」

情けない表情で愛希をふり返ると、

「芭蕉も野ざらし紀行って云うくらいだから雨の中を旅したんでしょ。叔父さんも濡れていけば」

「蓑もないのにか。冗談は止めてくれ」

「上位入賞の野望は、雨にすら負けるんだ」

タバコをくゆらせながら、溜息を吐く。

墨汁のような雨雲に目を遣りぼそっと呟くももに、

「そんなぁ、俺の俳句はどうなるんだ？」

と、正樹が泣きそうな声を上げる。

「困ったわ」と独り言《ご》つ愛希。ももの視線に気づいたのか、「もう一回来るなんて、ご免よ」と、コーヒー片手に説明する。

「伊賀はいいところです」

「そういう話じゃないの」

幸いなことに雨は十分ほどで止んだ。降り始めたときと同じく、あっという間に空が青く澄み、初夏の太陽がきらきらと照りつける。葉っぱの水滴と地面の水たまりに反射、散乱し、降雨前よりむしろ賑《にぎ》やかだ。

「じゃあ、俺は行ってくる」

「私も様子を見て後を追うから。俳聖殿の次のポイントが判ったら教えて」

「ああ」と今度こそ正樹は出て行った。芭蕉の背中は少々名残惜しそうだったが。

レストハウスから遠ざかる後ろ姿を見ながら、

「ホント、俳句のどこがいいのか」

愛希が溜息を吐く。

「俳句はいいものです」

思わずももが反駁《はんばく》する。

「あら、ここにも俳句好きがいたのね。じゃあ、試しに一句捻って」

「え、それは……」

口籠もるもも。郷土愛も俳句愛も人一倍あるが、小学生の時のトラウマが原因で俳句はほとんど詠んだことがない。俳句イップスとでもいうのだろうか。当然あおにも話したことはない。鼻で嗤《わら》われそうだからだ。

「偉そうに私に云ったんだから、一句ぐらい詠みなさい。それが都会のマナーというもの。でないと取材拒否よ」

「……わかりました」

ももが両手で頬を軽く叩き気合いを入れた時、スマホががなり立てた。明智《あけち》小《こ》五《ご》郎《ろう》のテーマ、あおからの電話だ。

「凄い雨だったね。目が覚めた」

スマホ越しに呑気《のんき》に間延びした声が聞こえてくる。まだ完全に目が覚めていないのだろう。

「今何時だと思ってるの。早く着替えて来なさい。あおが遅れたせいでこっちは大変なことに」

　声を荒らげてしばらくやりとりしたあと、通話を切る。思わず力が入ってしまった。

肩で息をしていると、

「ようやく相方が起きたみたいね」

長い脚を組んだまま、愛希がくすっと笑う。

「お互い、怠け者の相方を持つと大変」

「そんなことないです。あおは私よりずっとしっかりしてるんです。悔しいけど、頭も良いし。……早起き以外は」

ももが反論すると、愛希は瞳をぱちぱちさせながら、

「それはごめん。あなたは恵まれてるのね。……で、俳句はできたの」

意地悪な表情でももを見る。

「私はいつまでも待ってあげる」

優雅な所作で彼女は新しいタバコに火をつけた。ももは覚悟を決め、

「……雨降って地固まるってことかもね」

「なにそれ」

案の定、笑われる。頬が紅潮していくのが自分でも解る。

「季語がないじゃない」

目尻に涙を溜《た》めながら愛希が指摘する。彼女の指摘通り、季語を忘れるのがももの最大の欠点だった。いくら気をつけても直らない。爾来《じらい》ももは俳句愛に溢《あふ》れながらも俳句を詠むことに二の足を踏むようになった。ふざけていながら季語はきっちり入れてくるネオ芭蕉に苛立つのも、そのせいかもしれない。

「今度は季語を入れて、もう一句捻ってみる？」

「もう一句って、なんでですか」

ももがたじろいでいると、今度は愛希のスマホが鳴った。「あら」と、愛希は不審げに電話に出る。

「あ、叔父さん。どうしたの？」

電話の向こうで正樹が何か云ったらしく、「えっ」と、驚いて大声を上げた。

「どうしたんですか？」

電話を切った愛希に尋ねると、

「俳聖殿で人が死んでるって」

呆然とした表情で愛希が伝えた。

3

十五分後、俳聖殿は捜査員たちでごった返していた。周囲には黄色いテープが張られ、伊賀署の屈強な警官たちが見張っている。警官は公園の東西二つの入り口にも配されていた。

俳聖殿は芭蕉の旅姿をイメージした小ぶりな宝塔風の建物で、一階は八角形、二階は円形になっている。二階の屋根が笠で一階の屋根が蓑らしい。廻縁《かいえん》がついた二階にはハシゴを掛けないと立ち入れず、普段見学できるのは一階だけ。一階は中央に安置された芭蕉の坐像をぐるりと一周する構造になっているが、被害者は俳聖殿を入ってすぐ、芭蕉像の正面で俯《うつぶ》せに倒れていた。薄暗い石畳の回廊の上で、蓑に顔を埋《うず》めるように。細身の死体は黒装束の忍者の格好で、口許までマスクで覆われている。首には黒いロープが蛇のように巻きついたままだった。

死体の脇には片方のレンズが割れたサングラス。サングラスは被害者自身が踏んだものらしく、草鞋《わらじ》の裏には破片が刺さっていた。腰のあたりには、イヴェントの通行手形が落ちている。五角形の絵馬ほどのサイズで、表には芭蕉のシルエットと『忍びの里』のロゴ、裏には参加者の名前が書かれている。手形には『茅町一郎』と記されていた。

また被害者が顔を埋めていた蓑は、公園の職員の話では、芭蕉の坐像の下に掛けてあったものらしい。そのため被害者が首を絞められもがいた際に摑《つか》んだのではと見られている。

死体の近くの灰皿にはタバコの吸い殻が三本捨てられていた。どれも同じ銘柄の細身のメンソールで、吸い口には赤い口紅がついていた。昨夕の閉園後に職員が見回ったときは、死体はもちろん吸い殻もなかったので、タバコが捨てられたのはそれ以降と考えられている。

「ねえ、お兄ちゃん」

人の波が途切れる隙を見て、ももが若い刑事の袖を引っ張った。相手は伊賀空。ももの兄だ。好青年を絵に描いたような柔和な顔つきの空は、百八十センチの高身長でももを見下ろすと、

「なんだ、俺は忙しいんだ」

眉根を寄せ怒った素振りを見せるが、全く迫力がない。

「発見者になんてぞんざいな口のききかたを。三重の刑事は横暴ね」

「お前は第一発見者じゃないだろ」

「でも通報したのは私よ」

「おら、伊賀、なに油売ってるんだ」

年輩の刑事の怒声が俳聖殿の中から飛んでくる。

「すみません、今行きます」伊賀刑事は元気よく返事したあと、「またあとで教えてあげるからな」

「ちょっと待ってって。さっき現場を見て思いついたことがあるの」

腕を摑み、ももが強引に引き留める。

「死体は雨上がりに発見され、死体の下には蓑が置いてあったんだよね。これって芭蕉の俳句『初時雨《しぐれ》猿も小蓑をほしげなり』の見立てじゃないの？」

不謹慎な発言に、周囲で待機させられていたイヴェント参加者たちもももに視線を向ける。ただ第一発見者の正樹だけはそれどころではないのか、俯《うつむ》いたままだ震えていたが。

「また俳句か。解った、解った。話はあとで聞くからな。今はいい娘で待ってるんだ」

手馴れた仕草であやすと、兄は逃げるように俳聖殿の中へと消えていった。

「遅い！　なにしてたんだ」

閉じられた扉の奥から、先輩刑事がどやす声が聞こえてくる。

「ちぇっ。せっかく教えてあげたのに」

ももが舌打ちすると、

「それで、ももは本当に見立て殺人だと思う？」

あおが冷静な声で尋ねかける。彼女が公園に来たのは警察とほぼ同時だった。そのためあおは現場を見ていない。

「えー、あおは思わない？」

「さすがにそれだけだと弱いというか。蓑はたまたま摑んだだけかもしれないし。そもそも猿が足りない気がするけど」

「そうね。どこかに猿がなかった？　こけ猿の壺《つぼ》とか、猿丸太夫《さるまるだゆう》とかスーパー歌舞伎とか」

死体を発見したときの様子を思い浮かべようとするが、もともと記憶力も観察力もよくない上に堂内が薄暗かったので、はっきりと思い出せない。

「ないと思う」あおはにべもない。「あれば空さんも少しは腑《ふ》に落ちているだろうし。……それで放送部の仕事はほっとくの？」

「あたりまえじゃない。事件でイヴェントは中止だし。前日の録れ高で充分でしょ。それに放送の基本は報道なんだから、部長もその方が喜ぶはず」

「自分勝手な理論だけど、今回は同意しとこうか。そのほうが面白そうだし」

クールなあおが微笑んだ。探偵好きなのは、彼女も一緒だ。

二人で桃青コンビなのだから。

＊

「さっきは悪かったな、もも」

夕方になって空がホテルの客室に現れた。気を遣っているらしく、ドアを開け入ってくる瞬間から腰が低い。ももとあおも事件の関係者ということでホテルに足止めを喰らっていた。もちろん探偵活動を継続したいももたちにとっては渡りに船だったので、喜んでホテルに軟禁されている。

そのため二人はセーラー服のままだったが、報道機関の制服っぽくてももは気に入っていた。もちろん腕章もそのまま つけている。

「何、偉そうに」

「子供みたいに拗《す》ねるなよ。こっちにも立場ってものがあるんだから」

ベッドに腰掛けている二人の前で、空が小声で釈明する。あてがわれた部屋にはダブルベッドの脇にガラス張りの丸テーブルと二脚のラタンの椅子が置かれていた。ももたちがソファー代わりにベッドに腰掛けていたので、兄は空いた椅子に静かに腰を下ろした。

「ガラスみたいな立場のくせに。お兄ちゃんが大きな顔が出来るのも、私たちが事件を解決して、その手柄をお兄ちゃんに譲っているおかげでしょ」

「それを云うなって。だからこうやって来たんだろ」

「その云い方、恩着せがましくない？」

「いやいや、隙を見て抜け出してくるのも大変なんだぞ」

口ぶりとは裏腹に、長身の空があくまで低姿勢でももを見上げる。椅子の座面が低いため、膝《ひざ》が腰より上にきて窮屈そうだ。それでも立ち上がらないのは兄なりの誠意だろう。

「その辺でいいんじゃない。お兄さんに協力してあげましょう、もも」

頃合いを見て、あおが助け船を出した。

「ありがとう、あおちゃん。あおちゃんはいい娘だなあ」

空の目尻が下がる。態度の差に少しむかっとするが、

「解ったわよ。その代わり、詳しく教えてよ」

ようやくももも折れる。すぐさま空は手帳を取り出し、現場の様子を改めて説明したあと、

「被害者が殺されたのは、今朝の九時から十時の間だ」

「私と愛希さんが俳聖殿に駆けつけたのが十時過ぎで、ゲームの開始が九時だから、まあ当然か」

ももが呟くと、

「そうでもない。九時以前に殺されて、俳聖殿に運び込まれたという線もあったわけだ

から」

間髪を容《い》れず、あおが指摘する。

「えっ、そんなことまで考えなきゃいけないの？」

「いけないの、探偵は」

「それだが」と兄が口を挟む。「被害者が現場で殺されたことはほぼ確実だ。もがいた際に摑んだと思われる蓑が掛けてあった釘《くぎ》の頭に、被害者の血痕《けっこん》が残っていた。被害者の右手の人差し指にも、手袋が裂け指の腹に傷がついていた」

「現場が俳聖殿に間違いないのなら死体を発見した正樹さんにとっては三番目のポイントだったから、殺された茅町さんが一番目か二番目だったかいずれにせよ、もう一人俳聖殿を訪れてるはず」

口許を右手で覆いながら、あおが鋭いところを見せる。口を覆うのは、頭を整理しているときによくする仕草だ。あくまであおならではの癖で、ももが試しに真似てみたことがあるが、息苦しいだけで全く頭が整理されることはなかった。

「じゃあ、それが犯人ってこと？」

「いや、いや。先走りすぎだ」

空は右手を突き出して制すると、

「ゲームが始まって、最初に俳聖殿に向かったのは広小路陽太だ。彼は十分ほどで謎を解き、次のポイントである天守へと向かったんだが、その時、俳聖殿に死体はなかったと証言してる」

「本当かしら？」

疑わしそうにももが声をあげる。ももは人を疑うのが大好きなのだ。

「順番から云えば次は広小路愛希なんだが、彼女は叔父の広小路正樹と行動を共にしたので、俳聖殿には向かっていない。ももも一緒だったんだろ」

「そう。誰かさんが寝坊したから、一緒についていくことになったの」

ももは横目であおを睨みつけた。

「それはもう謝ったから。蒸し返さないで。ともかく陽太さんの証言を信用すれば、九時十五分頃からあとは俳聖殿は無人だったことになる」

「じゃあ、茅町さんはどうして俳聖殿に？」

「そうなんだよ、あおちゃん」と、空はももではなくあおに向かって身を乗り出すと、

「そこが問題だ。茅町の本来の目的地は忍者屋敷のはずなんだが、行った形跡が全くない」

「訝《おか》しくない？　被害者はなぜか目的地ではない俳聖殿に行って殺されていた。たしか懐からは別のロープが発見されたんでしょ」腕組みしながら、ももは首を捻る。「それで茅町さんて何者なの？　サングラスに口許までマスクで覆うなんて、めちゃめちゃ怪しいんだけど」

「それが、まだ判っていないんだ。所持品は懐のロープと自動車の鍵だけ。ホテルの部

屋にも何も残されていなかった。指紋すらない。全員に素顔を見てもらったが、誰も知らなかった。ホテルの話では、茅町は金曜の夜遅くにチェックインしたらしい。昨日は早朝から出かけ、夕方に戻ってきた。フロントでもサングラスにマスク、大きな帽子を被っていて、その上夏なのに長袖のシャツを着ていたらしい。サインも左手で書いた汚い字だった」

「完全に正体を隠していたと。それで凶器のロープと、茅町さんが持っていたロープは同じ種類なんですか？」

　あおが確認すると、

「どちらもホームセンターで買える既製品だけど、色も形状も別物だった。恐らくメーカーも違うだろうな」

「二つのロープは全く関係がない可能性が高いと。つまり犯人とは別口で、茅町さんもロープを懐に忍ばせていたわけですか」

「そういうことになる。殺したあとわざわざ被害者の懐にロープを持たせる理由があれば別だけど」

「これ、明らかに被害者じゃなく加害者だよね」

　ずっと腕組みしていたももが、突然声を上げた。

「なるほど」と、あおが小声で相槌《あいづち》を打つ。「つまり茅町さんは返り討ちに遭ったってこと？」

「返り討ちか……その線も考えないといけないな」

長身を上下に揺らし、空が大きく頷く。

「なによ、お兄ちゃん。刑事のくせに今まで考えてなかったの」

「まさか。最初から考えていたさ」

動揺した目つきで空は強がった。

「ほんとぉ？」と、ももが追及するのを遮るように、あおが、

「茅町さんが誰かを殺そうとしたとして、その茅町さんを殺そうとしている殺し屋がいたのかもしれない。殺し屋は茅町さんの後を追って、上野城公園に入っていった」

「それがさ。上野城公園には、他には誰も入っていないんだよ」

意外な言葉を空は口にした。即座にももが元から大きな瞳を剥《む》いて、

「入っていない！ なにそれ。東西二つの柵を開けるおばちゃんはそのままレストハウスと天守へ行くから、門は無人のはずじゃ？ それとも誰か監視していたの？」

「半月ほど前に公園の梅林でボヤ騒ぎがあったことを覚えていないか」

空の問いかけに、「ボヤ？」と、ももが首を捻るのに対し、

「覚えてます。不審火と噂されてるものですね。担任の先生からも気をつけるよう注意されました」

あおがあっさり答える。ももも同じクラスなので担任が注意したなら聞いているはずだが、勿論《もちろん》記憶にない。

「あれから起きてないからただのタバコのポイ捨てとかなのかもしれないけど、その際、警戒のために、東西二つの入り口には防犯カメラが設置されたんだ」

「うそ。全然知らなかった。カメラがあるんだあそこ」

まるでここにカメラが設置されているかのように、ももは室内をきょろきょろした。

「まあ、市としては何か対策をしておかないといけないからな」

「火事のせいで、私の税金がそんなところに……」

「お前はまだ払ってないだろ」

「じゃあ、私が入ったところもばっちり映ってるの？」

慌ててももが前髪を整え始める。

「画素が粗いからばっちりじゃないな。急場だから安上がりに済ませたらしい。それにカメラは公園内を向いているため、入っていく後ろ姿しか捉《とら》えられていない。重要なのは不審火が起こったあとに、公園から出ていく人間だからな。で、二台のカメラには、芭蕉が二人、黒忍者が二人、青忍者が二人、黄色忍者が二人、そして職員二人に伊賀野高校セーラー服姿が一人の計十一人の姿が映っていた。そして通報を受けた我々が駆けつけてそれぞれの門に見張りの警官がつくまで、公園から出て行った者はいなかった。詳しく云うと」空はぱらぱらと手帳を繰りながら、「東側の入り口からは最初に青忍者が入り、そのすぐあとを黒忍者と芭蕉、そして制服姿のもの三人が並んで入っている。それぞれ陽太、愛希、正樹だ。そのあとをレストハウスの職員が通っている。二分後に黄色忍者が入っていた。本人の証言からこの黄色忍者は猪田だ。そして」と空は次のページを繰った。「西側のほうからは、青忍者、黄色忍者、芭蕉、つまり上林佑紀と絵梨子の兄妹《きょうだい》、そして西大手晴清が三人一緒に入っている。そのあとに天守の受付をする職員が入り、五分後に黒忍者が入っていた。これが恐らく茅町だろう」

「数が多すぎて、わけわかんない」

ももがぼやくと、パタンと手帳を閉じた空は呆れた声で、

「あとであおちゃんに整理してもらえ。ともかく、犯人はこの中にいるってことだ。お前も知っての通り、上野城公園は堀と高石垣で囲まれており、他に抜け出す場所はない」

「お兄ちゃんも刑事だったら、ホワイトボードに写真つきで解りやすく図を描くくらいしてよ」

「良かった寝坊して。もも、おめでとう。これであなたも晴れて容疑者の一員ね」

あおがクールな表情を崩さず皮肉を放つ。

「冗談じゃない」ポニーテールを振り乱し、ももは顔を真っ赤にした。「茅町さんは自分でも持っていたけど、ロープで首を絞められたんでしょ。なら犯人はそのロープで石垣を登ってきたんじゃないの？」

「築城の名手、藤堂高虎《とうどうたかとら》を嘗めるな！　高さ三十メートルの日本最大級の石垣を侮るなよ。あの高石垣はロープ程度じゃ登れない。城の石垣は戦の中で最後の防衛線なんだよ。

武将の命が懸かってるんだ」

「ごめんなさい、高虎さん」

いつにない空の剣幕に押され、ももは首を竦め素直に謝る。妹の俳句愛に対し兄は上野城愛が強かった。

「それに広い公園だから前日から潜入することは可能かもしれないが、事件後、二つの入り口以外から逃れるのは無理だ」

「そもそも朝といえども人通りはあるし、呑気にロープを使って登ったり降りたりしてればあっさりバレるでしょうね」

あおが先回りして答えると、

「さすがあおちゃんは賢いな。それに比べてうちのももは」

これ見よがしに空は溜息を吐いた。

「なによ。あおばかり贔屓《ひいき》して。寝坊したのはあおなのに」

目を剝いて睨みつけるが、空は素知らぬふり。あおのほうも空に褒められ、まんざらでもない様子。そりゃあ、事件を解決しているのは、実質あおかもしれないけど……。

「それにくわえて、水堀に飛び込むのも無理だ。城の石垣は傾斜がついているからな。清正《きよまさ》の扇、高虎の直線と云ってな、下から徐々に傾斜角度が急になっていき最後は垂直になる清正と違って、高虎の石垣は同じ角度で一直線に上まで延びている。飛び降りたらまず途中の石垣にぶつかって大怪我するだろうな。そもそも何とか飛び込めても、対岸に上がるのも大変だし」

「じゃあ、本当にこの中に犯人がいるわけ？」

　城好きの兄がつけ足す。

「そういうことだ。お前も含めてな」

「私は大丈夫。よく考えてみれば、ずっと愛希さんと一緒だったんだから、アリバイが完璧に成立するし。愛希さんだけじゃなく、雨が上がるまでは正樹さんとも、レストハウスに入ってからは職員のおばちゃんとも一緒だった。おばちゃんは時々奥に引っ込んじゃったけど」

「まあ、そうなんだが」

　そんなことは百も承知らしく、空は苦笑いしている。案外頭が回るなと云わんばかり。嘗めた態度がまたももの癇《かん》に障る。

「なんで残念そうなのよ。妹が容疑者になったら一番困るのはお兄ちゃんでしょ」

「でも、迂闊《うかつ》な犯人。防犯カメラのせいで容疑者が限定されたわけだし。迂闊というより不運と云った方が正しいかも」

兄妹げんかは犬も食わないとばかりに、いくぶん強めの声であおが軌道修正すると、

「たとえカメラがなかったとしても、あの状況だと自分たちが一番疑われやすいのは間違いないのに。最初から間抜けすぎる」

ももが首を傾げ、不思議そうに呟く。

「ただ、もし返り討ちだとしたら、迂闊さは関係ないかもしれない」

「ねえ、お兄ちゃん。今の口ぶりなら、アリバイもちゃんと調べてるんでしょ」

「当たり前だ」空はどんと自分の胸を叩くと、「みんな時計を見ながら動いているわけじゃないからアバウトだが、幸いゲリラ豪雨があったのが九時三十五分から四十五分まではっきりしている。で、まず愛希だが、ずっとももと一緒だったから判りやすい。途中、トイレに行ったとかもないな」

「レディになんてこと訊くの。単にお兄ちゃんの趣味で訊いたんでしょ」

眉根を寄せながら兄から距離を置くように、ももは隣のあおにくっついた。

「お前、実の兄を変質者にしたいのか」

「きゃー！　助けて。変態よ」

あおの腕にしがみつき足をばたばたさせるもも。

「おい。話を聞きたくないのか」

「……ごめんなさい、お兄ちゃん」

「くっ、仕方のないやつだな」

「相変わらず、妹に甘いですね」

二人のやりとりを静かに眺めていたあおが、くすっと笑う。

「そうか？」空は心外そうにコホンと咳《せき》払いをしたあと、「続いて正樹だが、雨が上がる四十五分まではお前たちと一緒だった。それから数分後に俳聖殿に着き、死体を発見した」

「でも、愛希さんのスマホに電話がかかってきたのは、もっと遅かったような……」

半日前の朧気《おぼろげ》な記憶を辿りながらももが疑義を挟むと、

「正樹がかけたのが十時頃だった。本人の話によると、死体を発見した直後は腰を抜かしてしばらく動けなかったらしい」

「意外と小心者なんだ」

「どう見ても小心者でしょ」

まるで愛希のような素っ気ない口ぶりで、あおは切り捨てる。

「中心者くらいはあると思ったのに」

「広小路陽太は最初は俳聖殿に行き、次に伊賀上野城天守に向かった。着いたのは九時二十分頃。そこでクイズを考えるのに十五分ほど費やして、さて次に移ろうとしたときに雨に祟られた。天守受付の職員の話によると、――レストハウスの職員と、姉妹かと思うくらい見た目がそっくりだったよ。赤の他人らしいけど――石垣の上に聳《そび》える天守の入り口は受付しかないから、陽太が二十分から三十五分まで天守内に居たことは間違いないらしい。雨の間はずっと職員と喋《しゃべ》っており、陽太の云い分ではおしゃべり好きの職員が離してくれなかったためだが、正樹が死体を発見したという五十分頃までずっと受付に居たようだ。その後は忍者屋敷に向かった」

空は一旦《いったん》区切り手帳のページを繰ると、

「次に上林佑紀だが、スタート直後に絵梨子と西大手の二人と別れたあとはお城会館、筒井古城と行き、次の芭蕉翁記念館へ向かう途中に雨に降られた。早く解きたくて、雨のなか芭蕉翁記念館へ強引に向かったらしいが」

「それで佑紀さんだけずぶ濡れだったのか」

正樹から連絡を受けたももと愛希が俳聖殿に向かうと、正樹の脇には濡れた装束のまま立ち尽くしている佑紀の姿があった。

「芭蕉翁記念館で少し手間取って、次の俳聖殿に向かったところ死体を発見した正樹に遭遇した」

「私たちが休んでいる間に佑紀さんが追い抜いたってことか」ようやく腑に落ちたのか、ももはぽんと手を叩いた。「てっきり佑紀さんが犯人で、ずっと現場でぼーっとしていたのかと思った」

「お前、本当に探偵なのか？　まあいい。正樹の話では佑紀が来たのは愛希に電話してすぐらしいので、十時過ぎというところか」

「じゃあ、佑紀さんにはアリバイがないんだ」

「まあそうなるな。一応、証言通りにクイズは解いてあるが」

「クイズはずっと同じなので、一度参加すれば答えだけでなくルートの順番も判りますよ」

あおの説明は空には初耳だったらしく、「そうなのか？」と激しく動揺している。

「それ、私も聞いた。きちんとしたクイズを頼むのにはお金がかかるんだって。だから使い回してるんだけど、リピーターを増やすためにそろそろ問題をリニューアルしないとって、ホテルの人が話してた」

　ももが得意気に追い打ちをかけると、空は頭を抱え込んだ。おそらく参加者の解答をもってアリバイの担保になると楽観していたのだろう。ももたちが心配げに見守るなか、しばらくして空はがばっと顔を上げると、

「すると誰がいつ頃どこに居るかという予想も、犯人には出来たってことか！」

「クイズの進捗《しんちょく》度合いには個人差があるので、そう単純ではないですが、今回のように序盤なら誤差は少ないかと」

　あおが静かに頷いた。あからさまににやけているももと違って、あおは無表情だ。

「闇雲に待つんじゃなくてピンポイントで襲撃した可能性もあるのか……。各自のアリバイを考え直さないとな」

「お兄ちゃんの反省はいいから、アリバイの続きを教えてよ」

「ああ、そうだな。……次に妹の絵梨子だが、彼女は先《ま》ず公園の南西にある古井戸に行き、九時二十分頃に次のポイントであるお城会館へ向かった。お城会館で問題を解いていた時、西大手がやってきた。絵梨子が二箇所目なのに対し、西大手は梅林、古井戸と順調にクリアしたあとの三箇所目だから、追いつかれた格好になるな。それが九時三十分頃。五分後に雨が降った時は、お城会館の軒先で雨宿りして、クイズそっちのけで二

人でいろいろ話し合っていたらしい。まあ、いちゃついていたんだろうな。結局、そのあとは二人一緒に行動することになる」

嫉妬《しっと》交じりの声で絶賛彼女募集中の空が説明する。

「最後に猪田道夫だが、天守で手間取って城を出たのは九時二十分をいくらか過ぎた頃だ。天守内の階段で陽太とすれ違っているから、二十二、三分くらいだろう。受付の職員も、陽太が入って猪田が出るまでに二、三分の差があったと証言している。その後、忍者屋敷に行きそこで雨宿り。雨宿りの最中にクイズを解いたので、四十五分には忍者屋敷を出て梅林へ向かったらしい。その間のアリバイはない」

「完璧にアリバイがある人は少ないんだ。それで、肝心の茅町さんは誰にも目撃されてないの？」

気のない声でももが尋ねる。既に自力での理解を諦め、あとであおに嚙《か》み砕いて教えてもらうことに決めていた。

空は愚妹の思惑などお見通しのようで、横着な態度に一瞬むっとした顔を見せる。だが開き直るようにあおにだけ向かって、

「黒忍者は三度ほど目撃されている。もう一人の黒忍者である愛希の行動がはっきりしているので、みな茅町だろう。時間順に並べると、最初の目撃者は陽太だ。俳聖殿から出てくるとき、黒忍者をちらっと見たらしい。姿はすぐに木陰に消えたようだが。九時十五分頃だな。次に猪田が、天守から忍者屋敷に向かう時に後ろ姿を目撃している。猪

田は天守で手間取ったのでだいたい九時二十五分くらいか。俳聖殿への道を足早に歩いていたらしい。最後は西大手で、雨が降り出す一分ほど前に筒井古城で見かけたらしい。彼がいたお城会館は、筒井古城の南に位置しているからな」

「そのころはもう西大手さんは絵梨子さんと一緒だったはずだけど、絵梨子さんは見なかったのですか？」

質問したのはもちろんあぉ。

「ああ。西大手の指摘に気づいて絵梨子が見上げたときは既にいなかった。西大手と絵梨子では二十センチ近く背が違うから、そのせいもあるんじゃないかな」

「ちょっと待ってください！」

そう叫ぶと、あおは目を閉じながら口許を右手で覆う。そして五秒後、青みがかった瞳を見開くと、

「訝しくないですか？九時十五分に俳聖殿の近くにいたのに、二十五分に今度は俳聖殿へ向かうところを目撃されているんですよね。そして最後は豪雨直前の筒井古城。なのに殺されたのはやっぱり俳聖殿。茅町さんは殺されるまで俳聖殿の周りをうろちょろしてたことになりますが？しかもどちらも本来のポイントとは関係ないのに」

「それは我々も不審に感じたが、ポイントそっちのけで誰かを捜していたかもしれないという意見が出てね。例えばその相手が愛希なら、二問目だから本来はその時間帯に俳聖殿にいるはずだし」

「でもそれなら、愛希さんが俳聖殿にいなければ、次はその前のポイントの芭蕉翁記念館を捜すはずですよね？」

舌鋒《ぜっぽう》鋭く詰問する。普段は大人しく空に気を遣うあおだが、いざ捜査のこととなると口調が厳しくなる。空も気圧されたように身を反らすと、

「まあ、そうなんだが……。茅町が何をしたかったかは、彼が何者か判明しないことには」

と、お茶を濁す。結局、そこに立ち戻るようだ。

「……それで俳聖殿のタバコだけど、やっぱり愛希さんのだったの？」

デジタルな時刻の数字が飛び交う間、しばらく蚊帳《かや》の外だったももが、頃合いを見て尋ねる。

「ああ、タバコの銘柄と口紅の色だけでなく、血液型も一致した。いまDNA鑑定をしているから確実なことは云えないが、犯人が愛希に濡れ衣を着せようとしたのかもしれないな」

「擬装でタバコの吸い殻って、幼稚なトリックよね。幼稚すぎて興ざめだわ」

つまらないミステリドラマを観たトーンで、ももが吐き捨てると、

「ヴァン・ダインに鼻で嗤われそう」

あおも深く頷いている。

「でも、愛希さんに確実なアリバイがなかったら、疑われていたかも。警察ってほらマ

ッチョだから」

「こら。俺はともかく警察を馬鹿にするな。そんな小細工誰でも解る」

空が憤慨して立ち上がった。

＊

夕食を終え二人でホテルの部屋に戻ったとき、ノックの音がした。ももが開けると、外には絵梨子が立っていた。その背後に西大手。二人とも死期を悟ったような憔悴《しょうすい》しきった顔をしている。

「どうしたんですか？」

尋常でない雰囲気に、すぐさま二人を中に招き入れる。

「兄が疑われているんです」

「今も、警察が再聴取だといって先輩を……」

ドアを閉めるなり、口々に訴え出す二人。

「お、落ち着いて下さい」

ももはとりあえず彼らをラタンの椅子に座らせた。飲むはずだったアップルティーを差し出し、あおとともに事情を訊く。

どうも、佑紀のカバンから俳聖殿に残されていたものと同じタバコの吸い殻が五本も発見されたらしい。もちろん佑紀が吸ったものではなく、愛希の吸い殻をくすねたのだ。

「もしかして、お兄さんは愛希さんのストーカーなんですか？」

ずけずけとももが尋ねると、非常時だからか体裁を取り繕うことなく絵梨子も素直に認めた。

「はい……お恥ずかしい話ですが。それを警察に誤解されたみたいで。いくら説明しても」

絵梨子の話では佑紀は資産家だった親の遺産を、愛希の口車に乗ってほいほい投資し、そのほとんどを失っていた。そして気がつけば親の代からの古い一軒家くらいしか残っていなかった。噂では、失った資産はほぼ愛希の会社に流れ込んでいるという。さすがの兄もそれで目が覚めるかと思ったのだが、懲りることなく愛希に熱を上げている。金を騙し取られたといくら口酸っぱく云っても信じようとしない。あまつさえ新たな貢ぎ物で気を惹《ひ》こうとする。このままいくと家まで掠《かす》め取られるか、ストーカーが昂じて逮捕されかねない。どちらにしても生き地獄。愛希とは手を切るよう絵梨子たちが必死で説得したのだが、

「このイヴェントにあの女がいるのを見て、兄が何も変わっていないことを知りました……ここまでされても、何も変わってないんです……何も」

絶望のどん底で亡者が蠢《うごめ》くような、とても若い女が出すような声ではなかった。間接光とあいまって、陽光の下ではつややかだった頬も腐敗した梨のように澱《よど》んでいる。

「でも、それなら警察に疑われるのは仕方ないかも。アリバイもないみたいだし」

無邪気で無神経なものの言葉に、絵梨子がわっと顔を伏せる。

「いくら本当のことでも、言葉を選びなさい」

あおが小声で窘めるが、追い打ちにしかなっていない。

「先輩はストーカーになるほど一途な人ですが、殺人なんて大それた犯罪をする人じゃ絶対にないんです。それに殺されたのが愛希さんならともかく……。ももさんは刑事さんの妹と聞きました。それでなんとかとりなしてもらえないかと」

西大手が興奮気味に顔を近づけ訴える。イケメンだが熱気が少々暑苦しい。細身のスポーツマンで、学生時代に自転車で本州縦断をしたらしい。彼は佑紀の大学時代の二つ後輩で、卒業後佑紀と同じ会社に入ったので、職場の後輩でもあるようだ。大学生の時から兄妹と親しいつきあいをしているとか。

「とりなしですか。……まあ一応話を聞いてみますけど」

気乗りしないまま、ももは兄に電話をかけた。佑紀が犯人でないと確信していれば積極的になれただろうが、まだ茫《ぼう》としている状況で兄の邪魔をしたくなかったのだ。こちらが干渉しないことで向こうからお目こぼししてもらっているという意識は、さすがのももにもあった。

ツーコールで繫《つな》がり兄が出る。

「どうしたんだ？」

斯《か》く斯く然々《しかじか》と事情を説明すると、

「なるほどな。それで佑紀はホテルのナイフを隠し持っていたのか。あれも愛希が使ったものなんだな。一応指紋を採っておくか」

「そんなのまであったの！」

　さすがに呆れて、ちらと絵梨子たちを窺った。心配そうに耳を澄ませている絵梨子と目があう。もしかすると妹たちはナイフのことまでは知らないのかも。

「でも、愛希さんが殺されたわけではないのに？」

「可愛さ余って憎さ百倍。罠《わな》に陥れようとしたのかもしれないな」

　そんな、とは思うが、かといって否定できる材料もない。

「それより、被害者の名前が判明したぞ」

　電話越しにも兄のトーンが変わったのが感じられる。

「少し離れた市営駐車場で車が発見されたんだ。車内には衣服の他に、財布やスマホ、免許証が残されていた。スマホはこれからロックを解除しなければならないが、免許証から、名古屋のバーテンダーで丸山佐助《まるやまさすけ》ということが明らかになった」

「丸山佐助？」少し思い巡らせてみたが、いくら記憶力がスポイト並みのものでも初めて聞く名前なのは解った。「やっぱり茅町は偽名だったんだ」

「ああ、それに名古屋というと、やはり彼らの誰かを目当てにここまで来たんだよ。本名さえ判れば動機の解明も難しくない」

「まあ、そうかも……え、お兄ちゃん、ちょっと待って！」

ももは頰を紅潮させるとスマホ越しに大声で叫ぶ。隣で嘆き悲しむ絵梨子たちの存在は、一瞬にして消し飛んでいた。

「佐助よ佐助！　猿飛《さるとび》佐助。つまり猿！　蓑に雨に猿。初時雨猿も小蓑をほしげなり。やっぱり芭蕉の俳句の見立て殺人だったの！」

4

「やっぱり芭蕉の俳句の見立て殺人だったの！」

兄との通話を終えたももは、興奮醒《さ》めやらぬ顔であおを見た。

「初時雨猿も小蓑をほしげなり。有名な『猿蓑《さるみの》』の冒頭の句にして、芭蕉がここ伊賀で詠んだ句でもあるの。俳聖殿の見立てにはジャストフィットぴったし！」

我が意を得たりと身ぶり手ぶりを交え、滔々《とうとう》とまくし立てる。小刻みに身体を動かしすぎて、制服のスカートが皺《しわ》だらけになるのも何のその。

「好きな俳句が絡んできて、なんだか嬉しそう。でも初時雨って確か冬の季語でしょ？」

あおが雲一つない月夜のような青みがかったクールな瞳で指摘すると、

「俳句に興味がない癖に、そんなところは詳しいんだ。季が違っててもいいじゃない。じゃあ、あおは全く関係ないと云うの？」

山頂に運ばれたポテチの袋のようにぱんぱんに頬を膨らませ、ももはムキになる。

「二つならともかく、三つも題目が揃えば考慮せざるを得ないか」

肩を竦めながら、不承不承あおが折れる。理屈っぽい彼女に認めさせたことで、ももは満足して頷いた。

「でも、どうして犯人がわざわざそんな見立てをしたのか、考える余地はあると思うけど」

「そうか……」いい気分になると、すぐに水を差される。ホントあおはよく頭が回る。悔しいくらいに。

「……それで、兄は」

ずっと蚊帳の外だった絵梨子が、たまりかねて尋ねてきた。その憔悴しきった表情に、「あっ」とももは声を上げる。俳句の見立てを思いついて絵梨子たちのことをすっかり忘れていたとは、とても口に出せない。

「そ、そう。やっぱり難しいらしいわ」

苦し紛れだが、嘘ではない。被害者の名前が判って、それを元にこれから佑紀を締め上げようという雰囲気は、電話越しにも感じられたからだ。ただ余計に不安がらせるだけなので、ナイフのことは伏せておく。

「そうですか」

うすうす察していたのだろう。絵梨子は諦め気味に引き下がる。逆にこれ幸いともも

が、

「ところで、お兄さんは芭蕉の俳句に興味は？」

「……」

「そんなものありませんよ！　聞いたことありません」

困惑し黙り込んだ絵梨子に代わって、西大手が怒鳴るように割って入る。明瞭《めいりょう》でボリューミーなテノールが部屋中に響いた。立派な肺活量を持っているのだろう。このホテルは防音がしっかりしているので隣の部屋までは聞こえないだろうが、木賃宿なら隣から怒りの壁ドンをされること間違いない。

「先輩がこのイヴェントに参加したのも、愛希さんが参加するからというだけで。たぶん芭蕉のばの字も知らなかったと思います」

佑紀がストーカーであることを知られたためか、清々しいほどの開き直りで西大手は説明した。とはいえその表情は終始苦々しげだ。あまりの真剣さに、尋ねたももが引いてしまうくらいだった。

「そもそも佑紀さんは、愛希さんがこのイヴェントに参加することをどうやって知ったんですか？　さすがに盗聴器を仕掛けたりしていたわけではないのでしょう？」

代わりにあおが静かな口調で質問すると、

「それが……昨日問い質《ただ》したら、ある人に教えてもらったと」

西大手が答える。

「それはいつのことですか？」

「二ヶ月前だと云ってました」

おそらくももたちが出くわした鍵屋の辻での会話なのだろう。絵梨子は初耳だったらしく、

「兄がこのイヴェントのことを持ちかけてきたのも二ヶ月前でした。じゃあ、話を聞いてすぐに……こんな時だけ決断が早いんだから」

細い首を折り、がっくりと肩を落とす。呆れて溜息も尽きてしまったようだ。大きく開いた口からは何も出てこなかった。

「二ヶ月前か。それなら『奥の細道』や『猿蓑』を読む時間は充分にあるね」

場を読まないももの発言に、「余計なことを云わないの」と、あおは切れ長の目で釘を刺す。

「で、誰から聞いたかは教えてくれなかったんですか？」

「はい」と西大手が苦々しげに頷く。

「でも、すぐに参加を決めたのなら、相手の言葉を疑わなかったということですよね。匿名じゃなく、信用に値する相手だったということですか？」

「それが……ホテルに電話して確認したら、話通りだったとか」

「ホテルの人が参加者の名前を教えたんですか？　ほんとセキュリティが甘いんだから」

東京育ちのあおが、呆れて感情的な声を漏らしている。口調が愛希に似ていた。

「田舎はそんなものよ。平和でのんびりしてて」伊賀を侮辱されてももは反論する。

「だから、今まで私たちも探偵としていろいろ出入りできたんだし」

「まあ、たしかに都会なら問答無用で摘まみ出されていたかもしれないけど」

「……兄は人殺しなんてする人じゃないんです！」

脱線気味の二人を見て、軌道修正するように絵梨子が訴えかける。

「でも、愛希さんが相手なら殺していたかもしれないんでしょ。可愛さあまって憎さ百倍って云うし」

ぼそっとももが呟くと、

「そんなまさか。それに殺されたのは愛希さんじゃありません」

絵梨子の戸惑いを他所《よそ》に、

「そうか！」といきなり声をあげももは天井を見上げた。そして焦げ茶色の瞳を爛々と輝かせて絵梨子を見ると、「同じ黒忍者の装束だったから、愛希さんと間違えて殺したのかもしれない。どちらも体型が似ていたし」

「そんな！　先輩は愛希さんのことをあれだけ想っていたんです。たとえ愛希さんでも殺すなんてこと。先輩は学生時代に海部《あま》の甘ちゃんと呼ばれたように本当に心優しい人なんですから。そりゃあ、愛希さんに関しては、偶然を装ってイヴェントに参加したり、タバコの吸い殻を集めたりしたかもしれませんが……」

反論しようとした西大手だが、ストーカー行為を並べ立てているだけと気づいたのか、語尾が徐々に小さくなっていく。

「まあ、いくら愛希さんと茅町さんの二人ともがサングラスをかけていたからといって、男と女を簡単に間違えるとは考えにくいですね。ひと言喋れば一発だし」

険悪なムードを感じとったあおが理知的なフォローを入れた。

「そっかぁー」

「ともかく被害者の身許《みもと》が判明したわけですから、その人物が佑紀さんと関連があるかどうかすぐに判るでしょう。もし他の人と強い関係が見つかった時は、容疑は自然とその人に向くと思います」

　これ以上ももに仕切らせておけないと痛感したのか、あおは改めて二人に視線を向けると、

「それで、丸山佐助という人に心当たりは？」

　シンクロするように二人とも右側から首を横に振った。

「初めて聞く名前です」絵梨子が口にすると、「僕も初耳です」西大手も頷く。

「そうですか。佑紀さんと関係がなければ警察も早々に解放してくれるかもしれません。ともかく犯人はまだこのホテルにいるかもしれないので、くれぐれも注意して下さい」

　顔を見合わせる二人。形ばかりの慰めで、果たしてどこまで安心できるのか、それは口にしたあおも解らなそうだった。

*

「ねえ。あおは佑紀さんが犯人だと思う？」

不安の厚化粧で塗り固められた顔の二人が部屋から去ったあと、ベッドの上であぐらをかいたももが、都《みやこ》こんぶを咥えながら尋ねる。

「まだ解らない。本当に被害者と関係がなかったら、可能性は低いけど」

緑茶で喉《のど》を潤し、慎重にあおが答えた。ももの前でもぶっちゃけてくれないのが、あおの賢いところでもあり、もどかしいところでもある。

「一応情報を整理してみましょうか？」

「お願い。お兄ちゃんの話を聞いても全然頭に入ってこなかったから。説明が下手で」

「それはお兄さんが可哀想ね」

「どういう意味？」

「そのままの意味。それはともかく、もしこれがももの推理通りに見立て殺人だとしたら、一つはっきりすることがある。犯行はゲリラ豪雨のあとに行われたということ」

「雨が降らなければ、見立ても成立しないもんね。それくらいは私にも解るよ」

くちゃくちゃと都こんぶを噛み鳴らしながら、ももが頷く。

「そして雨は全く予報されていなかった。つまり犯人が雨を見越して見立ての準備をすることは不可能。蓑が俳聖殿にあったことを考えれば、雨のあと佐助を殺したときに蓑が目に入り、これ幸いと猿蓑の句に見立てたことになるけど」

「とっさに見立てを思いついたってこと？　どうしてそんなことをしたんだろ？」

呑気にももが尋ねる。ティーバッグの紅茶を呑みながら、あおは鋭く睨みつけ、

「見立てだって云い出したのはももでしょ」

「怒らないでよ。結果はあっても原因が判らないことなんてよくあるでしょ。どうして砂糖は水よりお湯にたくさん溶けるのかとか、氷の上は滑りやすくなるのかとか、地学の授業はいつでも眠くなるのかとか。あ、そうか解った！　雨が降り始めてからアリバイがない人が犯人なのか」

「さっき私がそう云った」

あおの冷静な突っ込みが入る。いつものことなので手慣れた感じだ。

「それで、雨が降り始めてからのアリバイがある人といえば……」

「はい、はーい。私、私」

と、ももは満面の笑みで右手を上げた。

「もも、そしてももとずっと一緒にいた愛希さん。広小路正樹さんは雨が上がってからのアリバイがなく、絵梨子さんと西大手さんは雨が降り始める直前から二人一緒だったからアリバイがある。広小路陽太さんも雨が降っていたときに天守内にいたからアリバイがある。逆に猪田さんと佑紀さんにはアリバイがない、と」

「これで全員？」

「城内にいたということなら二人の職員も含まれるけど。ただレストハウスのおばちゃんはもともと一緒にいたし、天守のおばちゃんは陽太さんと話してたんでしょ」

「レストハウスのおばちゃんは、店の奥に入ったりしていたから、ずっと一緒だったわけじゃ」

「たしかに」予《あらかじ》め想定していたらしく、あおはあっさり同意する。「天守のおばちゃんのほうも、受付で座っているところをずっと見られていたわけじゃないし」

「微妙に隙があるってこと？」

　二枚目の都こんぶを口に放り込みながら、ももが訊くと、

「現状、白っぽいグレーかな。山水画の霞《かすみ》の部分みたいな。ともかく、Wおばちゃんズは脇においておくと、アリバイがないのは佑紀さん、猪田さん、正樹さんの三人に絞られる」

「佑紀さんが残ってるのか。絵梨子さんはますます気が気じゃなくなるね。でも天守のおばちゃんがグレーなら、逆に陽太さんもグレーなんじゃ？」

　腕組みしながら、ももが首を捻る。

「もも一度は入ったことがあると思うけど、天守から外に出るには受付の前を通らなければならない。他に出口はなし。つまりおばちゃんは陽太さんに気づかれずに外に出られるけど、中の陽太さんはおばちゃんに気づかれずにこっそり抜け出せない」

「実はおばちゃんと陽太さんがデキてて、二人で口裏を合わせているとか。禁断の年の

差不倫カップル」

「いつもコンビニでどんな漫画を立ち読みしてるの。それにおばちゃんが既婚という情報はないはず。ほら、その下品な笑みをしまいなさい」

　あおは渋い表情で睨《ね》めつけた。

「そもそも二人がグルなら、ずっと二人で話してたとか、もっと完璧なアリバイを互いに証言するでしょ」

「そっか。そりゃあそうだ。私なら、ずっと二人でツイスターで遊んでたとかにしとくかな。それならアリバイは疑われないし、二人の愛の伏線もばっちしだし」

「コンビニ漫画はもういいから。話がややこしくなるからやめて」

「ごめん、ごめん。でもその三人じゃあ、猪田さんが犯人かな」

さらりとももは宣《のたま》った。くちゃくちゃ都こんぶをしがみながら。

「それは探偵としての勘？　それとも願望？」

「どちらかといえば願望」

　笑って誤魔化そうとしたが、あおは呆れた顔で、

「どちらかといえば、ではなく百パーセント願望でしょ」

「だって、あいつキモいんだもん。あんなのネオ芭蕉じゃなくてエセ芭蕉」

「キモいで通報していいのは小学生まで。高校生なんだから外見だけで判断したらダメ。それにどんなにキモくても猪田さんはちゃんと働いてるようだし」

「芭蕉の末裔を騙ったただの詐欺よ。デタラメな俳句を教えるのを労働とは云わない。きっと税金も誤魔化してる！」

こめかみに青筋を立ててももは猛抗議した。野球ならそのままファーストベースをぶん投げたくなるところだ。近くにはないので枕で代用しようかと探し始めたところで、昨夜のことを思い出した。

「そうだ……昨日展望レストランで、エセ芭蕉は正樹さんと口論してた。丸山がどんな人であれ、エセ芭蕉が全くの無関係じゃないのは確かでしょ」

「そうだけど……」あおもトーンを落とす。「結局、丸山佐助が何者なのか判明しないことには、話が進まないってこと。見立ても同じ。今はまだ、完璧なアリバイがあるももと愛希さん以外は等しく疑わしい状況」

「私にアリバイがあって良かった。探偵が疑われるなんて、下克上にも程がある」

安堵《あんど》の息を吐くと、ももは大きく背伸びをしてそのままベッドに倒れ込んだ。

5

翌朝……。

「大変！」

ももが勢いよく掛け布団をまくり上げ、あおを起こす。二人とも高校の体操着。右胸に校章が縫い込まれている。夜になって家から着替えが届けられたのだ。ただももが時節がら半袖半ズボンなのに対し、あおは長袖長ズボン。エアコンに弱く、家でも一年中厚手のパジャマで寝起きしているらしい。

「だから大変なんだって！」

胸ぐらを掴んでも、前後に揺らしても、あおが起きる気配は微塵《みじん》もない。繊細そうな見かけとは裏腹に、寝起きだけは無銭飲食を繰り返す無精髭のおっさんのように図々しい。

ついあおの無精髭を思い描いていると、ぶんと、寝返りを打つあおの右手が飛んでくる。裏拳《けん》だ。慌てて避けたが、危うく右目にマンガみたいな青痣《あざ》が出来るところだった。

もう……！

中学の修学旅行を思い出す。あのときも寝起きが最悪だった。そして義務感から何度も起こそうとした班長の腹に、膝蹴りが綺麗《きれい》に決まったのだ。

衝撃で班長の口からあおの顔一面にゲル状になった夜食のスナックが零れ落ちたのは、今でも伝説として母校で語り継がれているらしい。あおにとっても班長にとっても、黒歴史な修学旅行だった。

「このだらしない顔を写メして、クラス中にばらまいてやろうか」

そう思わないでもなかったが、十倍にして復讐《ふくしゅう》されるのが火を見るより明らかなので諦める。ただ後々のために、一枚だけ撮っておいた。

シャッターの音で起きるかと思えば、ずっと寝たまま。そこまで自意識過剰ではないらしい。

仕方がないので、あおの耳元に顔を寄せると、

「殺人事件よ！」

やはり猫にまたたび、探偵には殺人事件。効果覿面《てきめん》で、あおは一瞬で跳ね起きた。そして寝ぼけ眼のまま、きょろきょろと周囲を見回している。

「目覚ましのメッセージをこれにすればいいのに」

「なに、嘘なの？」

担がれたと、眉を顰《ひそ》めたあからさまに不機嫌な顔で尋ねてくる。

「嘘じゃない。信じてよ」

「私はいつもももを信じてる。それで本当のところはどうなの？」

低血圧と低気圧で極限まで圧《お》し潰されたカエルのような声を出しながら、あおは右手で枕元をまさぐっている。達人が適当な得物を探しているかのように。

「本当だって！　愛希さんが殺されたの。今、お兄ちゃんから電話があった」

「愛希さんが……それを早く云って」

いきなり瞳をしゃきんと輝かせると、あおは両頬を叩いて立ち上がった。

といってもそこは女子。二人ともすぐに部屋を飛び出すことはなく、髪を整え制服に着替え、その他諸々十五分後にようやく階上の愛希の部屋に駆けつけた。

イヴェントの参加者では愛希だけ喫煙部屋を希望していたので、猪田や絵梨子たちはもとより、正樹や陽太とも違う階になっている。佑紀もそこまでのリサーチはできなかったらしく、他の面子《メンツ》と同じ禁煙階だった。

愛希の部屋は既に捜査陣でごった返していた。人気ラーメン店の暖簾《のれん》のようにドアは片時も閉じられることがなく、頻繁に鑑識官などが出入りしている。そして事件を聞きつけた野次馬たち（もっぱら宿泊客だ）が距離を置いて、狭い廊下に犇《ひし》めきあっていた。

バーゲンに特攻する覚悟でももたちは人の群れをすり抜けていく。顔や身体が粘土のように変形したまま戻らないんじゃないかと怯えながら。その中には猪田の姿も見えた。もちろん忍者装束ではなく、今は私服のよれたジーンズ姿だ。

「やあ、寝起きのＪＫたち。なんでも愛希さんは浴室で首を絞められて殺されていたそうだよ。浴室にはカエルの置物があったらしい」

そして猪田はしたり顔で、「古池や蛙《かわず》飛び込む水の音」と口にした。

「また見立て殺人とは。俳句を殺人の道具に使うなんて、史上最低の許すまじき犯人だ。芭蕉の末裔としてこんなに心苦しいことはない」

「あなたとは全く意見が合わないけど、それには激しく同意する。……でもどうして見立て殺人のことを知ってるの。まさか！」

お株を奪われたももは疑いの眼差しで猪田を睨んだが、彼はけろっとした表情で、

「昨晩、絵梨子さんから聞いたんだよ」

こともなげに種明かしをする。

「絵梨子さんから？」

「西大手君と歩いている彼女と廊下ですれ違ったんだけど、『お兄さんが大変だね』と声を掛けたら、あれは猿蓑の見立て殺人で、兄は俳句や芭蕉と関係ないから無実だと、ぼくに切々と訴えてきてね」

さすがの猪田も面喰らったのか、苦笑いしている。

「そりゃあ、必死だったな。兄の咎《とが》ソドムの雲海媛《ひめ》ひとり。でも愛希さんが殺されたとなると、ますます佑紀君が怪しくなるんじゃないの」

「迂闊なことは口にしない方がいいと思います。佑紀さんは昨夜は警察にいたようですから」

冷たい視線で隣のあおが釘を刺す。もう少し遅ければ、ももがぶん殴っているところだった。ともかく猪田なんかにつきあっている暇はない。二人は人混みを抜けると関係者面して部屋に入る。

「お兄ちゃん」

ももが呼びかけると、顔見知りの年輩の刑事がひょいと顔を覗《のぞ》かせた。

「〝お兄ちゃん〟なら浴室だ」

顎で浴室の場所を示す。通路沿いにドアが二つ並び、奥の方だった。ももたちの部屋もそうだが、キャッスル伊賀ではバスとトイレがセパレートになっている。ただ愛希の部屋はベッドこそセミダブルだったが、ももたちの部屋より一回り以上広かった。液晶テレビも壁掛けになっていて、当然インチもはるかに大きい。

「その呼び方は止めて下さい」

聞こえていたのか、浴室から空の声がしてドアが開いた。目の下に隈《くま》を作った寝不足気味の空がにゅっと顔を突き出す。

「一通り済んだから、ちょっとくらいなら覗いてもいいぞ。安心しろ、遺体はもう運び出してある」

　田舎の警察のルーズさ故か、出入りする鑑識官たちもにやつくだけで注意はしない。むしろ首からかけた職務用のカメラで、ももたちとのスリーショットを頼みにくる始末。もちろん空が鬼の形相で断っているが。

「しかしたばこ臭い部屋。浴室まで臭ってるなんて。本当にヘビースモーカーだったんだ」

　浴槽の脇には灰皿が置かれているが、見覚えがある細身のメンソールの吸い殻が数本置かれている。

「触るなよ。それはこれから回収するんだから」

「解ってるって。シケモク集める趣味なんかないから。昭和の貧乏学生じゃないんだし」

　ももはぐるりと浴室内を見渡した。浴室はももの部屋とほとんど変わらない。半分が浴槽で、あと半分が洗い場。洗い場の正面にはシャワーと鏡。ずらっと並んだアメニティ。ももたちの部屋にはないブランド品が交じっていたが、愛希が持ち込んだものだろう。

浴槽には冷めた湯が残っており、ロープが人の形に見えなくもないよう形作られている。おそらく発見されたとき愛希は浴槽の縁に上半身を預けていたのだろう。

そしてひときわ目を惹くのが、浴槽の底に鎮座している出歯亀、もとい……。

「これが噂のカエルの置物か」

陶器の茶色いカエルを見下ろしながら、ももが呟いた。見たところ幅は三十センチ弱、高さも二十センチ以上ある。飛び出た二つの目以外は水面下に沈んでいた。皮膚の色合いはリアルだったが、大きすぎてさすがに本物と勘違いすることはないだろう。

「蓑虫庵の古池にあった物に似てるけど、あっちは石だから違うか」

初日に行った蓑虫庵には、庵の前の庭に古池があり、芭蕉の句碑とともにカエルの石像がちょこんと置かれていた。もっとも古池の句が詠まれたのはここではなく、江戸らしいが。

「もちろん別物だ。このホテルの中庭にあったものだよ。犯人がここまで運んできたのだろう」

「じゃあ、やっぱり古池の句の見立て殺人なんだ」

我が意を得たりと、ももが胸を張る。

「ここまで明白だと、さすがに認めざるを得ないな」

「でもこの句も季節が違ってる。蛙は春だから」

背後のあおがぼそっとつけ足す。

「季語まで気にしてたら、殺人なんて出来ないって」

「逆に犯人はそこまで芭蕉に思い入れがないとも云える」

あおの言葉にももははっと息を呑むと、

「たしかに！　私なら季語は合わせるし（詠むのは苦手だけど……）、もう少しマイナーな俳句を使う。だって猿蓑にしても古池にしても有名すぎて、今さらどや顔で使うには恥ずかしいもん。そう考えると猪田も犯人じゃないのかな？」

「なに調子に乗って犯人の心情を妄想してるの。ほら、警察の方々が呆れてるって」

あおはももを窘めたあと、空に向かって、

「それで、愛希さんは入浴中に殺されたんですか」

「いや」と空は首を横に振った。「パジャマ姿だった。家から持ってきたものらしい」

「じゃあ、服を着たまま湯船に」

「ああ。首を絞められて殺されていた。殺されたのが浴室かどうかも不明だ。おそらくこの部屋の中でだとは思うが」

「じゃあ、見立てのためにわざわざ湯を張ったのですか？」

「そうだろうな。残り湯ということも考えられるが、見たとおり少なすぎる。中庭からカエルの置物を運んで来たくらいだから、湯を張るくらい大したことじゃなかっただろう。ただ湯が充分溜まるまで呑気に待ってはいられなかったようだが」

「その間に誰かが訪ねてきても困るもんね。正樹さんとか」

「愛希さんを殺した凶器は何ですか？　茅町さんと同じロープだったんですか？」

　ニヤつくももを無視してあおが尋ねる。

「いや。愛希の部屋の浴衣《ゆかた》の紐《ひも》だ。といっても本当にここの浴衣の物とは断言できないが」

「どうして？」

　ぼんやりした顔でももが口にすると同時に、あおが、

「浴衣はどの部屋も同じだから。自分の部屋の紐を凶器に使って、あとでここの紐を持ち去ったのかも」

「さすがはあおちゃん。呑み込みが早いね」

　兄が褒めるのはあおばかり。ももはぷいとそっぽを向いた。

「そういえば、発見したのは誰？　やっぱり正樹さん？」

「なんだ？　やっぱりというのは。さっきも何か口走ってたが」

「あの二人、絶対に肉体関係があるから」

　ももがしたり顔でうなずく。

「お前の口から肉体関係なんて言葉が出てくるのが哀しいよ。そもそも叔父と姪でか」

「実の父と娘での愛憎話とかいっぱいあるし。それに比べれば叔父と姪なんて遠い遠

い」

「お前はコンビニでマンガ雑誌の立ち読みしすぎだ。発見したのは、俺と小田《おた》さんだよ」

小田というのは先ほど顔を出した年輩の刑事だ。空とよく組んでいる。

「まさかお兄ちゃん、愛希さんの色香に迷って、夜這《よば》いを掛けようとしたの？」

ももはわざとらしく嬌声《きょうせい》を上げた。部屋の外から捜査員たちの忍び笑いが聞こえてくる。空はコホンとこれ見よがしな咳払いをしたあと、

「だから小田さんも一緒だと云っただろ。それに部屋に来たのは朝の七時だ」

「夜討ち朝駆け！」

「でもどうして愛希さんのところに。なにか見つかったのですか？」

ももを無視してあおが軌道修正する。空も同調するように、

「深夜にようやく被害者のスマホを閲覧できたんだが、連絡先に愛希の名前が入っていた。そして丸山の勤務先のバーに確認したところ、この一年、愛希らしき女が通っていたことが判った」

「じゃあ、愛希さんは丸山を知っていたと？」

「ああ。それで朝を待って事情を訊こうとしたら、この始末だ」

「愛希さんは丸山を知っていたのに知らんぷりした。臭うわね」

くんくんとももが鼻を鳴らす。そして「やっぱりタバコ臭い」と鼻を摘まんだ。

「臭うもなにももう殺されたあとなんだが。どうせなら昨日教えてほしかったな」

肩を竦めながら空がぼやく。

「丸山は愛希からのメールはまめに削除していたらしい。そのなかに一つだけ残っていたものがあった。写真が添付されていただけで本文はなかったが、その写真が正樹のものだったんだ」

「三角関係！」

「ももは黙ってて」珍しくあおが声を荒らげると、「でもどうして？」

「それも含めてこれから正樹に事情を訊く予定だよ。正樹は丸山を知っていたのかとか」

「そうですね」と、あおは静かに頷き、「でも愛希さんがわざわざ写真を送ったということは、面識がない可能性が高い気もします」

「まあな」

空も素直に認める。

「ねえねえ、お兄ちゃん。愛希さんはいつ頃殺されたの」

「解剖結果が出るまでは細かいことは判らないが、だいたい昨夜の十一時から一時くらいらしい」

「丑《うし》三つ時かぁ」

「「違う！」」と空とあおが同時に突っ込む。二人の剣幕にももはきょとんとしていたが、

すぐに平常心を取り戻すと、

「でもこれで佑紀さんはシロよね。警察に勾引《こういん》されてたんだから」

「いや、それが……」

兄が顔を真っ赤にして頭を掻《か》いた。

「佑紀は夜に釈放したんだ。そして本署の近くのホテルに泊まってもらった。一応見張りつきで」

「でも、このホテルには来てないんだからやっぱりアリバイがあるんじゃ？」

「いや……見張りの警官が居眠りをして、十二時から二時間ほど」

「『それは酷い！』」

今度はももとあおが一緒に叫んだ。

「なにそれ。もし私がやり手の記者なら大々的に取り上げるから。芭蕉の聖地で俳句の見立て殺人。しかも見張りの警官が居眠りして冤罪《えんざい》発生！　社長賞も狙えそうな絶好のネタじゃない。居眠り警官はクビで署長は左遷。絵梨子さんが可哀想！」

赤い布を見た猛牛並みに鼻息荒くももは憤るが、対照的にあおは冷静に、

「とはいえ、見張りが居眠りしているとは考えないから、さすがに抜け出さないのでは？」

「そう思いたいが、警察に予断は許されない」

「何が予断は許されないよ。居眠りしてたくせに」

さすがに外の捜査員たちも体裁が悪いのか無言のままだった。

*

「これじゃあ、絵梨子さんに説明のしようがない。どうして私がお兄ちゃんのために頭を下げなきゃいけないの」

ホテルのベッドに仰向《あおむ》けに倒れ込みももが溜息を吐く。反動でギシと大きくマットが沈んだ。

「別にお兄さんが居眠りしたわけじゃないでしょ」

隣に座ったあおは、緑茶のペットボトルに口をつける。

「いつも偉そうに警察の威光を笠《かさ》に着ているんだから、こんな時は連帯責任が当然でしょ。なのに他人のふりをされても」

「その警察のお目こぼしをもらっているのが私たちでしょ。ならこんな時だけ他人のふりをせずに、代表して頭を下げるのもしかたなくない？」

「もう、あおは屁《へ》理屈ばっかり」

口では云い負けてしまうため、ももは足をばたばたさせた。

「筋が通ってるのを屁理屈とは云わない。〝道理〟って云うの」

「解ったから。頭を下げるのも私の役目ってことでしょ」

ぶつぶつ愚痴りながら身を起こしたももはあおからペットボトルを奪い勢いよくお茶

を喉に流し込む。

「でも、もし丸山が愛希さんの知り合いなら、どうして愛希さんは知らんぷりを決め込んだのかな」

「きな臭い」

「きな粉臭い？」

「もしかすると、丸山は正樹さんを殺そうとしたのかも」

　あおがスルーして話を進める。

「どういうこと？」

「そのままの意味。丸山は正体を隠して茅町と名乗りホテルに現れた。そして部屋には遺留品どころか指紋の一つも残していない。愛希さんは丸山の顔を見ても他人のふりをし、丸山のスマホには愛希さんから送られた正樹さんの写真が残されていた。なにより、丸山の懐にはロープが忍ばせてあった」

　懇切丁寧な説明で、ももようやく納得がいった。ぽんと手を打つと、

「なるほど。丸山は茅町に扮《ふん》して正樹さんを殺して、そのあとすぐに逃げ去るつもりだったのか。で、愛希さんがそれに一枚噛んでいると」

「噛んでいるどころか、主犯かもしれない。ももが云うように、正樹さんと愛希さんがデキているのなら痴情の縺《もつ》れが動機になるし。なにより、ももはともかく、完璧なアリバイがあるのは愛希さんだけ。足をくじいたのが芝居だとしたら……。おそらく最初は

レストハウスのおばちゃんをアリバイの証人にするはずだった。しかし、ももが来ためついでに証人になってもらった」

「それで私を強引に引き留めたのか。上手《うま》く利用されたんだ、私」

憤ったももは力み返って腕組みした。

「それもあるけど、ももが正樹さんについて行けば、肝心の殺人が実行できなくなるでしょ」

「そうか……でも実際に殺されていたのは丸山だった。じゃあ正樹さんが丸山を返り討ちにしたと」

「その可能性が大きいかも。ただその場合正樹さんが愛希さんも殺したことになるけど、どうして愛希さんは昨晩易々《やすやす》と正樹さんを部屋に入れたのか？ それが引っかかる。犯人だと疑っていたはずなのに……。それに俳聖殿に残されていた愛希さんのタバコの吸い殻と、芭蕉の見立て。正樹さんが犯人ならなぜそんな手間暇をかけたか。そもそも返り討ちなのに、粉飾を目論《もくろ》む時間的・精神的余裕がいつ生じたのか。その辺もまだ全然説明がつかないけど」

いつものように右手で口許を覆いながらあおは考え込んでいる。クラスでもクールビューティーと評判の、担任すら戦《おのの》く鋭利な表情だ。

「でも、」とももは真っ白な天井を見上げながら呟いた。「どうして丸山は愛希さんと同じ黒装束だったのかな？」

「どういう意味？」

「だって、もし黒忍者が俳聖殿を出入りするところを目撃されたら、そりゃあ、普通は公園から姿をくらました茅町さんが犯人だと思うだろうけど。もしかすると愛希さんかもって、疑われるかもしれないでしょ」

「そのために愛希さんは完璧なアリバイを準備したんじゃないの？」

「実際おばちゃんは奥に引っ込んでて、完璧な証人には程遠かったよ。もちろん私がいなければ、強引におばちゃんを表に引き留めていたかもしれないけど。例えば丸山が、他の色の忍者だったほうが愛希さんは更に安全でしょ。色は自分で好きに選べるのに、どうして同じ色にしたのかなって」

「ホント、そういう直感だけは鋭いんだ」

苦笑いしながらも感心するあおい。

「だけって何！」ももは抗議のために再び足をばたつかせたあと、「……もしかして、愛希さんが丸山とどこかで入れ替わるパターンとか？　どちらもサングラスを掛けていたし」

「入れ替わるといっても。まさかももがレストハウスで喋ってたのが愛希さんとは別人だったとでも？」

「まさか。もちろん愛希さんそっくりの妹とかだったら自信はないけど……はっ、双子の妹！」

「話をややこしくしない。さっきの鋭いってのは取り消す」

そんなあ、とももは泣きそうな顔になる。

「ともかく、いまごろ空さんたちが正樹さんに事情を訊いているだろうから、何か発見があるかもしれないし」

「お兄ちゃん、図体だけで頼りないからなあ。ちゃんと踏み込んで訊いてるのかな」

「他人の心配をする前に、ももは絵梨子さんにどう伝えるか考えときなさい」

「ええー、やっぱり私の役目なのぉ」

ももは枕で顔を覆い、ベッドの上で頭を抱えた。

6

結局、ももの煩悶《はんもん》は杞憂《きゆう》に終わった。アプリの花占いを数回繰り返したあと、意を決して絵梨子に伝えに行ったとき、彼女は既にそれを知っていたからだ。事情聴取の際に聞かされたらしい。もちろんその場で空たちを詰《なじ》ったらしいが、ももが訪れたときには、あらゆる大罪を目の当たりにしてきた聖女のような諦めの境地に達していた。漂白剤もなしにシャツが洗えそうなほどに。

とはいえ佑紀の容疑が晴れたわけではない。

「丸山と愛希さんに繋がりがあったということは、佑紀さんにとっては丸山は恋敵と云えるかも」

　安心したももは、いつもの調子で容赦なく尋ねてくる。絵梨子と西大手は何か云いたそうだったが、遮るように佑紀が、

「警察にもそう云われたよ。丸山を知っているかって。でも僕は初めて見る顔だったし、丸山どころかバーの名前すら初耳だった」

　一昨日《おととい》インタビューしたときとは別人のようなげっそりやせ細った顔。釈放されたとはいえ、警察に犯人扱いされよく眠れていないのだろう。そのうえ最愛の愛希が殺されたのだ。

　警察が改めてバーの従業員に今回の参加者達の写真片手に尋ねたところ、誰も愛希以外に見覚えはなかったらしい。もちろん佑紀なら顔を見られずこっそりストーキングすることで、丸山の存在を認識していた可能性もなくはないが。

「もちろん愛希さんのタバコの吸い殻を隠し持っていた僕が悪いんだけど。その愛希さんももういない。あの吸い殻は形見にするよ。吸い殻を埋めて供養塔を建て、墓守として一生を」

「何云ってるんですか先輩！」

　シャレにならないといった声で西大手が佑紀の肩を掴んだ。佑紀は生気のない瞳を彼に向ける。西大手は苛立った声で、

「聞いた話だと、あの女は叔父とデキていて、その上愛人の丸山を使って叔父を殺そう

としたらしいじゃないですか。そんな女のために一生を棒に振ることなんかないですよ」

「そうよ！　お兄さん、目を覚まして。ここまで長かったけど、ようやくあの女の呪縛《じゅばく》から解放されたのよ」

隣で絵梨子も必死の加勢をする。

「誰から聞いたのかな？」

盛り上がる三人をよそに、ももの耳許であおが囁《ささや》く。ももは口笛を吹きかねない表情で明後日《あさって》の方を向いて知らんぷり。

「ところで、佑紀さんにこのイヴェントのことを教えたのは誰なんですか？」

「陽太君だよ。彼から電話がかかって来た。ずっと黙っておくつもりだったけど……愛希さんが死んだから、犯人を捕まえるために警察にも話したんだ。陽太君が犯人だとは云わないが、捜査の一助になればいいなと思ってね」

疲労の色が濃い声で、訥々《とつとつ》と佑紀は説明する。

「じゃあ、レストランで愛希が陽太を疑ったのは当たっていたのか」

西大手が合点するように声を上げた。

「ああ。陽太君としては後継者争いのライバルに嫌がらせをするつもり程度だったんだろうけど、僕にしてみれば彼の目論見なんてどうでも良かった。愛希さんに近づけるのなら」

「先輩！　先輩は純粋すぎます。それでどれだけ気を揉《も》んでいることか。ずっと秘めとかなきゃいけない愛も、世の中にはあるんですよ」

「本当に単なる嫌がらせだったんですか？　実際に愛希さんが殺されているわけで」

あおの疑義に、「どういうことですか？」と、真っ先に絵梨子が反応する。

「愛希さんが殺されて、もし佑紀さんたちがこの場にいなければ、当然、陽太さんが真っ先に疑われていたということです」

静かに述べたあと、用事は済んだとばかりに二人は退散することにした。

＊

空がももたちの部屋に顔を見せたのは昼過ぎのことだった。ももたちが昼に伊賀牛パスタを食べたと聞いてひとしきり羨《うらや》ましがったあと、

「喜べ、いろいろ新事実が判明したぞ。考え甲斐《がい》がある新事実だ」

喜ぶより明らかに持てあましている表情で、二人に向かってそう伝える。

「なによ、お兄ちゃん」

こんな時はろくなことがない。警戒しながらももが先を促すと、

「それがさ……」

兄の話によると、事件当夜の関係者のアリバイだが、夜が遅かったこともあり、誰も証明できる者はいなかったらしい。強いて挙げれば同じ部屋にいたももとあおくらいだ

ろうか。佑紀のアリバイまでなくなったのは警察の不手際だが。

また正樹の話では、高校生の愛希を手込めにしてずっと愛人同様に囲っていたのは事実だが、恨まれているとは思っていなかったと、驚いていたようだ。当人としては、会社の実権も任せるほどに手厚く扱っていたつもりらしい。

「死ねば良いのに」

無表情であおがぼそっと呟く。

昨日の夜は愛希を誘ったところすげなく断られ、独り部屋にいたという。断られたのが愛希に疑われているせいだと指摘され、再び驚いていたらしい。もちろん丸山のことなど見たこともないという。

またそれとは別に、捜査が進むにつれ、いくつかの新しい情報が入ってきた。

一つは、黒忍者の装束が一組紛失していること。在庫管理がルーズだったために、今日まで気づかなかったらしい。ただし三ヶ月前の点検では揃っていたようだ。使われた装束はリネン室のカーゴにまとめて放り込まれているので、その気になれば誰でも盗めるとのこと。

二つ目は、盗まれた物と同じかどうかは定かではないが、黒忍者の装束が水堀の底から発見されたこと。中に重しの石を入れ放り込まれていたらしい。早朝に堀で釣りをしていた少年が発見したのだが、水堀は釣りが禁止なので、功績にも拘《かか》わらず親に叱られたようだ。

発見された装束は、苔《こけ》や泥で汚れていなかったことから、投げ込まれてからまだ日数が経っていないとのこと。

「どういうこと。もう一人謎の黒忍者が暗躍していたとでも？」

忍者が暗躍するポーズを取りながら、ももが首を捻る。

「まさに影の軍団だな」

忍者好きの兄が口許を綻ばせる。

「何を感心してるの。ということは……でも、監視カメラには黒忍者が二人しか映っていないんじゃ。三人目はどうなったの？」

「それを考えるのが探偵の役目」

あおが指摘すると、「そう、そう」と空も大きく頷く。

「そもそも警察の役目でしょ」

ももは兄の脛を蹴ったあと、ベッドの上であぐらをかいた。ポケットの都こんぶをガジガジと大仰にしがみながら、

「正樹さんを殺そうとした丸山が殺された。じゃあ、もう一人の黒忍者はどこに関わってくるの？」

腕組みした胸許に首が折れるくらい頭を埋めて考え込むが、答えはすぐに出てこない。疑問の沼は深まるばかり。

「黒忍者は愛希さんたちとはまた別の思惑を持って行動してたかも」

緑茶を飲みながらあおが応じる。がさつなももと異なり、こちらは優雅な仕草だ。

「つまり二つの謀略がどこかで絡み合ってしまった。もう一人の黒忍者は、公園で何をするつもりだったのか？」

「それは丸山を殺すこと。いや、それは訝しいな……」

前に折り曲げすぎてそろそろ頸《けい》骨が危険水域に達しかけたと思われた時、ゴキリと命に関わる軋《きし》み音がももの首から聞こえてきた。

「大丈夫か」と心配そうに腰を浮かす空をよそに、

「解ったり！」

突如、ももは奇声を発した。


【問題篇・終わり】

※この小説は犯人当てになっています。次へ進む前に、しばし立ち止まり誰が犯人かを考えてみてはいかがでしょうか？　一句詠むだけでも構いません。

【解決篇】

7

「解ったり！」

　突如、ももは奇声を発した。

「結局は黒忍者ばかり死んでけり」

一句捻ったあと、焦げ茶色の瞳を宝石のごとく無機質に輝かせ、威勢よく顔を上げる。あまりに勢いがつきすぎて、反動で後頭部を背後の壁にぶつけてしまう。

「いたっ」と、ももは頭を抱えながら、「危ない。危ない。アナザーなら死ん……違う！　丸山は愛希さんと間違って殺されたんだよ。どうして愛希さんのタバコの吸い殻が捨ててあったのか、お兄ちゃん解る？」

「愛希を犯人に仕立て上げるためじゃないのか」

　空が気のない返事をする。妹の思いつきなど大したことないだろう、と云わんばかり。むかつくことに、空が信頼しているのはももではなくあおのほうだ。桃青コンビの内実に詳しいので仕方がないのだが。

「でも、あんな見え見えの手がかりなんて、警察も信用しないでしょ」

「たしかに会議でも、愛希がバカ正直に現場で吸っていたと考えた人はいなかったが」

「そもそも一本ならともかく、三本なんてどう考えても多すぎ。キャバ嬢の髪型じゃないんだから、盛ればいいってものじゃない。犯人だってそれくらいの頭は持ってるでしょ。でももし愛希さんが被害者だったなら、あのタバコの吸い殻はすごく自然と思わない？」

「愛希が被害者だと？　しかしそれなら犯人はどうして吸い殻を残したんだ？」

少しは気を動かされたのか、真面目口調で空が尋ねると、急にもものトーンが尻《しり》すぼみになる。思いついたはいいが、そのあとのことを何も考えていなかったのだ。

「……そこまでは、よく解らないけど。とにかくそっちのほうが自然でしょ。ねえ、あお」

「五十点」無表情で冷たく宣告すると、「少し待って。今から組み立て直すから」口許を右手で覆うだけでなく、目を閉じ左手を胸に当てている。ここ一番の本気モードだ。

三十秒くらいだろうか、あおはずっと黙考していたが、

「たしかに、そう考えれば全てすっきりする。あのタバコは愛希さんに濡れ衣を着せるためではなく、別のトリックのために置かれたと」

「別のトリック？」

空のみならず、当のもももあおを覗き込む。

「例えばです。愛希さんが最後に目撃されてからすぐに殺されたとしましょう。しかしタバコが三本も残されていれば——十五分から二十分程度でしょうか——愛希さんはタバコを吸う時間の分だけ、長く生きていたと誤解させられます。その間に犯人はアリバイ工作を」

「つまり自身のアリバイ工作のために、犯人はタバコを残していったと云うんだね。しかしもし愛希がずっと単独行動をしていたなら、誰にも目撃されないから意味をなさないんじゃないのか？　最初は全員バラバラに行動するはずだったんだし」

　空の指摘に、あおは軽く首を横に振ると、

「本来なら愛希さんは俳聖殿に二番目に入る予定でした。最初に入った陽太さんが去ってから二十分ほど、つまり三番目の正樹さんが来るぎりぎりまで生きていたと思わせられたら、犯人にとってもいろいろ工作の仕様はあります。それにメインのトリックは別にあり、これはあくまで運が良ければといったサブ的なものでしょう。しかしそれが犯人の首を絞めたんです」

「よく解らないが、実際殺されたのは、愛希ではなく丸山だろ」

「だから間違い殺人なんだって！」ポニーテールを水平にブンブン振り回しながら、ももが甲高い声で叫ぶ。「同じ黒の忍者姿だったから間違えたの！」

「そうです。丸山と愛希さんは同じ黒忍者の装束でした。しかも薄暗い俳聖殿で、背後から首を絞められて殺されました。摑んだ蓑に顔を埋め俯せに倒れたので顔の違いも胸の有無も犯人は気づかなかった」

「殺したあと確認しなかったのはともかく、黒忍者が二人もいるのに犯人は相手を確かめもせずに絞め殺したのか？　背格好は似ているが、一声発すれば、男か女かの区別はつくだろう。しかももう一人黒忍者が紛れ込んでいた可能性すらあるんだが」

　納得がいかない顔で、空が食いさがる。

「だからこそなの。三人目の黒忍者がいたから間違い殺人が発生したの。……上手く説明できないけど」

　もどかしさを感じながらももが訴える。当然ながら兄はピンときていない。自分でもこれくらいは解るというのに。ただ相手を説得することが出来ない。納得させ感嘆させることが出来ない、テレビで見てきた偉大な探偵たちのようには。それがもどかしい。

　そんなももを宥めるかのように、あおはぎゅっとももの手を握ると静かに代弁した。

「お兄さん、相手を確認しなくても済むケースが一つだけあります。それは犯人が茅町だった場合です。本来黒忍者は二人しかいないはずですから、自分以外の黒忍者は愛希さんに決まっています。だから俳聖殿に入ってきた黒忍者を愛希だと思い込み、抵抗する暇も与えず背後から首を絞めた」

「しかし茅町は被害者なんだが」

「丸山と茅町は別人なんです。もし丸山が茅町で第三の黒忍者が犯人ならこんな間違い殺人は起きなかったはずです。なぜなら自分以外にあと二人、黒忍者がいることを承知していますから、相手が愛希さんなのか茅町なのか犯行前に確認するでしょう。なので殺された丸山は必然的に茅町ではなく、以前に盗んだ黒忍者の装束で密《ひそ》かに紛れ込んだ第三の黒忍者になります。同時に、殺したのは茅町しかありえません。他の人も同様に、目の前の黒忍者が愛希さんだと無条件で確信できないのですから。つまり当時、上野城公園には三人の黒忍者がいたわけです」

「しかし、あおちゃん」空はこめかみに指を当て状況を整理したあと、「監視カメラには黒忍者は二人しか捉えられていないんだが。まさか丸山は前日から公園に忍び込んでいたのか」

「監視カメラのことは参加者には知らされていませんでした。なのでもし丸山が紛れ込まなければ、黒忍者は一人しか映ってなかったでしょう。つまり茅町は他の参加者の一人二役というわけです。この時点で犯人はミスを犯していたはずなんですが、丸山の闖《ちん》入《にゅう》により人数が一致してしまったんです。もちろん第三の黒忍者である丸山も監視カメラの存在は知らなかったでしょう。なぜなら茅町の一人二役がなければ、黒忍者が三人映ることになったはずで、それは愛希さんとしてもまずい事態ですから」

「待った、待った」空は一度ストップを掛けたあと、「まず丸山のほうから整理をしよう。丸山は愛希と組んで正樹を殺そうとしたんだな」

「おそらくそうです。愛希さんに完璧なアリバイがあることが、いえ、愛希さんにしか完璧なアリバイがないことが、愛希さんの関与を示しています。そしてターゲットは正樹さんだった。最初はももが云ったように、どうして愛希さんと丸山が同じ黒装束なのかが疑問でした。でも丸山が茅町ではなく第三の黒忍者なら理由がはっきりします。例えば丸山が愛希さんとは違う青忍者の装束で忍び込んだとしたら、青装束は陽太さんと佑紀さんの二人だけなのに、近い場所に青忍者が三人いたら偽者が紛れ込んでいると判ってしまいます。他の色でも同じで、みんなの動きは細かい時間までは予想はできないから鉢合わせになって怪しまれる可能性があるんです。それに今回は誰もピンクを着ていませんでした。もし丸山の衣裳がピンクだったら、一発で不審者とばれたでしょう」

「そうか。愛希と同じ色なら、事前に示し合わせられるから絶対に鉢合わせしない」

「もちろん、万が一俳聖殿を出入りするところを目撃されて、同じ黒忍者ということで疑われるリスクはありますが、愛希さんは完璧なアリバイを作る予定ですから、危険は少ないと考えたのでしょう。もう一人の黒忍者である茅町に容疑が向く可能性のほうが高い。そして実際、愛希さんは城の東側にしかいなかった」

「そもそも愛希としては、限られた空間のあの参加者の中に犯人がいることにしたかったんだな。第三者が忍び込んだと俺たちに気づかれたら、丸山にまで捜査の手が届くかもしれないから。……そうか、それならたしかに愛希は正体不明の茅町なんて存在を自分で作り出すはずがないか」

「はい。そして濡れ衣を着せる相手は陽太さんだったんじゃないかと。正樹さんを殺し、競争相手の陽太さんを蹴落とせば地位も自由も安泰です。あと、おそらく佑紀さんにイヴェントのことを教えたのは丸山でしょう。陽太さんのふりをして電話で。陽太さんにアリバイが生じてしまった場合の保険として」

「たしかに陽太は佑紀に教えていないと否定してたな。てっきり嘘だと思ったが」

「また佑紀さんが亜希さんをストーキングすれば、亜希さんのアリバイはますます盤石になります」

「なるほど、丸山に関しては解ったが、それじゃあ茅町のほうはどうなんだ？」

いまいちついて行けなくなり、地蔵にならざるを得なくなったももをそっちのけで、空とあおは熱く議論を交わしている。既に兄のほうがあおの推理をより理解しているみたいだ。

「そちらも簡単です。茅町一郎というのは、当時公園内にいた誰かが一人二役をしていたわけです。おそらく犯人の目論見としては、謎の人物である茅町が愛希さんを殺して公園から逃げ去ったことにしたかったのでしょう。被害者の脇に茅町の通行手形を落としておいたのも、茅町が犯人だと思わせるためです。私たちは被害者こそが茅町だと誤解してしまいましたが。しかし監視カメラの存在と丸山の闖入で想定外の事態に陥ってしまった。間違い殺人になったために、犯人が残した被害者のタバコのトリックと加害者の通行手形などが全て逆に解釈されてしまったわけです」

「二人一役と一人二役がかち合って人数が過不足なく揃ってしまった訳か」

「犯人としては、謎の存在である茅町が愛希さんを殺して公園から逃げ出したことにしたかったのに、どういう因果か、謎の茅町を殺した犯人がまだ公園内に残っているという状況にすり替わってしまったんです」

残念そうにあおが説明する。整然とした美しさを信奉するあおにしてみれば、ことが計画通りに運ばなかった犯人に対し、敵ながら少し憐憫《れんびん》の情を寄せているのかもしれない。

「で、茅町に扮していたのは誰なんだ？　正樹なのか」

「茅町の思惑とは別に、正樹さんが襲ってきた丸山を返り討ちにした可能性もなくはありません。ただ凶器となったロープを考えると、犯人は予め犯行の準備をしており、とっさの返り討ちだったとは考えにくいです」

「じゃあいったい誰が？」

「そっか！」しばらく手持ち無沙汰《ぶさた》で都こんぶをしがんでいたももが久しぶりに声をあげた。「最初の事件に俳句の見立てなんか存在しなかったんだ！」

「なんだそれは？　見立て殺人だと騒ぎ出したのは、もも、おまえじゃないか」

「それは、ゴメン」口の端からこんぶを突き出しながら、素直にももは謝った。

「ももの云うとおり、見立ては存在しませんでした。なぜなら丸山佐助が殺されたのがたまたまだったからです。そして彼は愛希さんしか知らないジョーカーでした。つまり犯人は殺した相手が佐助だと知らなかった。それどころか吸い殻を残している以上、被害者が愛希さんだと信じていた。愛希さんでは『初時雨猿も小蓑をほしげなり』の句は成立しません。となると丸山の名前が表に出てくるまでのように、ゲリラ豪雨は偶然で、蓑は被害者がとっさに摑んだと考えたほうが自然です」

「たしかに」と空が頷く。「じゃあ、なぜ愛希の浴槽にカエルの置物があったんだ。あれも偶然なのか？　偶然だとしたらどういう風の吹き回しの偶然なんだ？」

「愛希さんの件は明らかに見立て殺人です。ただそれは最初の事件も見立てだと思わせたいがためです。ももが散々見立て殺人だと騒いでいましたから」

「えっ、私のせい？」

「そう、もものせい」あおはくすっと口許を綻ばせると、「もし俳聖殿の殺人が俳句の見立てならば、当然犯人は初時雨、つまりゲリラ豪雨をモティーフに取り入れたわけですから、犯行はゲリラ豪雨のあとだと考えるのが自然です。逆に云うと、今回わざわざ古池の句を見立てに利用したことで、最初の殺人も見立てであると強調したかったわけですから、それによって得をする人物、つまり豪雨の後に完璧なアリバイがある人間こそが犯人だと考えることができます。そもそもは豪雨ではなく、タバコの吸い殻でのアリバイ工作のためだったのでしょうが」

「雨の後のアリバイのない佑紀や正樹、そして猪田は犯人じゃないと云うことか」

「そうです。その上、犯人は茅町に変装できる人物だから限られてきます」あおは総仕上げとばかりに、いっそう醒めたトーンで推理を披露する。「ももは茅町を事件の前日にホテルで見ています。そして殺された丸山も似た体型だったので別人だと気づかなかった。犯人にとっては愛希さんと間違えるくらい二人は似た背格好だった。そして愛希さんは百六十センチ台後半の痩せ型で、正樹さんや陽太さん、佑紀さん、西大手さん、猪田さんと似た体型です。逆に云うと、背が低すぎる絵梨子さんと、小太りで双子みたいな他人の従業員のおばちゃん二人は茅町に変装できない、つまり犯人じゃないということです」

「となると、陽太と西大手しか残らないわけだな。どっちなんだ？」

「二人まで絞られたのに、まだ解らない？」偉そうに宣うももに対して、

「じゃあ、お前は解ってるのか？」意外にも兄が逆襲してきた。ももは一瞬怯《ひる》んだ顔を見せて、

「当たり前じゃない。それは……誰なの？　あお」

「西大手さんの証言を思い出して下さい」軽く溜息を吐いたあと、辛抱強くあおが二人に説明する。「西大手さんは雨が降り出す一分前に筒井古城の付近で黒忍者を見かけています。ところがその時にはもう丸山は殺されていますし、愛希さんはももと一緒にレストハウスに居ます。勢い黒忍者は、茅町に扮した犯人ということになりますが、陽太さんはその頃には上野城天守の中に入っているんです」

「じゃあ、西大手が見た黒忍者は誰なんだ？」

「そんな人物は存在しないということです。つまり西大手さんが嘘を……」

あおが最後まで語ることはなかった。なぜなら空がロケット花火のごとく部屋から飛

び出していったからだ。

「もう、ちゃんと最後まで聞いていけばいいのに。探偵に犯人の名前を云わせないなんて、悪逆過ぎるでしょ」

　ももは不機嫌そうに新たな都こんぶを咥え、兄が消えたドアを睨み続けていた。

＊

「西大手さんといい、佑紀さんといい、なんだか残念な男前ばっかりだったね。名古屋ってそういう風土なのかな。陽太さんは顔すら残念だったけど」

　放送部の部長に取材テープと原稿を渡したあと、薄暗い廊下でももがぼやいた。

　もちろん初日の分だけで、事件当日の記録は一切ない。部長も事件は知っているので、何も云わずに受け取っていた。当面、二人の放送部での地位は保証されたようだ。ただ部長はこの二人が事件を解決したことまでは知らないので、地位の向上も全くなかったが。

　空の話では、西大手を問い詰めたところあっさり自白したらしい。動機は多くを語らなかったが、佑紀を愛するが故の行動だったようだ。

　佑紀がイヴェントに参加することを聞いて裏があると思い調べたところ、愛希の参加を知ったらしい。佑紀を絞り尽くす愛希の策略だと誤解した西大手は、最後の手段と殺人計画を練ったという。茅町というダミーを作り上げたのも、自分よりも佑紀が疑われないようにするため。

事件の夜、丸山を見かけたことがあると仄《ほの》めかしたところ、愛希はあっさり部屋に招き入れたらしい。正樹が犯人だと思い込んでいる上に、西大手とは直接の面識がないので、愛希としては佑紀について直談判しに来た程度だと思ったのだろう。

西大手としては、拘束された佑紀には逆に完璧なアリバイが生じると考え、危険を冒して事件当夜に敢行したらしい。それにも拘わらず、依然佑紀が疑われたままなので焦っていたようだ。空の前で罪を認めたとき、顔に安堵の表情を浮かべていたという。

「東海で名古屋をディスるなんて村八分も覚悟の上？　それに、あま市は厳密には名古屋とは違うから」

あおは細かい訂正を加えたあと、

「そもそも佑紀さんも西大手さんも、愛一筋に生きていると考えれば、全然残念ではないんじゃない？　むしろイケメンでしょ」

「絶対にそう思ってないくせに。あおは嘘つきなんだから。西大手さん、佑紀さんのことを想いながら絵梨子さんを抱いてたんでしょ。下手をすれば佑紀さんの身代わりに。ゼンゼン一筋じゃないし。動機を知った佑紀さんも絶句してたでしょ」

「報われない殺人か……」あおは遠い目をしたあと、「ももも気をつけないと、兄妹は結ばれない運命だから」

「勘弁してよ。そりゃあ、お兄ちゃんは好きだけど、恋人にはね。あんなので良ければ、熨斗《のし》をつけてあおに上げるよ」

「私がもらってもいいの？」

抑揚のない声であおが尋ねかける。その瞳は水晶のように無機質で、どこまで本気か解らない。

「あおならいいよ。……その代わり二人がいちゃついている間に、名探偵の称号は私が奪っていくから」

ポニーテールを揺らしながら、ももはケラケラと笑った。

夢うつつ殺人事件

0

昔から学校の七不思議にはとんと縁のないある意味健全な伊賀野高校だが、ただ一つお堀幽霊という怪談だけは一部の生徒たちのあいだでずっと囁《ささや》かれていた。

伊賀野高校は伊賀上野城址の南隣に建っている高校で、校舎の裏手は城の内堀と接していた。伊賀上野城の堀の石垣は大阪城に匹敵する高さを持つが、対岸の高校側の石垣部分は低く、そのためフェンス等も設けられておらずただ堀沿いに雑木が生えているだけだった。

伊賀野高校の校舎は一番南の教員棟を表口にして三棟並んでいる。教室棟を挟み最も北側に位置するのが特別棟で、音楽室や理科実験室などがある。その特別棟の一階の廊下の突き当たりには美術室があり、窓の外にはこぢんまりとした芝生の庭の先に穏やかな水堀が広がっている。お堀幽霊はその内堀の畔《ほとり》の庭に、夕暮れ時に現れると云《い》われていた。

幽霊の正体は十七年前、三角関係がこじれて殺された女子生徒だとか。恋敵の女子に

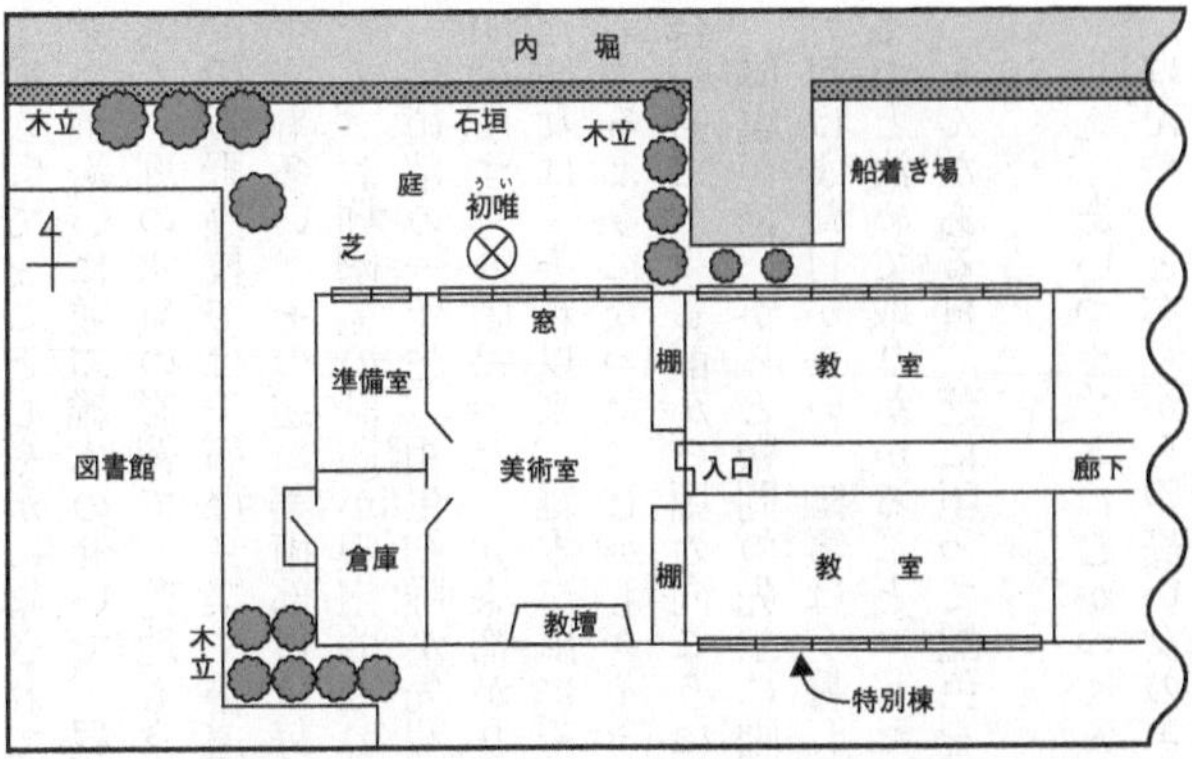

ナイフで首を切られて堀に落ちたらしく、芝生の上に残されていた学生カバンの裏にはその時彼女が摑《つか》もうと突きだした血塗《まみ》れの手の痕《あと》がべったりとついていた。

女子生徒の名前はタマエさん説やカナエさん説、ノゾミさん説などがあり一定していないが、夕暮れになると地上に残してきたカバンを捜すために、首から血をダラダラ垂らした制服姿で内堀から現れるらしい。カバンの中には件《くだん》の恋人の写真が入っているとも。

ただそのお堀幽霊（仮にタマエさんとしておこう）と遭遇したらどうなるか、タマエさんはどのような行動を起こすのか、回避法はあるのか、そもそもタマエさんはどんな顔立ちなのか、美人なのか薄幸そうなのか、その辺りはほとんど語られていない。一説によると血塗れの手で首を絞めに来るらしいが、その動機や目的も曖昧《あいまい》なようだ。

作り話としても粗雑なこの怪談が一部とはいえ

生徒の間でまことしやかに噂されているのは、現場の庭が校舎と堀に区切られて狭いうえに堀沿いに並ぶ雑木のせいで、昼でも陰鬱《いんうつ》な雰囲気になっているせいも多分にあるだろう。堀の水気の影響で、芝地も常に湿っていた。

伊賀野高校では美術は音楽や書道との選択制なので、在学中一度も美術室に行かない生徒も多い。その逆に美術部員は毎日のように美術室を訪れ、窓から堀を眺めることになる。お堀幽霊の話題が限定的なのもそのためだった。

美術部の一年生、相生《あいおい》初唯《うい》が先輩部員からお堀幽霊の話を聞かされたのは、夏休みが明けてすぐの頃だった。元来怖がりで、ホラー映画や肝試しなどを極力避けて生きてきた彼女は、それ以来、雑木が風にそよぐ音やフナが水面で跳ねる音にすら、びくびく反応するようになった。しかもタイミングが悪いことに、文化祭で行う美術部の展覧会に合わせて、少し前から堀の向こうに聳《そび》える高石垣の油絵を描き始めたところだった。

幽霊が怖いからと顧問の先生に画題の変更を申し出るのも恥ずかしい。幸いなことに九月はまだ日が長い。幽霊は夕暮れに現れるらしいので、初唯は放課後の居残りは五時までと決めて取りかかることにした。

そんなある日、芝に座って配色を考えていた初唯は窓際の外壁を背につい転《うた》た寝していた。

「ねえ、あいつホントにむかつくんだけど、なんとかならない？」

ぼんやりと右耳から甲高い女の声が聞こえてきた。聞き覚えのある声だったが、夢うつつで意識が混濁して思い出せない。

「愛宕《あたご》匡司《きょうじ》……か」

続いて低い男の声。こちらもどこかで耳にした記憶がある。

「何をそんなに驚いてるのよ。人は見かけによらないって云うけど、あんたも騙《だま》されてたくち？　あいつのせいでみんな泣いてるのに」

再び先ほどの女の声。感情を必死で抑えながら訴えかけている。どうやら二人は愛宕について話しているようだ。愛宕は同じ美術部の二年の男子だった。優しい先輩だ。ただその内容は決して穏やかなものではない。初唯は夢うつつの中でぴりと緊張する。

「いや、本当に意外だったから。愛宕ねぇ」

「あいつのせいで無茶苦茶よ。絶対に許さない」

「もしかして、お前の経験談なのか？」

「どっちでもいいでしょ！　とにかく許せないの」

「まあ、あえて詮索《せんさく》はしないが」

「……死ねばいいのに」

思いつめた声で女がぼそっと呟《つぶや》く。声を潜めたため一部聞き取れない。

「おいおい、本気で殺《や》るつもりなのか？　まあ、気持ちは解るが」

対照的に男のほうはずっと低いトーンで左の鼓膜を揺らしてくる。

「だから手伝ってよ。一人だとすぐにばれそうだし」

「まあ、そうだろうな。殺るならうまくやらないと」

「お堀幽霊は知らない？　そう、この前話した」

「あれか。まあ、方法としては悪くはないが」

「堀で殺して……お堀幽霊のせいにすればいいのよ。右手の痕をべったりつけて。あれ、かなり怖がってるのよ」

「愛宕がか？　意外だな」

「そうなの。結構怯《おび》えてるから、幽霊の仕業ってことで絞めちゃえば」

「しかし……そう簡単にいくか？」

男は懐疑的だが、女のほうは歯止めが利かなくなってきたようだ。

「殺るしかないわよ。それとも私にここまで云わせておいてやめるの？　臆病《おくびょう》者！」

「そんなに気負うなよ。ちょっとまあ、考えてみるよ。時間はまだあるし」

「絞めるなら早くしたほうがいいわ。相手も警戒するだろうし」

「……仕方ないな。何でも厭《いや》なことは俺に押しつけるんだから。で、いつにするんだ？」

断片的な部分もあるが、おおよそこんな感じだった。話が佳境にさしかかった時、突然校内にチャイムが鳴り響いた。五時を報《しら》せる鐘だ。

思わず目を開く。眼前にはカンバスと見慣れた景色が広がっている。ふと左右を見ると、左手に男女の後ろ姿が見えた。

二人とも夏服で、仲良く身を寄せ合いながら校舎の裏手に消えていく。奥には美術室へ続く裏口があった。

初唯は誰もいない空間をぼんやり眺めていたが、チャイムが鳴り終わって一分ほどでようやく我に返り、すっくと立ち上がる。

……もしかしてとんでもない話を聞いてしまったのかもしれない。

この時の初唯は、それこそ幽霊に遭遇したような真っ青な顔をしていたのだろう。

左手の開いた窓の奥、美術室で絵を描いていた女子部員が、絵筆を片手にびっくりした顔でふり返った初唯を見ていた。

1

秋の彼岸も過ぎたとある週末、教員棟の隅っこにある放送部の部室を二人の女子生徒が訪れた。衣替えは来月なので、二人ともまだ白い夏用のセーラー服姿だ。

「ええと、あなたたちが伊賀さんと上野さん？」

白塗りのドアを開けて先に入ってきた女子が、ハスキーな声で怪訝《けげん》そうに尋ねる。百六十センチ台半ばはありそうな高身長だが体つきはほっそりしており、バレーやバスケが似合いそうな締まった体軀《たいく》。顔は小さいが目や口は大きく、長身とあいまって見下ろされるような威圧感がある。

「そう。私が伊賀ももでこっちが上野あお。人呼んで桃青コンビ。話は百里子《ゆりこ》から聞いてる」

部室の奥でパイプ椅子に座っていた伊賀ももが、ポニーテールを揺らしながら、よく通る声で答えた。隣のあおもどうもと会釈する。色白の顔がどこか不満げなのは〝桃青コンビ〟などと校内で吹聴《ふいちょう》されたくないからだろう。

「初めまして。私が一年一組の田端《たばた》怜美《れみ》。そしてこちらが同じ一組の相生初唯」

長身の怜美が背後の初唯を前に押し出す。背が怜美の肩口くらいしかない小柄な少女は、

「相生です。よろしくお願いします」

引っ込み思案らしく小声で自信なげに挨拶《あいさつ》する。細身の怜美と比べると、丸顔で全体的に丸みを帯びた体格。軽く頭を下げると、長髪が前に垂れてきた。小動物のような庇《ひ》護《ご》欲をそそりそうな容貌《ようぼう》だが、それよりも腰まで届く艶《つや》やかな黒髪がまず人目を惹《ひ》きそうだ。

二人とももともと同じ一年生だが、クラスが離れている上に出身中学も違うので初対面だった。同じ放送部一年の大内《おおうち》百里子を介して、ももたちは相談を持ち込まれたのだ。一組の百里子はもともと同じみどり中学なので、二人が探偵コンビとして有名だったことも、夏休み前に連続殺人事件に遭遇したことも知っていた。ただ彼女たちがその事件を見事に解決したことまでは、極秘事項なので知らないが。

「それで相談ってなに？」

初対面だったが同学年なので、気安い口調でももが尋ねる。差し込む西日にあらがうため、右手の下敷で扇《あお》いでいる。暑さ寒さも彼岸までという言葉は、盆地の伊賀では空手形も同然。彼岸を過ぎてもまだまだ蒸し暑い夏のままなのだ。エアコンというバブリーな代物はないので、南向きのこの部室は昼前からうなぎ登りの灼熱《しゃくねつ》地獄になる。低血圧で基本寒がりのあおはともかく、心身ともに新陳代謝の激しいももにとっては毎日が罰ゲーム。アイス代ジュース代と財布の中の小遣いに羽が生えてレジの彼方《かなた》へ飛び去っていく。

だが探偵として相談されたとあっては看過することはできない。

「それが……」と初唯が美術室の外で耳にしたことを話す。

「……つまり、その愛宕匡司という二年の人が危害を加えられる可能性があると？」

「はい」

消え入りそうな声で初唯は頷《うなず》いた。心細いのか、ずっと隣の怜美のセーラー服の裾《すそ》を摑んでいる。

「でもそれってもう一週間以上前の話でしょ。どうして今になって？」

チャームポイントの太い眉《まゆ》をぴくと上げ、隣のあおが鋭く問い質《ただ》すと、

「そのとき転た寝したあとで頭がぼうっとしていたんです。そのせいなのか翌日から風邪で二日ほど休んで。内容も内容なので、実際に聞こえたものなのか自信が持てなかっ

たんです」

「なるほど。夢かもしれないと」

「時々おかしな夢を見るんです。いえ、人殺しの相談とか、そんな夢は初めてですけど、鏡餅《もち》に襲われたり……」

「それならどうして今頃」

「もしかして愛宕さんが殺されたとか！」

遮るようにももが叫ぶと、嬉《うれ》しそうなのはいかがなものかとあおが睨《にら》んでくる。

「それなら学校中で騒動になっているし、相生さんたちが相談する相手も私たちじゃなく警察でしょ」

「そ、そうか」

照れ笑いしながら、ももは浮かしかけた腰を再びパイプ椅子に沈めた。ぎしっとパイプが軋む。

「軽はずみなことを云わない。壁に耳あり障子に目あり」

「放送部の部室に障子なんかないけど？」

「慣用表現。ここの下駄箱にゲタを入れる生徒がいないのと同じ」

そんなやりとりを見て、相談する相手を間違えたかもと、怜美の目つきが冷ややかになる。

「実は一昨日《おととい》に……」

初唯のほうはそんな余裕すらなくそう口火を切ったが、言葉はそこで詰まり怯えるように口許《もと》を押さえた。何かがフラッシュバックしたように顔をうつむける。

隣の怜美がやさしくぽんと肩を叩《たた》くと、代わりに説明した。

「水曜日の夕方、初唯の学生カバンに真っ赤な手形がついてたの」

「手形！　じゃあお堀幽霊の呪いどおりに」

「愛宕さんじゃなく、相生さんのカバンに？」

初唯の学生カバンに目をやりながら、あおが冷静に確認する。カバンのサイドにはご当地忍者キャラの伊賀嵐《いがらし》マイのマスコット人形がぶら下がっていた。

「そう、初唯のカバンなの」

一昨日の夕方、初唯が外で絵を描き終え美術室に戻ったところ、みな先に作業を終えて帰ったらしく教室には怜美以外誰も残っていなかった。たまにあることなので気にしなかったが、机の上に置いてある自分の学生カバンを手にしたところ、裏側に真っ赤な右手の手形がはっきりとついていたらしい。

「たぶん、脅しなんじゃないかと。初唯に計画を盗み聞きされたと思って」

「口封じかぁ」

ももの呟きに、初唯がますます怯える。

「こら、もも」

あおは小声で叱りつけたあと、

「手形は幽霊話のように血でつけたものではないんだよね」

「たぶん。ねえ、初唯」

「……うん」

びっくりした初唯はすぐさま雑巾《ぞうきん》でカバンの手形をぬぐい落とし、そのままゴミ箱に捨てたという。

「でもあの話を聞いていなかったら、本当にお堀幽霊の呪いだと信じていたかも……」

「初唯は怖がりだから」

「田端さんは一緒にいなかったの？」

「うん。私が聞いたのは昨日の朝。それに初唯と違って私は帰宅部だから、放課後になったらそのまま電車に乗って帰るし」

怜美も初唯も丸山《まるやま》中学の出身らしい。一応市内ではあるが、電車で二十分かかるところにある。それでも電車通学の中ではまだ近い方で、隣の市から駅で乗り継いで、小一時間かけてくる生徒も多い。ももたちは自転車通学だが、その途中、市駅からの連絡通路にいつもたくさんの生徒が溢《あふ》れているのを目にしている。

「では、昨日までは田端さんも夢だと？」

「ううん」と怜美は細い首を振る。「初唯から初めて転た寝の話を聞いたのも昨日だし。ちょっと元気ないなとは思ってたけど、風邪を引いたせいだとばかり」

そこでももは自分の勘違いに気づき、ポニーテールの髪をわさっと揺らして身を乗り出した。

「じゃあ昨日まで相生さんは誰にも話さずに一人で抱えていたってこと？」

「はい。夢だったら大変だし。それに本当は親友の怜美には相談したかったけど……」

なんだか歯切れが悪い。理由をももが尋ねる前に、

「実は私、愛宕さんとつきあってるの」

あっけらかんと怜美が切り出した。

「だから私が美術部に殴り込みに行かないか、そっちの方を心配したらしくて」

けんかっ早い性質《たち》なのだろう。決まりが悪そうに怜美は視線を空に逸《そ》らす。

「それに、ほら、本当かどうか解らないけど、愛宕さんが誰かの彼女を盗《と》ったとか云う話題も含まれてたし」

「たしかに、それは迂《う》闊《かつ》に相談できないね」

ふむふむとももが深く頷く。まるで色恋沙《ざ》汰《た》の達人のように。

「そうですか。今の話だと、てっきり田端さんに相談したのがバレて脅迫を受けたのだと思ってたんだけど、順序が逆なのか」あおも同じく誤解していたようで、暫《しばら》く口を閉じたあと「では相生さんは田端さん以外には？」

「怜美の他に話せる人なんていません」

ぎゅっと怜美の制服の袖を摑む仕草を見て、なんとなく彼女たちの関係が察せられる。

「では、どうして急に脅迫なんか……」

「そんなの私にも」

　初唯はひたすら首を横に振る。

「それをあなたたちに相談に来たの。探偵なんでしょ」

　ハスキーな声で怜美がぴしゃりと云い放った。

「それもそうか。で、田端さんは、愛宕さんにこのことを話したの？」

　ももの問いに、こんどは怜美が首を横に振る。おどおどした初唯と違い肯定も否定もキレがいい。

「まだ迷っているところ。初唯に脅しもあったわけだし」

「たしかに難しいか」

　あおが細い目を更に細め同意すると、

「ところで最初の話に戻るけど、相生さん、あなたが後ろ姿を見た二人組に心当たりはある？」

「それが夏服の男女としか……ぼんやりとだったので。ごめんなさい」

　申し訳なげに初唯が答える。頭が埋もれそうなくらいに首を竦《すく》め、今まで以上に消え入りそうな声を出した。

「でもあの場所から校舎の左手に消えたってことは、特別棟の裏口に回ったってことでしょ？　だったら美術部員の誰かなんじゃ？」

　美術を選択しているももが尋ねる。選択肢に俳句がなかったので仕方なく取ったのだ。

あおの選択は音楽なので舞台になじみがないらしく、ピンときていない顔つき。

特別棟の一階は東から西へ延びる廊下の突き当たりに美術室がある。美術室の奥にはドアが二つあり、それぞれ美術準備室と美術倉庫へ続いている。どちらも同じ広さで北半分が準備室で南半分が倉庫だった。なので準備室のほうが堀や庭に窓が面しているが、庭へ通じる裏口は倉庫の先に設けられていた。初唯が外に出たのも倉庫の裏口からだ。裏口の下駄箱には外用のつっかけが並んでいる。そして堀と雑木に区切られているせいで、裏口は庭に通じる唯一の出入り口だった。

「そうだと思うんですけど……」

初唯が再び口を濁す。

「どうしたの？」

心配そうに怜美が顔を覗《のぞ》き込む。今までのように代弁しないところを見ると、彼女もこの辺のことまでは聞いていないようだ。

「それが……」

「相談に来たんだから、全部話したほうがいいよ、初唯」

さすがの怜美もしびれを切らしたように急《せ》きたてる。

「……うん。すぐあとに私も美術室に戻ったんですけど、美術室にいたのは車坂《くるまざか》さんと片《かた》伊《い》予《よ》さん、徳居《とくい》さんと愛宕さんだけだったんです。そのあとで準備室から向島《むかいじま》先生と原《はら》部長が出てきましたけど」

ん？　ともだけでなくあおや怜美も首をひねり顔を見合わせる。怜美も知らないところを見ると上級生なのだろう。当然、なにが「だけだった」のかも見当がつかない。

初唯もすぐに気づいたらしく、慌てて補足するように、

「車坂さんと伊予さんと徳居さんは美術部の二年の女子なんです。向島先生は美術部の顧問で、片原部長は三年の男子ですが……」

「男子は愛宕さんの他はその部長さんだけ。それじゃあ、決まりなんじゃ？」

指を折りながらももが確認すると、

「それが……どうも片原部長は向島先生とずっと準備室にいた感じなんです」

向島は美術教師なのでももも知っている。歳は三十代半ばだろうか。猫背でひょろっとした体格で、いつも浮かない顔をしていた。

「じゃあ、愛宕さんしか残らないけど。どういうこと？」

声を上げたのは怜美。

「私にも解らない」涙目で初唯が訴える。「私も不思議に思って他に誰かいなかったか訊《き》いてみたの。でも誰もいないって」

「愛宕さんを殺す相談を愛宕さんがするとは考えにくいな」

ももの分析に、「あたりまえ」とあおがつっこむ。

「それもあって、ずっと夢を見てたのかと」

「なるほど。それが実際に脅迫が起こって本当に訳が解らなくなったわけか」

長髪を前に垂らしながら、初唯が大きく頷いた。

「そういえば……立ち上がって美術室を見たとき女子がいたって云ってたけど。誰か覚えてる？」

「二人いて一人は車坂さんでしたけど、もう一人は後ろを向いてたから、徳居さんか伊予さんかまでは」

「そうか。少なくとも車坂という人だけは違うわけか」

ももは大げさに腕組みをして、考え込むポーズをとる。ポニーテールが猫じゃらしのようにプルプル震えた。

「でも、それだけしかいないのなら、男はやっぱり部長さんだったんじゃ」

「そうなのかな……少し声が違っていた気もします」

一旦《いったん》は夢と判断したせいか、初唯の記憶は頗《すこぶ》る曖昧そうだった。

「まあ、その時ずっと一緒だったか、いまになって先生に聞いたところで覚えてないでしょうし」

「ところで、美術部員は他に何名ほどいる？」

あおが尋ねると、初唯は丸い顔を傾げながら、

「ええと、一年は私を入れて四人で、そのうち男子が一人。二年は五人で、もう一人男子がいます。中学の頃からコンテストに入賞してるくらい上手《うま》い人で美大志望らしいんです。三年も五人で、部長の他に男子が二人で、女子が二人です」

初唯はあとでメールで名簿を送ることを約束した。ももがメルアドを交換していると、

「それで、肝心の一昨日のことだけど。相生さんが外で描いている間に、美術室にいたのは誰か解る？」

あおが重ねて尋ねかける。

「いえ」と即座に首を振る初唯。「私が外に出たときは部長や愛宕さんとか十人くらいいたんですけど、ちょっと調子が良かったので一時間以上描いてたんです。だから……あ、思い出しました。愛宕さんが窓から鍵《かぎ》を渡してきたので、きっと愛宕さんが最後です」

「鍵？」

ももが首を捻《ひね》ると、

「はい。美術室の鍵です。最後の人が鍵を掛けて職員室まで返しに行くんです」

「なるほど。ここと同じか」

あおのカバンにも放送部の部室の鍵が入っている。同じように帰り際、職員室の鍵掛けまで返しに行かなければならない。ももがちょくちょく返し忘れて部長や顧問に説教されるので、いつの間にかあおの担当になった。

「愛宕さんか……でも愛宕さんが帰ったあと誰かが戻ってきた可能性もあるよね」

怜美が焦った表情で尋ねる。

「うん。私が鍵を持ってたから、美術室には鍵が掛かってないわけだし」

「そうよね」と、あからさまにほっとする怜美。愛宕の仕業だとは思っていないだろうが、恋人のことだけあってほんの僅《わず》かな疑念にも敏感なようだ。

「状況から見て、相生さんが最後になるのは予想できるし、犯人は愛宕さんが帰るのをどこかで隠れて待っていたのかも」

安心させるかのように、あおが推理を述べる。

ただ同時にそれは犯人の強い意志を強調することにもなった。結果、初唯だけでなく怜美も黙り込んでしまう。

沈んだ雰囲気を打破するようにももが殊更陽気な声で、

「そうね。百里子の頼みでもあるし、この桃青コンビがちょっと一肌脱いでみるか。もしかしたら赤毛連盟みたいに、とんでもない計画が裏で蠢《うごめ》いているのかもしれないし」

赤毛連盟にはぴんとこなかったようだが、とりあえず礼を述べ彼女たちは帰っていった。

「くれぐれもこのことは口外しないように」

背後からあおが念押ししたとき、扉が閉められる。

「暑い！」

依頼人の前では控えめにしていたももは、パタンという音と同時に所構わず下敷で扇ぎ出す。

「服だけじゃなく皮膚も脱がないとやってられない」

「こんなところで脱がないで、みっともない。それに〝桃青コンビ〟を人前で連呼しない。ももはまだ探偵未満なんだから」

セーラー服の裾に手をやったももを、あおが制止する。

「ひどい！　隙あらばワトソン役に押し込めようとして。私も歴《れっき》とした探偵だし。……ところでどうしてあおはこの暑さが平気なの。オツムといいホント神様は不公平だ」

「じゃあ、私の低血圧と交換する？」

「それは、いい」

現金に拒絶したあと、

「でも不思議」パイプ椅子の背に身を預け、天井を見上げながらももが呟く。「相生さんに嫌がらせをするくらいなら、さっさと当の愛宕さんを襲ってしまえばいいのに」

「相変わらず物騒な発想だけど、正論。黙っていろという脅しだったのかもしれないけど、逆に私たちの耳に入ったわけだし。いや、私たちだけじゃなく田端さんもか。本来なら相生さんが独りでずっと抱え込んでいたはずなのに」

「キジも鳴かずば撃たれまいってやつ」

あおはこちらをちらと見やると、

「ももにしてはよく知ってるね。でも惜しいかな。藪蛇《やぶへび》でいいんじゃない」

「蛇は大嫌い」

「じゃあ、これからももは水道を使えないよ。蛇口っていうでしょ。まあそれはともかく、考えられるのは下準備に時間が必要だとか、決行の時期が決まっているとかかな」

だらけきったももに対し、ずっと姿正よく背筋を伸ばしたままのあおが話を戻す。

「彼岸と同じで、季節物なのかも。脅迫までするということは犯人たちも本気なんだろうし。例えばお堀幽霊のタマエさんが殺された日に拘《こだわ》ってるとか。そういえば幽霊の季語って夏？」

「さあ。季語はいいから、まず校舎の裏手に消えた男女の謎を解かないことには」

「ねえ、あお。最後に口止めしていたけど、愛宕さんには教えなくていいの？　命を狙われてる本人なのに」

「それは田端さんの判断に任せるしか。相生さんも心配していたように、二股《また》疑惑とか出てきてるわけだから。それにそんなにすぐ殺す予定なら、一昨日わざわざ相生さんを脅すこともなかったんじゃないかな」

「そういえばそうか」

　尊敬の眼差《まなざ》しであおを見つめると、彼女もまんざらではない様子。だが結果的にももたちの判断は間違っていた。なぜなら、週が明けた月曜日に愛宕が殺されたからだ。

2

　愛宕匡司の死体が発見されたのは、火曜日の早朝のことだった。夜の十時を過ぎても家に戻らず電話の一本すらないのを心配した愛宕の親が、友人や学校を当たったものの行方は杳《よう》として知れず。そして翌朝、夏さながらの朝日の下、特別棟の裏の内堀に浮いているところを警備員によって発見された。

現場は外灯もなく、また樹木や水草の陰に入り込んでいたため、前夜親からの連絡を受け巡回したときには気づかなかったようだ。

死因は絞殺で、後頭部を鈍器で二度殴られ昏倒したのちに、背後から布状のもので首を絞められていた。肺に水はなかったので、堀に投げ込まれたのは息絶えたあとらしい。死亡時刻はおよそ午後六時から八時の間。胃の中の残存物から、まだ夕食を摂《と》っていなかった模様。凶器となった鈍器及び布はまだ発見されていない。後頭部の傷と首の痕は、それらを特定できるような特殊な形状ではなかった。また被害者はカッターシャツに学生ズボンという登校時と同じ夏服姿だったが、ズボンのポケットには美術室の鍵が入っていた。

昨晩、家族からの一報で警備員が美術室を確認した際、鍵は掛かっていなかったものの照明は消え人気もなかったので、閉め忘れたまま既に下校したものと判断したようだ。職員室の鍵掛けに美術室の鍵が返却されていなかったが、同じく生徒が忘れて持って帰ったのだろうと判断された。甘い管理ではあるが、美術部に限らず他の部でもたまにある。もっともその時点で死後二時間以上は経っているので、仮に発見できたとしても手遅れではあったのだが。

美術室の鍵は放課後、いつものように片原部長が美術教師から借り受けていた。当日、最後まで美術室に残っていたのが愛宕だったので、彼の手に鍵が渡されたらしい。

「ねえ、耳寄りな話があるんだけど」

そして昼休み。ももはつぶらな瞳《ひとみ》を爛々《らんらん》と輝かせ、兄の伊賀空の腕を引っ張り無人の放送室へと連れ込んでいった。空は先輩刑事と共に現場の指揮を任されていたのだが、慌ただしい午前が終わり一息吐いたところだった。先輩刑事や周囲の警官たちも事情を知っているので、兄妹《きょうだい》のじゃれあいを微笑ましく見送るだけ。過去の実績のおかげで、ももとあおの桃青コンビが捜査に参加することはお目こぼしされていた。その上、「耳寄りな話」となれば空も唯々諾々と従わざるをえなかった。

学校はといえば殺人事件の勃発《ぼっぱつ》に授業どころではなく、午前中は担任と共に教室で待機、そして昼からは下校となった。そのため本来は部員が詰めて昼の校内放送を行っている時間にも拘《かか》わらず、部室は無人だった。

「それで、なんだ。耳寄りな話って」

諦《あきら》め気味にどっかとパイプ椅子に座った空が、ももに問い質す。妹と同じく彼も暑がりなのか、首許のネクタイを派手に緩める。

「それはあとのお楽しみ。先に状況を教えて」

「なんだそれ。……本当に耳寄りな情報があるんだろうな」

猜疑《さいぎ》に満ちた眼差しを空が向ける。

「実の妹の言葉が信じられないって？」

抗議のために頬を膨らませても全く効果がない。

「本当です。情報はあります、お兄さん」

隣のあおが確約して、ようやく表情を和らげた。

「まあ、あおちゃんが云うのなら、本当なんだろう」

「なに、それ！」

ハリがないハリセンボンのようにもう一度頬を膨らませたももだが、空はそれにとりあわずさっさと状況を説明し始めた。

「それで、お兄ちゃん。お堀幽霊が出たっていうのは本当？」

「お堀幽霊の話は、もう広まっているのか……。実は現場の芝の上に被害者の学生カバンが裏返しに置かれていて、そこには真っ赤な手形がついていたんだよ。でもその噂話はまだ生き残ってるんだな。俺がいた頃には既にあったんだよ。十七年前に殺されて堀に落ちた女子高生の霊がって」

兄の空も同じ伊賀野高校出身だ。

「え、お兄ちゃんの頃から十七年前なの！」

ももは素っ頓狂《とんきょう》な声を上げ、あおは、

「私たちも十七年前と聞きました」

冷静に補足する。

「なるほど、ずっと十七年前か……それはすごいな。まあ、実際に殺人事件があったかどうかは調べればすぐに判るだろうけど」

「それでお兄ちゃん。残された手形は本物の血だったの？」

「いや、ただの赤い油絵の具だ。出所は確定していないが、美術室には絵の具が山ほどあるからな。その中の一つだと考えられてる」

「手形ということは、そこに指紋も残っているのでは？」

あおの指摘に、「いや」と空は首を横に振る。

「残されていた手形は力士が色紙にするようなべったりしたものじゃなく、五指の腹と親指の付け根くらいだ」

「でも指の腹があるなら指紋も」

「なかった。さすがに自分の指紋を残すような、迂闊な真似はしていない。というか手形の出所はついさっき明らかになったんだ」

「それを早く云って。勿体《もったい》つけるんだから」

ももがむくれる。空は苦笑いしながら、

「すまんすまん。そんな大したことじゃなかったからさ。お前たちがそんなに手形に喰《く》いつくとは思ってなかったんだよ。もしかしてももはお堀幽霊の噂話を信じてるのか？」

「まさか……」ももは一瞬ムキになったあと、「そりゃあ、いたら怖いなとは思うけど。別の理由があるの」

「別の理由？」

今度は空が興味を示す。しかしももははぐらかすように、

「それはあとで説明するから。今はまず、その手形の出所ってどこ？」

「美術室だよ。美術室にはたくさんの像が陳列されていて、その中の一つ、左手だけのブロンズ像の指の腹に少量の絵の具が残っていたんだ。そしてカバンに残された手形とぴったり合致した」

「なるほど！」と、派手に手を叩きももが合点する。「それじゃあ、もしかして殺害現場も……」

「ああ、ほぼ間違いない。美術室の床からわずかだが被害者の血痕《けっこん》が検出された。まだ特定されてはいないが、被害者を殴った凶器も陳列物の可能性がある」

「美術室で殺害後に、堀まで運んでいって投げ入れたわけですね」

確認するようなあおの言葉に、空は大きく頷く。

「美術室の裏口から堀は目と鼻の先だ。建物の裏で人目もないし、日が暮れたあとなら遺棄するのは容易《たやす》いだろうな」

「でも訝《おか》しくない。お堀幽霊は右手じゃなかった？　確か相生さんも」

「目立つところには左手の像しかなかったんだよ。奥に右手の像も飾られていたが。と

ころで誰なんだ、相生さんて？」

耳聡《ざと》く空が聞き咎《とが》めるが、

「あとでちゃんと話すって。それでお兄ちゃん。最後に愛宕さんを目撃したのは誰なの？」

　顔を近づけももが急かす。

「ああ、美術部の部員から聞いた話を総合すると、徳居奈央《なお》という同じ二年の女子生徒らしい。顧問の美術教師が帰る五時過ぎに残っていた美術部員は五人。被害者と徳居とあと三年で部長の片原、そして二年の車坂と伊予だ」

「ちょっと待って」

　と、ももはメモ帳を開くあおを見た。ページには先日からの美術部員の名前が、小ぶりで端正な字で記されていた。ももは安心したように、「大丈夫」と先を促す。

「あおちゃん任せじゃなく、お前も自分でメモをとれよ」

「適材適所。お兄ちゃんだって捜査の全部を一人でするわけじゃないんでしょ」

「ホント、口が減らない妹だ」空は肩を竦めると、「まあ、それで部長が帰ったのが五時十分頃。その際、被害者に美術室の鍵を渡したらしい。それから二十分後の五時三十分に二年の車坂と伊予が帰り、三十分後の六時には徳居が帰った。それ以降は被害者が一人きりだったわけだが、部員の話では、被害者の様子に訝しなところはなく、いつもとなんら変わらなかったらしい」

「最後までいた徳居さんは何か聞かなかった？　愛宕さんがこれから誰かと会うとか」

「彼女はかなりショックを受けて保健室で休んでいたんだが、ついさっきようやく話が聞けたよ。被害者はもう少し絵を描いてから帰るとしか云ってなかったようだ」

「部長は直接愛宕さんに鍵を渡したようですが、その時点で愛宕さんが最後だと判っていたのですか？」

メモ帳から目をあげたあおが尋ねる。

「いや、たまたまだ。もし被害者が先に帰るようなら、残った部員に鍵を預けただろう。いつもそうしていたようだ」

「ねえ、お兄ちゃん」ももは勢いよく人差し指を突き上げると、「正確な犯行時刻がまだ判ってないんだよね。じゃあ、愛宕さんが描いていた絵を徳居さんに見せれば、二人が別れてからどのくらい時間がかかっているのか推測できるんじゃない？」

「なるほど」と兄は膝《ひざ》を打つ。「それは試してみる価値がありそうだな」

「でしょ、でしょ」

嬉しそうにももはアピールする。だが空はそれ以上褒めることなく真顔に戻ると、

「現在判明していることはこれで全てだ……ももたちが持っている情報は何なんだ。いい加減教えてくれてもいいだろ」

「そろそろ頃合いか。隠すようなものでもないし。世の中ギヴアンドテイクだもんね」

そう云ってももは、正確には後を引き継いだあおが、初唯たちに相談された経緯を一

から説明した。

初唯が夢うつつで耳にした殺人計画。お堀幽霊の見立て。そして水曜日にカバンに手形がついていたこと。話が進むごとに、空の眉間《みけん》には厳しい縦皺《じわ》が刻まれていく。完全に初耳だったようだ。

「つまり美術室の周辺で、お堀幽霊に見立てた殺人計画が相談されていたってことか。そして犯人は男女の生徒二人だと」

「そうなの」

一から十まで自分が語ったかのようにももは深く頷いたが、あおは特に異を唱える様子もない。

「そして被害者と一緒に残っていた四人もそこに登場するわけか」

「同じ美術部員だからどうしてもね。ただ相生さんの話を信用すると、二人に該当する人たちがいなくなって」

「たしかに。特に男は部長しかいないのに違うのか」

「それで」とももは媚《こ》びた目つきで兄を見ると、「相生さんの言葉が正しいか調べてほしいの」

「解った」空は即座に了承する。「……しかし本当に彼ら美術部員の中に犯人がいるのか」

「実際に殺人事件が起こったわけだし。その上美術部員は愛宕さんが残って描いているのを最もよく知る立場だった」

「そうなんだけどな。最近の高校生は怖いな」

空の歯切れは悪い。

「お兄ちゃんは幻想を持ちすぎ。高校生でも殺す人は殺すし。自分も血気盛んな高校生だったくせに」

「それは承知しているけど。ただ、不良の喧嘩《けんか》じゃなくて計画的な見立て殺人なんだ。大人顔負けの」

「それと……」ももが要望を追加しようとすると、

「なんだ、まだあるのか」

うんざりした顔つきで厭がられた。

「相生さんのこと。彼女をきっちり保護してあげて。今朝まで半信半疑だったけど、本当に事件があった以上、これから彼女の身に何が起こるか解らないから」

「ああ」無理難題を押しつけられると警戒していたのか、途端にほっとした表情になる。

「それはもちろんだ。それで彼女はいまどこに？」

「引き留めておけばよかった。もう帰りの電車に乗ってるかもしれない。丸山に住んでる娘《こ》なの」

「解った。連絡しておく」

任せろとばかりに、空は自分の胸をどんと叩く。汗のせいか、湿った音しか鳴らなかった。

*

「どうだった、お兄ちゃん」

放課後、再びももが部室に空を引っ張り込んだ。ぼったくりバーの客引きでも最近はここまでしないという強引さで。

ただ、ももたちは昼休みから放課後までずっと部室にいたわけではなかった。教師に見つかれば叱られるのは必定だし、そもそも部屋の灼熱地獄に耐えられるわけもない。二人は自転車で近所の回転寿司《ずし》屋まで行き、涼みながら時折百円寿司を摘まんでいたのだ。ももはトロやサーモンの主流派で、あおは光り物がメインだった。

「改めて美術部の生徒たちに聞いてみたよ。丸山の相生さんと田端さんも含めてな。彼女が聞いた殺人計画の日のことについては、時間が空きすぎて最初はみんなはっきりと覚えてなかった。まあ、その時に何か起こったわけでもないから当然だろうな」

「最初はってどういうことよ。みんな思い出したの？」

せっかくだからと最後にミニとんかつが載った色物寿司を食べ、案の定胃もたれを起こしたももが、腹を軽くさすりながら勢い込んで尋ねる。

「ああ、上手い具合にな。顧問の向島先生と片原部長が美術準備室で話していたということを伝えた途端、その二人が思い出してくれたんだ。二人が準備室で話し込んだのはこの日しかなかったらしい」

「それで？」

期待に目を輝かせるもも。あおも表情を変えないものの、空の口許をじっと見ている。

「二人は二十分ほど来年の美術部に関して話していたらしいんだが、話を終えて準備室から出てきたとき、相生が他に誰かいなかったか青ざめた表情で尋ねてきたのを思い出したんだ。そうそう五時のチャイムが鳴って数分後だというのも覚えていた」

「相生さんの証言と完全に一致する」

「つまり」とあおが口を挟む。「直前に二十分も話し込んでいたのだから、例の二人組の片方が片原部長でないのは確定したわけですか」

「じゃあ、そして誰もいなくなっちゃう」ももが口を尖《とが》らせる。「ねえ、お兄ちゃん。あの場所って西側は美術室以外には抜けられないよね」

「一応調べてみたが、無理だな。お前も知ってるだろうが、特別棟の裏口のあたりはちょうど堀と雑木の藪と図書館の裏に挟まれていて逃げ場がないんだ。特別棟の外側に非常階段がついていて二階には上ることができるが、鉄製だから足音を立てずに上るのはまあ無理だろう。そもそも相生の証言では二人は彼女に気づいた気配もなかったようだし、足音を忍ばせる道理がない。かといってわざわざ校内で藪を漕《こ》ぐというのもな。まだ犯罪を犯したわけではないし。しかも藪からだと二人はなぜか美術室を通らずに侵入してきたことになる」

「ちょっと考えにくいか」

ももはばたばたと下敷で胸許を扇ぎながら首を捻る。兄の前なので乙女のたしなみなどどこ吹く風。逆に空のほうが情けなさそうに顔をしかめる。

「ところで、もも。確認するけど美術の向島先生というのは男の先生なの？」

俯《うつむ》き加減で暫く考え込んでいたあおがいきなり顔をあげ尋ねた。

「なに云ってるの、当たり前じゃない。あ、そうか。あおは音楽の選択だから、向島先生を知らないのか」

「もしかしたら殺人の相談はその二人組じゃなく、準備室で行われていたのが漏れ聞こえてきただけかと」

「まあ、準備室の窓も堀に面しているから立地的にはありうるけど。男の先生って知ってたから、考えてもみなかった」

ももが感心する。しかしあおは溜息《ためいき》を吐きながら、

「前提が間違っていたのなら全く意味がない。向島先生って女みたいな声を出すわけでもないんでしょ」

「当たり前田《まえだ》のセサミなんとか。無精髭《ひげ》を生やしたよれよれくたくたのおっさんなのに、声だけ女だったらキモすぎるでしょ」

想像したのか、ももが激しく身震いする。

「こら、もも。仮にも先生なんだからそんな風に云うもんじゃない」

いつになく厳しい空の声。

「は〜い」

不満げながらも素直に従う。

「でも、そうすると二人組は本当にどこに消えたのか」

そう呟いてあおは再び考え込む。つられるようにももも腕組みして考え込もうとした時、空が慌てて、

「考えるのはあとにして話を進めよう。次は昨日のアリバイなんだが……」

「そうね。引きずったってしかたがない。人間割り切りが大事だし。ほら、あおも目を開けて」

あおの肩を両手で摑みゆすろうとする。あおは邪険に手を払うと、

「目はいつも開けてるわよ。すぐ閉じて居眠りするのはもものほうでしょ」

「寝坊で有名なあおさんが、それをおっしゃる？」

「まあまあ、それはともかく」空は強引に割って入ると、「夕方の美術部員の行動は昼に話したとおりだが、そのあとはみんなてんでばらばらで、確実にアリバイを持つものはいないんだ。被害者や相生たちは電車通学だが、他は徒歩や自転車の校区でしかも犯行推定時刻に二時間の幅があるために、一旦家に戻っても再び殺害に来る余裕があったんだ。相生や田端にしても、その日は放課後すぐに一緒に下校したらしいんだが、再び電車に乗って学校まで来られなくもないし」

手形の騒動以来、初唯は美術部には顔を出していないらしい。

「うちの学校、いつでも勝手に入れるもんね」

「これからどうなるかはともかく、今までは平和だったからな。そうそう、ついでにお堀幽霊についても調べてみたが、旧制中学の頃まで遡っても校内で殺害された女子生徒なんていなかった。もしかすると傷害沙汰くらいはあったかもしれないが、内々に済まされたら記録に残らないしな。あと、俺の担任だった先生がまだ在籍していたので聞いてみたんだが、その先生が生徒だった三十年前から既に十七年前に殺されたって噂されていたらしい」

「永遠の十七年前か。『おいおい』よね、そんなもの。幽霊の正体見たり枯れ尾花」

諦め口調で呟くももだが、その表情はどこかほっとしているようでもあった。あと二年半、否《いや》が応でも美術の授業は続くのだ。

「でもどうして十七年なんだろう？　あっ、十七といえば俳句の音数！」

「そういえば」とあおが黙殺して口を開く。「徳居さんに愛宕さんの絵を見せるという話はどうなりました？」

「あ、そうだ。私のグッドアイディア賞。どうだったお兄ちゃん。まさか忘れたわけじゃないわよね」

すっかり忘れていたももが兄を睨《ね》めつける。

「ちゃんと確認したさ。絵を見せた途端、ベッドの上で泣き崩れちゃって往生したんだから。せっかく落ちついてきたのにと、先生には詰《なじ》られるし。挙げ句彼女、この絵を持って帰りたいとか云い出して。でも大騒動の割にははっきりしたことは判らなかった。被害者はここ数日悩んでいる箇所があって、そこでずっとストップしてたらしいんだ」

「犯人としてはついてたわけか。でも徳居さん、どうして描きかけの絵に執着するんだろう」

　ももの言葉に反応するように、

「警察がまだ気づいていない何かが残っているのかもしれない」

　あおがいつもより更にクールな表情になって推理する。

「じゃあ、徳居さんが犯人ってこと？」

「その可能性は充分ある。もちろん可能性にすぎないけど」あおはももと空の顔を交互に見ると、「殺された愛宕さんと最後まで残っていたのは徳居さんなわけだから、徳居さんが殺して帰ったというのが一番自然でしょ」

「まあ、そうか」

　ももの相槌《あいづち》が追い風になったのか、あおは若干早口になると、

「そして絵の中に何か紛れていたら……まだ想像だけど、赤い色が絵の具じゃなくて血が混じっていたりしたら、それが徳居さんにとって危険な証拠になるとしたら、血が完全に変色して明らかになる前に処分したいと考えるかも」

「なるほど。ありうるな」

空が感心して指を鳴らした。

「さすがはあおちゃんだ。現場の絵から指紋の採取は行ったんだが、絵の具の分析まではしなかったな。一応鑑識課に回してみるか」

「もちろん、ただの推理なので外れているかもしれませんけど」

「なにも検出されなくても、あおちゃんが気にすることはないさ。そうやって可能性を一つ一つ潰《つぶ》していくのが捜査の王道なんだから。絵が処分されてから何か残っていたのかもと後悔するよりはずっといい」

空がぽんとあおの背中を叩く。あおの真っ白な頬が少し朱に染まる。

「でもお兄ちゃん。鑑識に回す前に、その絵を私たちにも見せてくれない？　何か見つけられるかもしれないし」

「そうだな。じゃあ、美術室に来るか？　絵はまだ置いてあるし、お前たちも一度現場を見たほうがいいだろう」

いつもは現場から追い払うように邪険にする空が、珍しく案内しようとする。

「さてはお兄ちゃん。ここが暑くて耐えられないんでしょ」

「まさか」にまにま白い歯を見せるももに対し、図星だったのか、空はそっぽを向きながら虚《むな》しい空笑い。

「いいわよ。私も暑くて死にそうだし」

下敷で扇ぎながらももが立ち上がった。酷使したせいか下敷もベコベコ悲鳴をあげている。あとに続く色白のあおだけが、さらさらの肌のまま腰を上げた。

3

廊下で番をしている警官に挨拶して美術室に入る。美術室は人気もなくがらんとしていた。警察の調べも終わり、今は蛻《もぬけ》の殻。サウナ状態だった放送部と違い、神社の境内のようにひんやりとしていた。それが物理的なものなのか心理的な影響もあるのかは判らない。

教壇があり壁に木組みの棚が設《しつら》えられているのは他の教室と同じだが、大きく違うのは机がないことだった。パイプ椅子はみな折りたたまれて脇に立てかけられ、タイル張りの床がワックスがけの途中のように茫洋《ぼうよう》と広がっている。入り口の左右に並んだ腰の高さほどの棚にはカンバスやスケッチ箱が押し込まれ、棚の上には石膏《せっこう》像やブロンズ像が並べられていた。

入り口とは反対側にもう二つ準備室と倉庫へのドアがある。入り口は引き違い戸で、準備室と倉庫へのは上部に磨りガラスが入った内開きのドアだった。

ももは授業で毎週来ているが、あおは美術室に入るのも初めてらしい。きょろきょろと周囲を見回した挙げ句に、「湿っぽい教室」と失礼な文言を吐いている。

とはいえももにしても、殺害現場ということでいつもより湿っぽく感じていた。もともと特別棟は校内の一番北側で、堀のすぐ脇。しかも一階突き当たり、つまり一番西なので日当たりも悪い。マンションなら最後まで売れ残る場所だ。北側に並んだ窓のカーテンは束ねられていて、澱《よど》んだ堀と苔《こけ》むした石垣が間近に見える。そんな古びた眺望も湿っぽさに輪を掛けているかもしれない。

一学期はももも授業で肖像画を描いていた。美術部とは違って水彩画だったが、ルオーのような絵だねと先生に褒められた。二学期になってからは油絵の静物画になった。まだ鶏の剝製のデッサンに四苦八苦している段階だ。そのため外の芝生には出たことがない。

「ここに血痕が残っていたんですか」

あおがマーキングされたタイルに屈《かが》み込む。ももも覗き込んだが、ほんの僅か赤黒い飛沫《ひまつ》が残っているのみだ。事件がなければ、絵の具が飛んだとしか見えない。

「鈍器で殴られたときに少し飛び散ったんだろう。それ以外何もなかった。手際よく見えるが、被害者は抵抗する暇もなかったんだろう」

空が説明する。

「背後から後頭部を殴られたんですよね。その凶器も残っていなかったんですか？」

「凶器だが、美術教師の話によると、棚に並べてあった彫像のうち裸婦のブロンズ像が一体なくなっているそうだ」

壁際の棚の上を見ると、人気ラーメン店の軒先のように隙間なく一列に並ぶ彫像のうち、中央手前の二箇所がぽっかりと空いていた。まるで順番待ちの最中にトイレに出かけたように。

「堀に投げ捨てられた可能性が高いんだ。明日からお堀浚《さら》いだよ」

心底厭そうに空が愚痴る。

「お兄ちゃん、それでも刑事？　真冬じゃないだけましでしょ」

「堀の水は澱んでいるから、暑いと臭いが酷《ひど》いんだよ。偉そうに云うなら、ももやってみるか？」

「私は探偵だし。お兄ちゃんはそれが仕事でしょ。身体を使ってせっせと情報を集めてくればいいの」

そんなももを無視するように、あおが尋ねる。

「もう一箇所空いているのは、例の左手の像ですか」

「そうだよ、あおちゃん。今は警察で保管しているからね」

「右手の像は？　右手もあるとさきほど云ってましたけど」

「あ、これこれ」

棚に近づいた空は、右端近くのギリシャ美人の石膏像に隠れたところから、青みがかった右手を取り出した。ちょうど肘《ひじ》の関節部分で切断したような実寸大のブロンズ像で、気合いを入れてじゃんけんのパーを出したような手だった。男の手なのか、現代風の味付けなのか、手首も指も肌がごつごつと波打っている。

「左手もこれと同じポーズ。というか適当に離して置かれているけど、もとは両手で一対の作品だったらしい」

「美術部のくせにいい加減」ももがぼやくと、

「いや、先週の頭まではちゃんと前に二つ並んでいたと向島先生が証言してるんだが」

「じゃあ、先週に誰かが右手だけ奥に隠したの？」

するとあおは何か思いついたようで、口に手を当て数秒考え込んだあと、

「お兄さん、この右手の像も調べて下さい。もしかすると絵の具が僅かに残っているかもしれませんから」

「そうか……相生さんのカバンに使われた可能性があるのか」

空はぞんざいに持ち上げていたブロンズ像を、大事そうに抱え直した。

「でも、もうここで絵が描けなくなってしまうかも」

米粒のような血痕に目を落としながらももが呟いた。そして一歩横にずれると、

「ここなら、まだ。やっぱり真上で描くのはねえ」

「そこならいいのか？」

「だって、特別棟を建て直すわけにもいかないし。せいぜい、床のタイルを張り替えるくらい。ケチな学校がタイルを全部替えるとは思えないから、血がついたこの板だけでしょ。そうしたら一枚だけ色が違ってて、ここが殺人現場ですって逆にアピールしてるようなものだから。どうだいワトソン君」

ニャッと笑いながら兄を見たが、

「いや、それ推理なのか。というか俺が尋ねてるのは、横ならいいのかってことなんだが」

「選択授業だし、音楽や書道に変更する人も多いかも」あおが口を挟む。「ももは変えないんだ？」

「せっかく油絵の道具一式を買ったし。高いんだ、あれ」

「そっちの方が重要なのか。まあ、もものことだから授業以外では使わないだろうし」

呆《あき》れる兄を余所《よそ》に、ももは話を切り替えた。

「それでお兄ちゃん、愛宕さんが描いていた絵は？」

「そうそう、これだ」

棚に突っ込まれていたカンバスの中から一つを取り出す。石垣と堀を描いた絵で、デッサンが済み、色が塗り始められている。ただ石垣を彩色し始めた時に試行錯誤が始まったらしく、他の部分はなおざりで堀との境目の部分ばかりが何度も厚く塗り直されていた。

「椅子もイーゼルもカンバスも、隅に片付けられていた。照明も消されていた。だから警備員が覗いたときは単に鍵の閉め忘れと誤解したんだ。部員は帰るときはみな片付けるからな」

「私たちも授業で使うから、出しっ放しにされてたら困るし」

「それだと、犯人が殺害後に片付けたと云うことですか」

「おそらく」と同意したあと空が説明を始める。「被害者は鈍器で後頭部を殴られたあと絞殺されたのは話したと思うけど、後頭部の打撃痕が頭頂に近かったんだよ。それに被害者が全く抵抗した形跡がないことから、椅子に座って絵を描いているときに背後から殴られたと考えられるんだ。実際、カンバスの隣に仕舞われていた彼のスケッチ箱は絵の具類が乱雑に押し込められていた」

「そこまで後始末をするなら、ついでに美術室の鍵も掛けておけばよかったのに」

唇に人差し指を当て、ももが疑問を口にする。

「そうだな」と兄が頷く。「同じ鍵を返し忘れて帰ったとしても、鍵が掛かっていたほうが詮索されにくいもんな」

あおも一旦同意しかけたが、口許を手で覆い数秒考え込んだのちに、

「死体を堀に投げ捨ててから鍵のことに気づいたかもしれない。鍵はポケットの中に入ってたから」

「お、さすがあおちゃん。冴《さ》えてる」

兄が手放しであおを褒めそやす。当然ももは面白くない。

「そ、それくらい私だって考えてた！」

見栄《みえ》を張ってみたが、当然二人は疑いの眼差しで見つめてくる。ももがまるでタマエさんに遭遇したと主張しているかのように。耐えきれなくなったももは、兄からカンバ

スを奪うと愛宕の残した絵をじろじろと見た。迷いが表れたように何度も塗り重ねられている石垣だが、多少色合いが暗いものの、塗りがシャープで水面から立ち上がっている迫力がある。

「上手いと思うんだけど。それでも悩むんだ」

次いで絵を逆さにするが、かといって新たな発見があるわけでもない。石垣が逆さを向いただけ。

「黒と白のコントラストが佐伯祐三《さえきゆうぞう》を目指してるっぽい」

ぼそっとあおが洩《も》らした。

「え、あおって絵にも詳しいの？」

「それほど詳しくない。選択授業は音楽で、油絵なんて描いたこともないし。でも探偵なら最低限の教養は必要だと思う。ももは全然勉強していないでしょ」

「そんなのが探偵に必要なの？」ももは不満げに口を尖らせた。

「なにが解決のヒントになるか判らないから。今回は違うようだけど、アリバイを創るために犯人が描き加えたケースもあるかもしれないし」

「でも、これは誰の影響かとか、途中で加筆されてるかとか、専門的なことは、写真に撮って知恵袋で聞けば一発で解決しそうじゃない？　集合知ってやつ」

「お前……まさか今までの事件で証拠品をネットにアップしたりしてないだろうな」

途端に空が厳しい顔つきになる。君子豹変《ひょうへん》と云ってもいい。

「たとえばの話。たとえば。まだしてないって」

ももは真実を語ったつもりなのだが、「まだ、ってどういう意味？」と兄だけでなくあおからもつっこまれた。捜査になるとこの二人はちょくちょく息が合う。まるでテレビドラマで見る探偵と刑事役のよう。そんなときももはいつも自分だけが疎外されている気になる。おかしい。

「愛宕は健全過ぎる自分が不満だったらしい」

奥のドアが開き、よれ気味のシャツを着た男性が現れた。

「向島先生、いたんだ」

ももが声を上げる。ため口を気にすることもなく三十代の美術教諭は、

「職員室はタバコが吸えなくて。見張りの警官さんに断って、準備室でくつろいでいたんだ」

ぼさぼさの頭を掻《か》きながらそう説明した。切れ長の目に細面の女形《おやま》顔と下地は悪くないのだが、いつも眠そうな顔に、無精髭、そしてだらしない髪型のせいで、生徒からは奇人扱いされている。とはいえ芸術家だからと生温かく見られているので、好感度が低いわけではない。担任するクラスもなく美術室という自分の城から殆《ほとん》ど出てこないことも一因だろう。今着ているカーキのシャツも、胸に絵の具がついている。

「この絵って健全なんですか？」

首を捻りながらももが尋ねると、

「いや、もとは健全だったんだよ」授業でもそうだったが、ぼそぼそっとした口調で向島は説明した。「背景の空も今みたいに曇ってなくて、抜けるような青空だったし。その君が云ったように佐伯祐三チックに塗り替えようとしていた。まあ、形から入ろうとしたんだろうな。伊賀さんのように自然と滲《にじ》み出るというものはなかったしね」

「え、私？　おだてても美術部には入りませんから。私は名探偵を目指しているので。それで愛宕さんは絵が上手かったんですか？」

「まあ、上手ではあったね」微妙な云い回しだ。「技術的には安定していたし」

「美大に行くようなレベルじゃなかったと」

あおが斟酌《しんしゃく》して横から尋ねる。

「そうだな。もちろん本人もそんなこと最初から考えていなかった。多くの部員と同じように普通の大学に進学する気だった」

「多くということは目指している人もいるんですか？」

「二年の赤坂《あかさか》がそうだね。春にコンクールに入賞したりしてね」

「そうなんだ。やっぱりそんな人いるんだ」

「ちょっと待ってね」向島はふらっと準備室に消えていったが、すぐにカンバスを手にして戻ってきた。

「これが赤坂の作品だよ」

堀と石垣で愛宕と同じ構図だった。こちらは既に完成しているようだ。愛宕に感じられた丁寧さは微塵《みじん》もなく、暗い色彩の簡素で荒々しいタッチだ。しかし愛宕が苦労していた石垣には、いまにも剝がれ落ちてしまいそうな脆さがあったが、対照的に赤坂の石垣は何百年もの時を経て感情すら持ちだしたような鬼気迫るものがある。

「ヴラマンクみたいでしょ」

嬉しそうな向島の表情から、赤坂の才能を愛している感がひしひしと伝わってくる。

「たしかに同学年にこんな迫力のある絵を描く人がいれば、影響されてしまうかもしれませんね」

あおの呟きは、ももには痛いほど実感できた。なにせあおのおかげでももは再び名探偵を目指そうと思い直したのだから。あおはまだ認めてはくれないが。

「じゃあ、愛宕さんは絵のことでかなり悩んでいたのですか？」

「そうみたいだね」向島は少し考え込んだあと、「僕も一応教師をしているが、絵以外のことになるとなかなか生徒の気持ちを推し量ることが苦手で。だから当てずっぽうになってしまうが……。愛宕はもちろん絵の世界に進むつもりはなかっただろう。だから絵で悩むというよりはそんな自分に悩むというか……全く違う世界を持つ学友を見て、自分自身を変えたかったというか自分の幅を広げたかったんじゃないかな。ちょうど来年に受験を控えて自分を見つめ直す切っ掛けになったのかも」

「愛宕さんて、そんな思い悩むキャラだったんですか？」

「失礼だな、おい」さすがに空が窘める。

「いや、むしろ快活で素直で社会性があって女子にも人気があって、僕なんかからしたら、そのままでいた方が学生生活や人生を謳歌《おうか》できそうに見えたんだけど。まあ、人は自分にないものを欲しがるから」

口調に若干の羨望《せんぼう》が混じっているところからみて、美術教師の言葉に嘘偽りはないようだ。

「それで片原部長も彼を次期部長にと進言してきてね」

「次期部長？」ぼそっと洩らした言葉に、あおが喰いつく。

「僕は赤坂が適任だと思っていたんだが、片原は画力よりも部内を纏《まと》められる人材がいいと強く推薦して。ただ、おそらく愛宕自身も赤坂が次期部長だと思っていただろうから、彼を差し置いて部長を引き受けさせるには説得に手間が掛かるんじゃないかって危《き》惧《ぐ》はあったんだ。まあ、さっき話したように赤坂にコンプレックスを持ち始めていたようだから。そうそう、あなたが訊いてきたあの日にそんな話をしていたよ」

つけ足すように空に向かって云う。あの日とは初唯が夢うつつで悪事の企図を耳にした日のことだろう。つまり初唯の言葉通り向島と片原は準備室で話し合っていた。

「それで、あの質問はいったいどういう意味なんです？」

「それは……」と空は言葉を濁す。

のんびりした表情のまま目つきだけ鋭くなる。

「この状況ですから、うちの生徒というからうちの部員が疑われていることは承知していますし、やむを得ないことと諦めています。また部員が殺された以上、警察には包み隠さず話して協力したいと思っています。とはいえ理由も知らされず違う日のアリバイを尋ねられるのは……。僕だけではなく、部員たちにも訊いているんでしょう？」

今までと違い、若干口調が畏《かしこ》まる。

「いずれお話しできると思いますが、今は話せません。事件に関係があるかどうかも判っていないのに、根も葉もない噂が飛び交うのは避けたいのです。ご理解下さい」

腰は低いがきっぱりとした口調で空が弁明した。兄も刑事なんだなとなんとなく感心する。ドブ浚いは嫌いなようだけど。

「向島先生はここのＯＢなんですか？」

あおが尋ねる。

「そうだよ。十七年前に生徒だった」

「十七年！」

ももが思わず声を上げた。

「お堀幽霊のことか。懐かしいな。ただ、僕の在学中もずっと十七年前だったよ。二年になっても三年になっても」

切れ長の目を細め、空と同じ感想を述べる。

「たしか愛宕のカバンに真っ赤な手形がついていたとか。この事件に関係しているのですか？」

器用に片目だけを細めて、向島が逆に尋ねてくる。空は慎重に言葉を選びながら、

「まだ解りません。例の怪談を利用して何をしたかったのかも。美術室と準備室は一番お堀に近いですが、先生はその幽霊を目撃されたことはありますか？」

「まさか」と向島はゆっくりと首を振る。「ここに赴任してまだ五年だが、一度もない。もちろん在学中も。いい迷惑です」

「迷惑？」

ももの問いに、向島は溜息を一つ吐いたあと、

「あの幽霊話のせいで、美術部に入部するのを尻込《しりご》みしたり、途中で退部する生徒も多少いるからね。去年も一人辞めちゃってね。赤坂ほどじゃないがなかなかセンスがある娘だったから、もったいなくて……。とはいえ今までは噂話だけだったから、本気で怯える生徒も少なかったが、今回のことで加速するかもしれないし」

最後に再び溜息を吐く。ももは授業中の姿だけしか知らなかったが、結構ぼやきたがるタイプのようだ。

「もしかして、美術部への嫌がらせのために……」

ネガティヴな向島の言葉を遮るように空が、

「軽率な発言は控えて下さい。お願いします。先生が率先して噂話をしだしたら、生徒たちが振り回され疑心暗鬼に陥ってしまいます」

「それは申し訳ない」反省したのか向島は肩を落とすと準備室に戻っていった。タバコ

を吸いに戻ったのだろうか？

「なんだか、愚痴っぽい先生だね」

パタンとドアが閉められたあと、あおが感想を述べる。

「事情聴取の時もずっとあんな調子だったよ。印象だと、被害者のことはあまり哀しんでなかったな」

「嫌ってたの？」

ももが尋ねると、

「いや、さして関心がないって感じだった。もちろん口には出さないけど」

「でも、赤坂さんを語るときはすごく熱があったよ。もしかして赤坂さんを部長にしたいがために愛宕さんを」

「向島先生並みの暴論。そもそも部長ってそんなにいいものなの？」

キャンセルするようにあおが当然の疑問をつきつける。

「放送部の部長は権力を持ってそう」

「そうかな。もものせいでいつも苛々《いらいら》させられてるように見えるけど」

「でも、内申書はよくなるかもしれない。部長もそれを狙ってるのかも」

「うちの部長はともかく、美大に内申書ってそんなに大きく影響するの？」

「さあ」

ももが首を捻ったのをきっかけに、「外に出てみるか」と空が誘いかけた。三人で向島が消えていったドアの隣のドアから倉庫を抜け裏口に出る。

風景画は二年になってからということなので、ももはまだ庭に出たことがなかった。怪談も知らなかったので興味も湧かなかったのだ。写生でないと訪れる必要もない場所だ。そんな生徒がほとんどだろう。

西向きの裏口は倉庫と同じ開き戸で、戸口に下駄箱があり、つっかけが並んでいた。それを履いて芝に降りる。芝といってもたいして手入れはされておらず、丈もバラバラなら禿《は》げて土が剝《む》き出しになっている箇所も多い。元は高校の西門に通じていたようだが、間に図書館が新設されたため、遮られ袋小路になってしまったのだ。目の前は藪のような植え込みで区切られ、その先に視界を塞《ふさ》ぐように真新しい図書館の側壁が聳《そび》えている。

「抜け出せそうにないんだけど」

植え込みに身体を差し入れ通り抜けようとしてみたが、ももは早々に諦めた。

「全然だめ。大事な顔に傷がつく。名探偵は顔が命だし」

セーラー服に引っかかった小さな枝葉を払い落としながらももが首を振る。

裏口から準備室の外壁を右に回り込めば庭と水堀に出る。水堀と美術室の窓との間隔は十メートルほど。地表は同様に粗雑な芝生で覆われている。芝と水堀の境は小さな石垣で護岸されていて、水面との高低差は三十センチほどある。別の場所に排水溝があるので、観測史上云々《うんぬん》を冠する台風でない限り庭にまで増水することはないらしい。水は遡《さかのぼ》ってこないが、柵《さく》がないため死体を堀に落とすのは簡単そうだ。

芝地は美術室の前だけにあり、その東端は堀の垣が船着き場として校舎側に抉《えぐ》れている上、視界を遮るように高さ二メートルほどの雑木が密集しているので、これ以上向こうには進めなくなっている。ちょうど美術室の裏口から窓までのL字形の芝生を、堀と植物で隙間なく囲い込んでいるかのようだ。美術部専用の秘密の花園。開放されているのは真上の空だけ。

「天に宙青空夏空みんなソラ」

あおたちに聞こえないよう一句呟いたあと、初唯が居眠りしていたと思《おぼ》しき場所に腰を下ろしてみた。左右を雑木と図書館に遮られ唯一拓《ひら》けた正面は、ただでさえ高い堀の向こうの石垣が更に高く聳えて見える。うっすら吹いてくる風でささやかにざわめく水面。色は澱んでいて決して綺麗《きれい》ではない。それを誤魔化すように傾き始めた陽の光がきらめいているが、半分くらいは建物に遮られて陰になっている。唯一の美点は静寂だろうか。わずか十メートル四方の小さなエリアだが、この世界から隔絶された自分だけの小宇宙を独占している気にさせられる。油断すれば仙人になってしまいそう。

ここで写生するとしたら、皆、同じような構図になりそうだ。美術部員としては腕の見せ所だろうが、だからこそ愛宕は悩んでいたのかも。ももがどうあがいても、赤坂のような絵にはならない。初唯はどんな絵を描いていたのか、ももは興味が湧いた。あとで見せてもらおうか。

「何か感じた？」

長い影を落としながらあおが尋ねかけてくる。風が強くなったのか耳のあたりの髪を手で押さえている。兄はと見ると、「やっぱり高石垣は素晴らしいな」と畔でひとり感動していた。

「この姿勢でタマエさんが現れたら逃げ場がないかな」

「そう」

「それに、タマエさんもすぐに上がってこられそうなのに、十七年間も何をぐずぐずしてるのかなって」

「そう」と無表情で再びあおは答えた。

「あ、いま探偵っぽくないと思ったでしょ！」

「別に、いつものことだし」

「ひどい。私も探偵なのに」

ぶつぶつ云いながら立ち上がって尻についた埃《ほこり》を払っていたとき、ももは一つ気づいた。

「ここで座っていたら目立つし、丸わかりだよね。だとするとヤバい相談をしていたのはここじゃなく、裏口の前になると思うんだけど。相生さんが見たときどうして二人は後ろ姿だったんだろう？」

＊

放送室に戻る途中、明治時代に建てられた旧校舎の鶯《うぐいす》張りの廊下を二人の女子が歩いていたので声を掛けてみた。こんな時間までいるからにはと尋ねてみると案の定、美術部の部員だった。今から下校するところらしい。殺人の上に事情聴取で二人とも疲れ切った表情をしていた。

「あんたたちは？」

甲高い声で伊予結実《ゆみ》が尋ねてきた。徹夜でカラオケをしたかのようにかすれ気味だ。生来のものなのか、今日の疲れでそうなったのかはわからない。つり目がちで、肩まで垂らしたストレートの髪は前を眉の上で一直線に切っている。

「ええと、誰かな？　初対面だよね」

一緒にいた車坂彩音《あやね》も小首を傾げている。こちらは伊予より小顔で頬が円みを帯びている。白く尖った八重歯が印象的で、顔の輪郭は結実と比べて丸い。肩まで伸びた髪は緩やかにウェーブがかかっていて、柔らかそうな前髪も全体的に右に流れていた。

胸が大きく前に出ていることもあり、正面から見ればすぐに区別がつくが、背格好が似ていて後ろ姿だと見分けにくそうだ。髪の質などをしっかり見れば判るのだろうが。

ももとあおはポニーテールとショートカットで髪型が極端に違うので判別しやすいが、そういう組み合わせはむしろ少数派かもしれない。ももはまだ徳居奈央を見たことがないが、同じクラブの初唯が見分けられないのだから、きっと後ろ姿は似ているのだろう。車坂は美術室にいたようなので、結実と奈央はさらに似ているのかもしれない。

「私は伊賀もも、そしてこっちは上野あお。兄が刑事で捜査のお手伝いをしてるんです」

「刑事の妹？　もう勘弁して」

結実の顔が二日酔いのように曇る。

「お手伝いって、人が殺されたというのに探偵ごっこ？」

彩音が軽蔑《けいべつ》の眼差しで睨めつけてくる。だがそんなことでは負けていられない。ハートは強くなければ……とあおから教わった。強くなければ探偵をやっていけない、優しくなければ名探偵の資格がない。そのあおは折衝ごとが苦手と一歩下がってももの背後に隠れている。どういうことだか。出会った当初のあおは、もう少し毅然《きぜん》としていた気がするのだが。いまはももをすぐ風よけに使って楽をしようとする。

「趣味でやってるのではありません」

「趣味じゃなければなに？」

つり目をさらにつり上げ、苛立った口調の結実に対し、

「仕事です」

えへん、とももは胸を張った。不躾《ぶしつけ》なのはももも承知している。しかし探偵は尻込みしていられないのだ。

「高校生なのに？」

「まだ探偵未満ですが……赤坂さんが美大を目指して美術部で絵を描いているように、私たちは探偵修業をしています」

「一年が生意気な」

結実が睨みつける。気が強いのか、闘争心が盛んなのか、ももに反応して逆に顔に生気が戻ってきている。喧嘩上等とばかりに、どんと一歩前に右足を踏み出す。カバンからはドクロが骨を咥《くわ》えているストラップが垂れ下がっていた。

「今まで対峙《たいじ》してきた犯罪者に比べたらそんな威嚇なんて」

少しびびりながらも、ももも引き下がらない。

「そういえば……この前お城であった殺人事件。放送部の娘が解決したって噂をちらっと耳にしたことがある」

緊迫した空気を掻き消すような間延びした声で、隣の彩音が云った。吸血鬼のように尖った八重歯をちらつかせながら、

「春香《はるか》もみどり中学に一つ下で探偵やってた娘らがいたって話してたし。たしかとんでもない芭蕉バカのポンコツ俳句《ハイカー》娘だとか。それ、あなたたちのこと？」

「……そうですけど」

ほとんどあおの手柄だが、当然ここはコンビとしての成果とももが胸を張る。先週は怜美が依頼に来たし、自分たちの噂が殊の外広まっているんだなと妙な感慨を抱きなが

ら。特に夏に起きた連続殺人事件に関しては、兄の手前、なるべく吹聴はしてこなかったのだが。本当に障子に目ありだ。

「嘘じゃないよな」

足を踏み出したまま、ドスをきかせて結実が尋ねかける。

「もちろんです。実績があるから追い返されずにお手伝いできてるんです」

「早く犯人が捕まって欲しいから、少しは協力してあげてもいいんじゃない」

「じゃあ、五分だけ」

彩音の提案に、結実が折れる。

「ありがとう。じゃあ」

「ところで芭蕉バカもポンコツもこの娘だけですから」

背後から首を出したあおがぼそっと訂正する。

「バカってなに。ポンコツってなに。俳句は心の絵画なの。美術部のお二人ならこの熱い想い解ってくれますよね」

「うるさい。暑苦しい。質問するんじゃなかったのか」

「そうでした。愛宕さんのことを知りたいんです。さっき向島先生に愛宕さんが最近変わったと伺いました」

「愛宕か。あいつ何か変わったことあったっけ？」

結実が首を捻りながら彩音を見る。

「愛宕君、夏前頃から少し雰囲気変わってた」

彩音のほうは気づいていたらしく、

「前まではすごく真面目だった。部内でも優しくて面倒見が良くて。学級委員が似合いそうな感じだったけど、ちょっとチャラくなろうとしているみたいな。全然板に付いてなかったけど」

「そうだっけ」と結実のほうは線のような眉を寄せている。意外と鈍感系なのかもしれない。ももも他人のことは云えないが。

「絵のことで悩んでると聞きましたが」

「ああ、そういえば」合点がいったように結実も頷く。「隣に赤坂君がいればね」

「つらいよね」二人は顔を見合わせている。

「でも赤坂君は天才だから意識してもなあ。気にしないのも難しいけど。だけどチャラくなるのは方向性がおかしくない？」

「心に抱える闇の具象化がそれしか思いつかなかったのかも。根が真面目だから」

「そんなに闇が欲しければ、いいCDを貸してあげたのに」

「すぐ一緒に死のうとか歌ってるバンドのやつ？」

「そう」と嬉しそうにつり目を和らげながら結実は頷いた。「新曲は、お前を殺して俺は生き続けるがテーマだけど」

「先輩方は赤坂さんには影響を受けなかったんですか？」

身勝手なバンドのことは無視してももがぼそっと尋ねかけると、

「人は人。技術はともかく、自分の中にないものを描こうとしても無理。絶対にボロが出る」

　結実の口からまっとうな答えが返ってきたのでびっくりした。

「……そういえば選択授業の一年生でルオーみたいな絵を描いてた人がいたね。技術は全然ないけど、感性だけの塊というか。ああいうの真似できないよね」

　彩音の言葉に、結実は興奮気味に一段階声のトーンを上げると、

「いたいた。あの末恐ろしい絵。棚に並べてあったあれを見て、愛宕が物凄くショックをうけてたもん。いやあ、この高校も広いわ」

「もしかしたら赤坂君より、名もなきルオー君のほうが契機だったかも」

　とても自分の絵だとは云い出せない雰囲気だ。あおが背後でくすくす笑っている。あとでルオーが何者なのか問い質さなければ。

「それでですが」と、ガールズトークに割って入り話を戻す。「美術部の部長さんが、次の部長に赤坂さんより愛宕さんを推薦していたみたいですけど、部長ってなりたいものなんですか？」

「部長なんて面倒なだけ。赤坂君は凄《すご》いけど、部長なんかやらせずに絵に専念させたほうがいいんじゃないの？」

「まさか、部長争いが原因とか考えてない？」

彩音の疑問にももが答えるより先に、

「ないでしょ」と結実があっけらかんと打ち消した。「美大なんて、うちからは推薦枠もないし。それに逆だったらまだしも」

「逆というのは赤坂さんが被害者だったならということですか？」

「愛宕は普通の大学に進学するつもりだから、そりゃあ内申書は大事なんじゃない」

「愛宕さんなら、やりかねないということですか？」

あおがももの背中から顔だけ出して呟く。

「おまえなぁ」

結実が睨みつけると再びももの陰に隠れた。結実は一度引っ込めていた右足を再び踏み出し、

「最近いろいろ悩んでいたかもしれないけど、愛宕は基本いい奴なんだ。それに死んだ奴のことを云いたい放題」

更に目をつり上げ二歩目を踏み出す。板張の廊下がキュッと鳴った。放題まではあおも云ってないと擁護しようとしたとき、背中から強い圧がかかり思わず半歩前に踏み出した。盾にする気だ、ももは直感した。

……仕方ない。腹をくくったももは目前に迫った結実の頤《おとがい》をくいと摑むと、

「まあまあ、かわいい顔がだいなしだよ」

二日前、二時間ドラマで見た名探偵の台詞《せりふ》を真似てみる。

「えっ」と結実が顔を赤くする。

「子猫ちゃん。怒った顔は君に相応《ふさわ》しくない。素直になった方がいいよ」

ももは顔をゼロ距離まで近づけると、名探偵よろしくキメ顔でにこと微笑んだ。

次の瞬間、殴られた。グーではなくパーなので叩かれたというべきか。左頬がひりひりする。二の矢が来るかと右頬をガードすると、意外にも結実は伏し目がちにもじもじしていた。しかも「あ、ごめんなさい。つい反射的に」と素直に謝ってくる。

頭の中を駆け巡るいくつものクエスチョンマーク。ももは頬を押さえながら、

「いえ、こちらも急だったから。大丈夫だよ、子猫ちゃん」

普段のももとテレビの名探偵の中間の、どうにも締まらない口調になった。

「うん」としおらしくかぶりを振る結実。ちらと隣の彩音を見ると、彼女も結実の変貌に驚いたようだったが、すぐに興味深げな笑みを浮かべる。ももに抗議するわけでもなく、結実を問い質すこともなく、むしろ素知らぬふりをして続きを促そうとする。

結実のどういう回路がどう繋がったのか解らない。とりあえずこれ幸いにと話を訊く。

「それで子猫ちゃん。お堀幽霊のタマエさんについては何か知ってるかい？」

「うん、少しだけ。でも、信じてる人は少ないかも。堀に面してるのは美術室だけだし。美術部員もほとんど信じてないし」

予想外の言葉に驚く。初唯の話では部員はみんな信じていそうな雰囲気だった。

「去年、辞めた人がいるって聞いたけど」

「あれ、幽霊は口実で人間関係のせいだから……」結実の表情が先程とは違う曇り方をした。

「そうなんだ」まあ、顧問の先生に正直に話すわけもないか、とももは納得した。

その時背中を指でつんつん突《つつ》かれた。あおだ。振り返ると口パクで訴えている。

「先週の半ば、相生さんがお堀幽霊に脅かされたのは知ってますか」

すると、ずっともじもじしていた結実の動きがぴたっと止まる。呼吸をするのを忘れたように顔が青ざめていった。

「それは……」

「なにか心当たりがあるの？　子猫ちゃん」

「それは……」

結実が口を濁しながら更に顔を伏せた時、

「あの娘《こ》は他人の男を獲《と》るのが上手いから……幽霊の逆鱗《げきりん》に触れたのかもね」

代わりに彩音がぶっきらぼうに答えた。

「え、そうなんですか」

「う、うん」と結実もこくんと頷いているので嘘ではないようだ。

「それは誰のことを」

深く問い詰めようとしたももに対し、遮るように彩音が、「はい、おしまい」と割って入った。硬直と弛緩《しかん》がマーブル状になった結実の腕を掴むと、

「もう約束の五分を過ぎてるから、帰るね」

八重歯を見せ微笑んではいるが、断固たる響きを持たせて、ももたちの前から消えていく。途中名残惜しそうに結実がちらちらと何度も振り返る。そして最後に指をこちらに突きつけると、

「奥のあんた。ぼそぼそと年寄り臭いよ。注意しな」

「ももには変な特技があるみたいね」

鶯張りがキュッと鳴り、隣にあおが立っていた。心なしか表情が強張《こわば》ってる気がする。

「探偵に活《い》かせるかな」

「さあ。演劇部に入部した方がいいんじゃない」

あおは素っ気なかった。

*

灼熱の放送部に再び戻る。この勢いで片原部長にも話を訊こうと思ったが、既に下校したあとだった。そうそう上手く運ぶはずもない。既に大半の生徒が下校し、放送部の周辺に限らず学校全体が静かになってきている。当然、部室には誰もいない。

「最後の相生さんの話、本当かな。あおはどう思う？」

腹ごしらえのカップ焼きそばを食べながらももが尋ねる。前歯に一枚青のりが付いて

いる。たいしてあおは十秒チャージのゼリー飲料をハムスターのように啜《すす》っている。

「どうかな。本当かもしれないし、あの人達の勘違いかもしれない」

「私も嘘は吐いていないように思えたけど」

ももは大きく背伸びをした。背を反らせすぎて割り箸《ばし》が手から零《こぼ》れ落ちそうになる。

「もし本当なら、怯えていたのも解る気がする。愛宕さんがどうこうより自分のことだから」

「私は勘違いの可能性が高い気がする」

ゼリーを片手にあおが異を唱える。

「そうなんだ。どうして？」

「もし彼ピがいるのなら私たちじゃなくてまずその彼ピに相談するんじゃない？　しかし手形がついて真っ先に話したのが親友の田端さんで、彼女の勧めで私たちのところに来たんでしょ。時間的にも彼ピに相談する余裕がない気がする」

「その彼ピて云い方、わざとらしくて気持ち悪いからやめて」

もぞもぞと背中を震わせてももが抗議した。

「そういうのは彼氏が出来てから使うものでしょ。あおはまだいないんだから」

するとあおは冷たい眼差しでももを見ると、

「じゃあ、作ろうかな。彼ピと云うためだけに。例えば空さんとか」

「え、お兄ちゃん！……まあ、いいけど……でも止めといたほうがいいと思うよ」

ももは口をもごもごさせた。二人とも互いに気がある素振りを時折見せるので、冗談では済まない。あおと兄がくっつけば、この二人だけでホームズとワトソン君になってしまい、ますますももの出番がなくなってしまいそう。

「それにドブ浚いも厭がる男だし」

「だれだってドブ浚いは厭でしょ。マジ卍凱《まんがい》」

「そうだけどさ……使命感とか。事件は現場でなんとかっていうでしょ。なのに……」

ももが悪口を積み重ねようとしたとき、勢いよく扉が開けられ話題の中心人物である空が入ってきた。

「どうしたもも、そんなにむくれて。口から焼きそばが飛び出てるぞ」

「知らない。勝手にいちゃつけばいいでしょ」

当然ながら、空はぽかんとしている。今度はあおに向き、

「どうしたんだ？　あおちゃん」

「お兄さんが格好いいという話をしてたんです」

「そんな話、一ミリもしてない」

「なんだ。どうせ俺の陰口を叩いてたんだろ。せっかくいい情報を持ってきたのに」

察したような表情でももとあおを見比べる。全然察せていないのに。

「何よ、お兄ちゃん。いい情報って」

「右手のブロンズ像から赤い水彩絵の具が検出された。ほんの微量だが残ってたよ」

「ホント！」ももが身を浮かすと、

「ただし、絵の具だけで血液などはなかった。例の女子生徒への脅しに使われたということか」

「多分そうです」

　空の目を見て、あおが頷く。

「被害者の絵画のほうは分析はまだだ。あと事件当時の有力な目撃証言はまだない。全校レベルでは教職員も含めアリバイがはっきりしている人間はいるだろうが、洩れる生徒たちも大人数だし。そもそも部外者の可能性もなくはない。業者を含め放課後はいろいろと出入りしているしな」

「アリバイなら私もないかもしれないし。動機もないけど。今のところそこから潰していくのは難しそうね」

　ももが大きく背伸びする。

「この事件に大きく関わっているのは三つ。時系列で云うと、相生さんが転た寝して犯行計画を聞いたとき。相生さんのカバンに手形がつけられたとき。そして愛宕さんが殺されたとき。このうち最後のはまだ雲を摑む状況で、二番目のは他の美術部員が帰り相生さんが最後まで外で残っていたのを幸いと手形をつけたわけです。彼女に気を配っていたならそういう隙は誰でも衝《つ》けたでしょう。もちろん、何時にどういう順番で部員が帰って行ったか判明すればより絞られるでしょうけど、果たして覚えているか。そうすると現状では、相生さんが聞いた件を中心に考えるのがいちばん妥当かと」

「あおちゃんの云うとおりだな」空が褒めそやすと、

「やっぱり、美術室倉庫から抜けるしかないよね」ムキになるもも。「でもでも、当時あの場にいたのは男子は向島先生と部長と愛宕さん、女子は車坂さんと伊予さんと徳居さんでしょ。そのうち向島先生と部長は準備室にいて、車坂さんは美術室で誰かと一緒だった。相生さんが見た二人組のうち女子は伊予さんか徳居さんだったにしても、男子は……愛宕さんが愛宕さんを殺す相談を」

「前も同じネタを云ってた」

「可能性を潰さなきゃいけないんでしょ。あ、でも。例えば自殺したくなって、その幇《ほう》助《じょ》を頼んでいたとか」

「相生さんが聞いた話だと、そんな感じじゃなかったはずだけど」

「転た寝してたんだから記憶の混濁は多少あるんじゃない？　スポーツマンでも云うでしょ。自分で自分を許せないとか」

「許せないと云ってたのは女のほうで、男はむしろ消極的だったはず」

あおの訂正に、「そうだったかな」と、ももが首を捻る。とぼけているわけでなく、本当に思い出せない。

「ももの記憶のほうが混濁してる」そしてあおは口許に手を当てると、「例えば、先生と部長が実は相談していなかった可能性はある」

「どういうこと？」

「相生さんは、裏口から美術室に戻ったときに二人が準備室から出てきたとしか云ってないし、その時は何らかの連絡や挨拶をしただけかもしれない。新部長の話をしたのは別の日なのかもしれない。予断を持って尋ねられれば誤解するし、あるいはどちらかがあえて誤解させようとしたのかもしれない。ももは十日前に食べた夕食を思い出せる？」

「十日前！　どうだろう。先々週のどこかでカレーと唐揚げを食べてはいるんだけど」

「その時、もものお母さんがカレーと証言したら信じるでしょ」

「まあね。じゃあ、先生と部長のどちらかが嘘をついてると」

「さすがに先生は服で判ると思うから、相生さんが見た後ろ姿は部長になるだろうけど」

「あの部長がね」

　といっても、ももは一度も会ったことがないので顔も思い浮かべられない。

「あくまで可能性の一つというだけ」あおが釘《くぎ》を刺す。「例えば、相生さんが見た姿は愛宕さんともう一人で、殺人の相談はそれとは別に東側の雑木林の向こうでしていたとも考えられなくもない」

「雑木林の向こうって、舟着き場の更に向こうということでしょ。美術部のみならず特別棟の全員に聞こえそうな大声で話してたの？」

「あくまで可能性の一つというだけ」再びあおが口にした。「本当に僅かな可能性だけど」

「そもそも、どうして犯人はお堀幽霊の仕業に見せかけたんだ？」

二人のやりとりに耳を傾けていた空が根本的な質問をした。

「殺害方法も怪談に倣って素手で絞殺したり、ナイフを使ったわけでなく、いかにも人間がやりましたって感じだし。あるのは手形だけで、他はなんの工夫もしてないんだが」

「痴情のもつれをアピールしたかったのかな」

ももが思いつきを述べると、あおが冷静な瞳で、

「それなら自ら犯人だと名乗るようなものじゃない？」

「でも、相談の内容はそんな感じだったでしょ。愛宕さんにみんな騙されて泣いてるって。車坂さんたちの話だと美術部員もお堀幽霊の話をそれほど信じているわけではないのに、愛宕さんはすごくビビってたんでしょ。きっと疚《やま》しいところがあるからよ。同じ三角関係で。……だとすると、田端さんは大丈夫なのかな」

初唯と怜美にメールを送ったが返信は無い。彼氏を殺された怜美はもちろんだが、初唯も次は自分の番ではないかと怯えているのだ。

「でもどうして相生さんは脅されたんだろ」

ぽつりとあおが口にする。

「そうそれ！」前々からももも引っかかっていたので、声を昂《たか》ぶらせる。「どうせ殺す

ならさっさと愛宕さんを殺せばいいだけだし。相生さんが騒ぎたてればことが大きくなるだけだし、愛宕さんに警戒されるかもしれないのに。実際彼女は私たちに相談してきたわけでしょ」

「立ち聞きされたことに気づいて焦ったのかもしれない」

「それなら一週間も待たないんじゃない……」大きく腕組みをしたももだったが、「そうか！　伊予さんたちが云ってた相生さんが奪った彼氏って、愛宕さんのことだ。犯人は盗み聞きされていたのを知らなかった。だから二人とも脅そうとした」

　全てが繋がったとばかりに、ぱあぁっと満面に笑みを浮かべ叫ぶ。

「どうだろう。殺害の本命が愛宕さんなら、相生さんが脅された時点で愛宕さんに話が伝わって警戒されるはず」せっかく解決したと思ったのに、あおの冷酷なダメ出しが入る。「今の話だと、愛宕さんと相生さんが交際しているのを知った田端さんが一番怪しくなってしまうけど、もし田端さんの立場なら、親友なのに裏切った相生さんに最も殺意が向けられるんじゃない？　それに相生さんが見たもう一人の男は誰なの。そもそもどうやって田端さんがあの場に行けたのかという問題も出てくる」

「部長よ。田端さんは部長と懇ろだった。だからこっそり……」

「こっそり入って野外で殺人の相談？　それに田端さんも部長と懇ろなら、もうそれでいいんじゃない？」

「復讐《ふくしゅう》に理屈は通じないの。なぜならパトスだから」

　強引に宣言したものの、

「もう無茶苦茶だな」

　返ってきたのは空の溜息だけ。

「下手の考え休むに似たりか」

「無理が通れば道理が引っ込むね」

「もう二人とも、一度に云われても解らないって。聖徳太子《しょうとくたいし》じゃないんだから。無理の考え道理に似たりってなんなの！」

　苛立ったももは頬を膨らませて二人を睨みつけたが、次の瞬間、急に黙りこくった。

　そして……。

「解ったり！」

　パイプ椅子を弾《はじ》き飛ばして立ち上がると、いきなり奇声を上げた。

【問題篇・終わり】

※この小説は犯人当てになっています。次へ進む前に、しばし立ち止まり誰が犯人かを考えてみてはいかがでしょうか？　一句詠むだけでも構いません。

【解決篇】

4

「解ったり！　解ったり！　この事件、解ったり！」

　再び叫んだももは立ち上がった勢いで壁に後頭部をぶつけそうになった。だがホテルの時と違い寸前で回避する。続け様に一句。

「桃と青混ぜると紫別の色」

「どうしたの、もも」

「暑さで脳がやられたのか？　救急車呼ぼうか？」

　二人が心配して覗き込むが、ももはそれを振り払うように、

「やられてない、熱中症にも日本脳炎にも。……違うの、そうじゃなくて」

　ももは顔を近づけあおの瞳を見つめると、

「相生さんには、別々の話が聞こえてきたってことはないかな？」

「別々の話？」

　怪訝そうにあおは首を傾げる。

「そう。窓の下で壁に凭《もた》れて転た寝をしてたんでしょ。そして美術室の右耳側の窓は開いていたらしいし、もしかしたら左耳側の準備室の窓も開いていたのかもしれない。美術室には女子が二人で、準備室には先生と部長の男二人がいたわけだし。それぞれ窓に近い人の声だけが、相生さんの耳まで届いたとしたら……」

「え、じゃあ」と空が素っ頓狂な声を上げる。「二つの話題がたまたま一つの会話に聞こえたってことか。お前、今ぶーぶー喚《わめ》いてたじゃないか。同時に喋《しゃべ》られても解らないって。そんなに都合良く会話が成り立つわけが……」

　ばかばかしいとばかりに空はあっさりと却下した。だが逆に静かに耳を傾けていたあおは、じっとももを見返すと、口を右手で覆った。そしてゆっくりと左手で胸を押さえて三十秒、

「今の私たちと違って二組が会話をしていたら、そして片方の声が相生さんまで届かなかったら、タイミング次第ではあり得るかもしれない」

「でしょ、でしょ」我が意を得たりとももが歓喜する。「すごいでしょ！」

「五十五点、成長したね。でも混ぜて紫色になるのは赤色と青色だから」

　上からの物云いに、喜びも半減する。しかしあおの採点なら仕方がない。

「となると犯人は一人しかいなくなる」

　彼女を特徴づける太い眉をぴくりとも動かさず、あおはさらりと云ってのけた。

「えっ？」

今度はももが声を上げる番だった。残り半分の歓喜も一掃され、一瞬にして頭上に特大のクエスチョンマークが浮かぶ。

「しっかりして。ももが云い出したんでしょ」

呆れ口調でももを見上げるが、ももにはまだぴんとこない。

「どういうことだい？」

あおがももに同意したことで、ようやく空も真剣に耳を傾ける気になったようだ。先ほどまでより真剣味を帯びた顔と声で尋ねかけてくる。あおは空に答えるというよりももに諭すような口調で、

「準備室では先生と部長が愛宕さんについて話していた。じゃあ、相生さんが聞いた『会話』から愛宕さんの要素を抜くと何が残る？」

「……お堀幽霊かな」

人差し指を唇にあてながら自信なげに答えると、「正解」とあおが薄く微笑んだ。

「そして実際にお堀幽霊の被害を受けたのは？」

「相生さん！」

血がなせる業なのか、息が合った解答のあと、ももは空と互いに顔を見合わせた。

「つまりあの手形は口封じの脅迫ではなく、最初から相生さんを狙ったものかもしれないの」

「じゃあ、犯人は相生を殺そうとしていたのか？」

怪訝な表情で空が尋ねると、

「違う」ももが得意気に先ほどの人差し指を目の前に掲げた。ここまで来ればなんとなく見えてくる。「もしそうなら水曜日の時点で相生さんは殺されているはず。多分、殺すというのはお堀幽霊の怪談絡みで出てきた単語で、殺人計画じゃなかったんじゃないかな。お堀幽霊を利用したイジメ計画をヤって、相生さんをシめようとしただけで。きっと二年生の女子部員の誰かの彼氏が相生さんに色目を使ったとかで逆恨みされたんでしょ。相生さんが使ったんじゃなくたぶん相生さんに。相生さんは心当たりがないから嫌がらせを受けても自分と結びつけられなかった」

「相変わらずももは想像力が逞《たくま》しいね。羨《うらや》ましい」

山奥にひっそりと水を湛える湖のようなクールなあおの瞳からは、それが称賛なのか皮肉なのか読み取れなかった。

「……でも案外、正鵠《せいこく》を射ているかもしれない。右手のブロンズ像が先週の半ばに場所を移されたのは、相生さんに像を使ったと思わせないため。もし同じ人物の犯行なら愛宕さんに対しても同じ右手のブロンズ像を使うはず」

「じゃあ」と、わざわざ片腕を差し入れ、二人の世界に空が割って入る。「相生が見た男女の後ろ姿は愛宕と二年の伊予か徳居のどちらかで、しかも聞こえてきた会話とは全く関係がなかったということになるな。仮にそれが正しかったとしても、解るのはそこまでだろう。どうして一足飛びに犯人まで行き当たるんだ？」

「それは」こほんとあおは咳《せき》払いを一つすると、「お堀幽霊の見立てによって愛宕さんが殺されたからです。そして見立て殺人が相生さんの聞き間違いなら、愛宕さんが見立て殺人によって殺されることを知っているのは、私たちを除けば相生さんと田端さんだけです」

「そっかあ！」

　思わず喚声をあげたせいで、あおにばれてしまった。犯人まで辿《たど》り着いていなかったことに。あおの冷たい目を撥《は》ねのけ挽回《ばんかい》するように、ももは思いついた言葉を紡ぐ。

「解った。事件の日、最後まで愛宕さんと美術室にいたのは徳居さん。愛宕さんの死を悲しんで残された絵を欲しがったのも徳居さん。そして相生さんが見た後ろ姿もきっと愛宕さんと徳居さんね。相生さんがいたので踵《きびす》を返したんだと思う。ともかく二人はラヴラヴだった。つまり愛宕さんは二股を掛けてた。新しい自分を見つけるために、大した必要もなく。それに気づいた田端さんが嫉妬《しっと》に狂って」

「先にももに云われたね」

　しかしあおは悔しがる素振りは毫《ごう》も見せず、

「おそらく田端さんは相生さんの聞き間違いに気づいたわけではなく、愛宕さんに恋人を盗られたという話が気になって、昨日、丸山駅で相生さんと別れたあと再びここへ引き返したんじゃないかと。そして美術室でいちゃつく二人の姿を目にした」

「つまり見立て殺人をその場で思いついたのか。計画殺人じゃなく？」

空はまだ半信半疑のようだ。あおはももではなく空に顔を向けると、

「見立て殺人のアイディア自体は既に吹きこまれていたわけですし、そうすれば殺人を計画していた人たちに罪をなすりつけることができるでしょう。そのうえ田端さんが愛宕さんの殺害計画やお堀幽霊の件を相生さんから相談されたのは木曜日。でもその時点で相生さんはお堀幽霊の手形で脅されていましたから、時系列で並べると彼女は絶対に犯人でなくなるわけです。田端さんはまさか相生さんの聞き間違いだとは思わず、幻の殺人計画に便乗してしまった」

「でもな。見立ての計画を知っていた者が犯人なら、相生本人の可能性も残っているわけだろ」

空の天秤《てんびん》もあらかた田端犯人説に傾いているようだったが、駄目を押すように確認してくる。

「本当にバヵなの、お兄ちゃんは」

ももは得意気な顔つきで長身の兄を見上げて偉そうに説教した。

「ここまでくれば私でも解るのに。もし相生さんが犯人だったら、ちゃんと手形に右手のブロンズ像を使うでしょ。少し捜せば見つかる場所だったし。彼女は美術部員で、右手もあることを知ってるから」

夏の合宿殺人事件

I　伊賀もも

1

あおがももの学校に転校してきたのは、中学二年の春だった。

名探偵になりたい。

あれは保育園、それとも幼稚園の頃だろうか？　昔見たドラマで今も印象に残っているシーン。事件も大詰めに近づき、一室に集められた関係者たちの前に殺されたはずの人物が現れる。慌てふためく人々を後目《しりめ》に、ズバッと変装を解き正体を明かす名探偵。返す刀でひるんだ相手を指差し「お前が犯人だっ！」

格好いいっ！

もちろん人智《じんち》を超越した名探偵はフィクションで、テレビの中だけの存在なのは百も承知。それでも自分もあんな体験をしてみたかった。変装は無理でも、快刀乱麻を断つ推理でみんなをあっと云《い》わせたかった。冴《さ》えない中年刑事から「さすが名探偵！」と褒めそやしてもらいたかった。

　何十億という人が住んでいるこの地球で、犯人指摘のあの瞬間だけは世界が自分を中心に回っている。森羅万象、全ての真理の奔流が自分という特異点に向かって押し寄せてくる。

　幼な心に、ももは直感していた。

　画面の向こうの名探偵の得意気な笑みを前に、汗ばんだ手を握りしめていた。

　名探偵になりたい……それがももの人生の目標になった。

　ももが十歳の時、歳の離れた兄が警官になった。この日本では探偵に最も近い職業だろう。ただ、兄は探偵になりたくて警察に就職したわけではないようだ。兄は忍者が好きだった。

　昔、父がぽろっと洩《も》らした忍者の末裔《まつえい》という話を、いかにも後世に取り繕いましたといわんばかりの微妙な家系図を見て信じ込んでしまったらしい。

　兄は素直な人間なのだ。ももも単純で素直と評されることが多いし、自分でも少しは自覚している。それでも兄に比べたらまだましだ。エイプリル・フールに今日から伊賀市は三重県から奈良県に移籍しましたと云われても信じてしまうんじゃないか？　兄の空はそれくらいの人間なのだ。

　忍者に憧《あこが》れる兄の興味は、推理や犯人捜しよりも、尾行や張り込みといった実務的なほうに向いているらしかった。まさに権力の走狗にぴったりの性格。

そんな忍者気質《かたぎ》の兄に、名探偵になりたいとうち明けたことがある。

「夢物語だ、やめとけ。大統領になるほうがまだ可能性がある」

にべもない言葉が返ってきた。妹に甘いいつもの兄の声ではなかった。

「名探偵なんて実際にはいないんだぞ。あんなもの小説や漫画だけの話だ。何のリアリティもない絵空事に過ぎない」

人生に疲れた中年男が口にしそうな正論を、まだ十九歳の兄が容赦なく浴びせてくる。

てっきり応援してくれると思っていたももはびっくりした。

「人間、もっと地に足着けて生きるんだ」

兄は忍者に憧れる現実主義者だった。これが社会人、これが警官というものか。

それ以来ももは兄の前で探偵の夢を語らなくなった。

とはいえ、同時にももは感じていた。こいつは格好の〝刑事〟だと。汗水垂らしてかき集めた情報を惜しげもなく提供し、見事犯人を指摘した名探偵に向かって「さすが名探偵！」と褒めそやす、引き立て役に最適だと。

ももはますます名探偵になろうと誓った。

しかし、なろうと思ってなれるわけでもないのが名探偵。

野球やサッカーといったスポーツ選手になりたいのなら、クラブやリトルリーグなどでやりかたを教えてくれるし、漫画家や作家にも入門書がある。士業につきたければとりあえず今は勉強しろということになるし、歌手や俳優になりたいのなら、こつこつと芸を磨いていけばいいのは解る。

それに比べて、探偵は何をすればいいのか見当がつかない。何を練習すれば探偵に近づけるのか、誰も教えてくれない。ドラマに出てくるのは、既に名探偵になった者ばかり。学習雑誌の付録に探偵の七つ道具というのがついていたが、どう役に立つのかも不明だった。虫眼鏡で通学途中の家をきょろきょろ覗《のぞ》いて怪訝《けげん》な顔をされた思い出しかない。

もちろんももはそこで諦《あきら》めたわけではない。

名探偵として高みを目指す意識は強く持っていたし、常に名探偵に相応《ふさわ》しい人間であろうとした。今で云う意識高い系だ。

実際、小学五年の頃、友だちが失くした交換ノートを、名探偵の真似をして見つけたことがある。

「ももちゃん凄《すご》いね」

クラスメイトたちが称賛の眼差《まなざ》しを自分に向ける。推理というよりヤマカンが当たっただけだが、それでもドラマの再現のようで気持ちよかった。

「だって将来は名探偵になるんだもん」

椅子から転げ落ちかねない勢いで胸を張って宣言したものだった。……その時は。

中学に上がると、周囲がどこか現実的になってきた。夢はサッカー選手、野球選手、アイドルだとか浮かれていた友達がもっとリアルな目標を口にし始めたのだ。弁護士になるとかパティシエになって店を持つとか、まだまだハードルは高いが現実の延長線上にあるものばかりだった。

　でももはずっと名探偵だった。兄の前では口を閉ざしていたが、友達には名探偵の夢を語っていた。ただ中学生にもなると、なんとなく周囲が引いていくのが如実に感じられた。一応応援している素振りを見せるが、言葉が上っ面だけだった。悪意はないのだろうが、夢物語に子供っぽさを感じているというか。これで絶対に一億円を当てると、一枚の宝くじをぺらぺら振りかざしていた男子のほうが、みな親身に声援を送っていた気がする。

　名探偵とは孤独なものなのだ。ももはそう思うことにした。

　とはいえ奇人変人扱いされるのは厭《いや》だ。欲しいのは尊敬であって、哀れみではない。仕方がないので今は胸の内に秘め、名探偵になったときみなを驚かせてやろう。

　やがてももは人前で夢を口にすることがなくなっていた。

*

　そして中学二年の春、みどり中学に上野あおが転校してきた。

ゴールデン・ウィークも明けてそろそろ五月病がクラス中に蔓延《まんえん》しようかという微妙な時期、担任の中瀬《なかせ》先生に連れられて、転校生がももたちの前に現れた。

「上野あおです。上野から引っ越してきました」

ここが上野なのに、真顔で冗談みたいな挨拶《あいさつ》をしてきた。色白で背が低く、その上華《きゃ》奢《しゃ》。ランドセルを背負っていても訝《おか》しくない小柄な女の子だった。

「上野さんは東京の上野から越してきたんです。恩賜上野動物園の上野ですよ。『上野発の夜行列車』の上野」

慌てて中瀬先生がフォローする。逆に転校生はピンときていないようすで、無表情のまま。かつては上野市だったが今はもう合併して伊賀市なので、県外の人間が上野を知らなくても当然だ。まあ、これから住み始めると、至る所で上野という名前を目にするだろうが。

「皆さん、よろしくお願いします」

子供っぽい見かけと裏腹に落ち着いた声で転校生はそう云って、一つお辞儀をした。

その様もぺこりというよりしずしずといった感じ。

身長同様、幼さが残るコケティッシュな整った容姿だが、表情はどこか大人びている。

中学二年ともなればおしゃれにかまける娘《こ》もたくさんいるが、化粧っ気のないこざっぱりしたショートカットの髪型とかを見るにそんなふうでもない。いかにも都会から来ましたという派手さがない半面、野暮ったさも感じられなかった。

そんなことよりももが気になったのは、彼女が東京から転校して来たということだった。名探偵はだいたい東京に居を構えている。東京から地方に事件の捜査に訪れる。やっぱり名探偵として開業するなら東京に行かないと、と密《ひそ》かに考えていたももにとって、あおはまだ見ぬ東京を知る人物だった。

休み時間に早速クラスメイトたちがあおを取り囲んでいたので、円陣の外側から聞き耳を立てた。どうも父親が医者で、仕事の都合で伊賀に越してきたらしい。父親はもともと関西の出だとか。母親とは幼い頃に死別しているらしい。

母親のことを尋ねた女子が「ごめん」と謝ると、「気にしないで、もう昔の話だし」と逆に気遣う。

田舎と違って都会で暮らしているといろいろリアクションも大人びるの。ももが推理ならぬ〝あるある〟な感想を浮かべていると、趣味を尋ねられたあおが、

「私、ミステリ小説が好き。前の学校でも、休み時間はいつもミステリを読んでいたし」

「そうなんだ。じゃあ、もしかして小説家を目指してたりする？」

と、別の女子が尋ねる。コミックが好きで漫画家になりたいと公言していたそばかす娘だ。ジャンルは少し違うが、同志を見つけたかのように声が弾んでいる。

ところがあおの反応は芳しいものではなかった。「ううん」と首を横に振り、

「小説家には興味はない。私は書く方より探偵になるつもり。小説に出てくるような名探偵に」

微塵《みじん》も迷いがない表情であおは明言した。

「ちょっと待って！　あなたも名探偵になりたいの？」

　人混みをかき分け、ももは思わず叫んでいた。

　それからももとあおは探偵を目指す同志になった。名探偵を目指していることについて訊《き》かれた時、あおは「そう」と即座に肯定していた。他人の反応など全く気にならないようだった。たとえ微妙な表情をされたとしても、気づかないふりをしていた。というより他人に関心がないようにも見えた。

　一度、がさつな男子に「名探偵になんか本当になれると思ってるのか」と揶揄《からか》われたことがあったが、

「なれるかどうかを決めるのは、あなたではなく、私だから」

　標準語でぴしゃりと反論し、以来、探偵のことでイジる者はいなくなった。

　周囲の目を気にしているももには真似ができない芸当だ。好奇の目で見られても、常にマイペース。そして芯《しん》が強い。背筋をぴんと伸ばした凛々《りり》しい姿が悔しくもあり、羨《うらや》ましくもあった。

　朝が弱いのか午前中は居眠りしていることが多い。といっても先生に当てられるとキチンと答えるし、小テストも九十点台。協調性はあまりないが、だからといってハブられたり嫌われたりすることもない。とにかく不思議な少女だった。

あおのほうも、ももが探偵に興味があると知り、打ち解けてくるようになった。教室でもあおと話す機会が増え、当然ももかつてのように好奇の目で見られることになったが、まあいいか、と思えるようになった。

そうなのだ。名探偵になるという遠大な夢に比べたら大したことはない。それに一人で浮くのは辛《つら》いけど、二人ならそこまでじゃない。あおという同志が現れてもももはそう思えるようになった。

「この学校にミステリ研究会ってある？」

一週間が過ぎたある放課後、あおに尋ねられた。

「そんなの、ないんじゃないかな。あったら覗きに行ってるし」

「そうか。じゃあ、伊賀さんはクラブはなにか入ってるの？」

「なにも」ももは首を振った。「去年は料理部に入ってたんだけど、二ヶ月で破門になったから」

「二ヶ月で破門て……何をしでかしたの？」

驚いたあおが顔を近づける。彼女は感情を表に出さないタイプだが、さすがにびっくりしたようだ。

「何って、課題でほかほかのご飯にドロップを載せた飴《あめ》ライスを作ったら、大目玉を喰《く》らってそのまま馘《くび》。自慢の一品だったのに」

「美味《おい》しかったの？」

「ううん」と、ももは再び首を横に振る。「食べたらひどかった。グルメアニメで紹介されてたから行けるはずだったのに……。だから私を馘にした顧問の先生の判断は正しかったと思ってる」

周《しゅう》ロック・ホームズとかいう前に見たドラマの名探偵が料理が得意だったので見習って入部したものの、料理が大の苦手という事実に気づかされただけだった。よく考えてみればシャーロック・ホームズもミス・マープルもあのフィッシュ&チップスの国の名探偵。料理が下手なほうが、名探偵らしいというものだ。

「それ、味よりも横着さを咎《とが》められたのでは？　じゃあ、今は帰宅部なんだ」

「うん。二十面相にフランケンシュタイナーを決める気はないから、運動部に興味はないし、俳句は愛してるけどなぜか俳句部はないし。だから帰宅部」

　クラブ活動は必修ではないので、三分の一ほどの子が帰宅部員である。割合として多いのか少ないのか、他校の実情を知らないのでなんとも云えない。ただ学校やＰＴＡからなにもアクションがないので、問題はないのだろう。

　後日あおは文芸部に入ったと聞いた。読書好きなのは知っていたが、「名探偵じゃなくミステリ作家になるの？」と尋ねると、

「まさか」と即座に否定された。そういえば転校初日に話していたのを思い出す。

「伊賀さんはミステリは読まないの？」

「だって、本て辛気くさくない？」

　ももの知っている名探偵はドラマやアニメの中にしかいない。漫画ならともかく、挿絵すらない文字だけ見ても全然格好良く感じられなかったからだ。そもそも眠くなるし。

「そう？　すごく面白いけど。論理的思考が養えるし。実際の事件に直面したとき慌てないよう、修練にもなるし」

「なるほど……」

　同じ名探偵を目指すあおが太鼓判を押すのなら、そうなのかもしれない。名探偵がミステリ小説を愛読しているところなんて目にしたことがないから、今まで軽視していた。入部するかはともかく、これも探偵への千里の道の一歩かもと、やがてももはあおと一緒に文芸部に顔を出すようになった。

　文芸部は放課後、教室を借り受けて活動していて、いつの間にかももは溶け込んでいた。ただ一冊もまともに本を読んでいないので、まだ籍は置いていない。

　とはいえ文句を並べ立てる者は居なかった。もとから部員が十人程度と少ないので邪魔にならないことと、文芸のジャンルが多様なので、各々が一国一城の主《あるじ》で他国には過度に干渉しないといった感じだったからだ。

　ミステリ小説が好きな部員は、あお以外には三年生に一人いるだけだった。高山元樹《たかやまもとき》という名の男子で、痩《や》せぎすでインテリ風の銀縁メガネで髪型も適当と、いかにも文化部っぽいずっと部屋に籠《こ》もっていそうなタイプだった。とはいえ気は良く、またミステリ好きがそれまで一人だけだったこともあり、あおだけでなくももにも親切にしてくれた。

彼は読むだけのあおと違い創作を主体にしているようで、ゆくゆくはミステリ作家になると公言していた。高校生になったら新人賞にも応募してみるらしい。そんな先輩だから、あおやももが名探偵になりたいと夢を語っても色眼鏡で見ることなく、素直に応援してくれる。作中の名探偵はこんな発言をしていたと、アドヴァイスもしてくれた。

高山だけでなく他の部員も癖が強い面々ばかりで、ももの夢が殊更浮いているわけではなかったので、ある意味クラスより居心地がよかったかもしれない。

そのせいもあって、本も読まないのに文芸部に出入りすることになった。

教室であおが黙々と本を読む傍ら、備品のミステリのクイズ本をぱらぱらめくり答えを考える。その程度でもたしかに少しは論理的思考が身についたかもしれない。警察が踏み込んだ後で密室を創るとか、番犬が吠《ほ》えなかったから犯人が身内の者だとか。探偵になるための練習法が一つ見つかった気がした。

とはいえ、小説そのものに挑戦するのはまだまだハードルが高かった。なにせ国語の授業を眠らずに完走できたことなどほとんどないのだ。ラインやメールの文面はすんなり頭に入ってくるのに、小説となると途端に暗号に見えてくる。

「活字なんかなくても、ケータイさえあれば人間は生きていけるはず」

拳《こぶし》を握りしめ、あおに力説したら、

「じゃあ、俳句もなくなっていいの？」

と反論され、あっさり撤回した。俳句はものすごく大事だ。

あおとは、最初は同じ夢を持つ同志が出来た感覚だった。今まで感じられなかった横の連帯感。それが変わったのは、ひと月ほど経った梅雨の日のことだった。

2

「雨って嫌い」

放課後、傘の陰から雨雲を見上げながらももは呟《つぶや》いた。朝から降り続く雨は止む気配がなく、かといってたらいをひっくり返したような土砂降りになることもなく、一日中しとしとと地味に降り続いていた。窓の外はずっと同じ暗い色で、一番陰鬱になるパターンだ。

しかし隣を歩くあおはそうではないらしく、

「そう？ 私は気にならないけど」

と平然としている。彼女は肌が弱く、むしろ日光や乾燥のほうが天敵らしい。まるで両生類だ。ただ根っからのインドア派なので、元気に飛び跳ねるカエルよりも岩屋でずっと寝そべっているサンショウウオに近いかもしれない。

「だって、気が滅入らない？」

「物事を深く考えるにはちょうどいい時期。洗濯物が乾かないのを除けば」

「よく考えられるね。雨音がうるさくない？」

「授業中、タンカー級の舟を漕《こ》いでいるももが云っても説得力がないよ」

「ほら、雨音って火星人が人類にかけてる催眠術じゃないかと睨《にら》んでるんだけど」

「ももはミステリよりＳＦのほうが向いてるかも」

そんな帰り道。クイズ本で読んだ『ユダの窓』とかいう作品の密室トリックについて自説を披露していた時だった。コンビニを通り過ぎ、ちょうどあおの父親が勤める総合病院の正門が見えたあたりで、ひったくり事件が起きたのだ。

　ももたちの脇を抜けていった自転車が、前を歩く初老の女性のハンドバッグを奪っていった。女性は反射的にバッグを掴《つか》み直そうとするが、自転車に乗った犯人に突き飛ばされる。病院の外塀に肩を打ちつけて、そのまま路上に蹲《うずくま》ってしまった。

　犯人は黒い上下のレインウェアを纏《まと》っていたが、倒れた女性のほうを向いた時、フードの奥からサングラスと白いマスクが見えた。だがそれも一瞬のこと。犯人は勢いよくペダルを踏み、脱兎《だっと》のごとく逃げ出していく。自転車の前カゴから何か小さいものが落ちたように見えた。それはすぐに、開いたまま路上に転がっている被害者のベージュの雨傘の陰に隠れてしまった。

「え、えっ」

　とっさのことにももは声が出なかった。なにをしていいのか解らず、ただ犯人の後ろ姿と被害女性を交互に見比べているだけ。バッグを前カゴに入れた犯人は、そのまま立ち漕ぎで自転車を飛ばしていく。途中、一瞬だけ右手にある病院の入り口へ曲がろうとしたが、すぐにブレーキを掛けもとの道を駆けていく。その際、焦って手許の変速機を逆に入れたのか、ガシャンとギアが噛《か》み合わない鈍い音がした。

行く手にはいくつか商店が並んでいて二人ほどこちらに向かう通行人がいたが、傘で事件が見えていなかったのか自転車がすれ違っても何も反応することはなかった。犯人が町並みに消えた頃、ビニール傘を差した中年のナースが正門から顔を出し、「どうしたの!」と蹲っている女性に駆け寄ってくる。

「事件ね」

犯人が消えていった小《こ》径《みち》をじっとみつめながらあおが呟く。

「そう、事件。事件よ。警察に連絡しなきゃ」

ようやく声を出すことが出来たももが携帯電話を取りだした時、すでにあおは被害者の女性に向かっていた。

屈《かが》み込み、ナースの隣で「大丈夫ですか?」と声を掛ける。

「は、はい。でも、バッグが。お金を下ろしたばかりなのに」

「この人はひったくりにあったんです」戸惑うナースに簡単に説明したあと、被害者に向き直り、「念のため、救急車を呼びましょうか?」

「それなら私が病院まで」

ナースの言葉に、ももはここが総合病院の前であることを思い出した。

「それよりも宏《ひろし》が、宏が……」

初老の婦人は、雨で濡《ぬ》れるのにも拘《かか》わらずその場で頭を抱えている。よほどショックだったのだろう。ただももが近づいたときには、ゆるゆると自力で立ち上がり始めたので、ももはとりあえず警察にだけ連絡した。

初めての体験。

初めて遭遇する犯罪。これぞ探偵の出番！

頭《こうべ》を垂れさめざめとすすり泣く老婦人には気の毒だが、ももは気分が高揚していくのを感じていた。

行動開始とばかりに慌てて周囲を見回す。「現場に全てが残されている」と名探偵がよく力説していたからだ。だが、薄暗い路地に残されているのは被害者と被害者の傘だけ。

自転車のタイヤの跡も残ってなんかいない。もし髪の毛が数本落ちたとしても、しとしと落ちる六月の雨が全てを洗い流しているだろう。

しかもレインウェアのフードを被《かぶ》っていた上にサングラスにマスクという格好だったので、素顔は見当もつかない。突き飛ばされただけで揉《も》みあったわけではないので、犯人の遺留品もなさそう。……そういえばあの時自転車から何か落ちたような。傘の前をきょろきょろ探すと、この場に不似合いな物が雨の路上で光っていた。パチンコ玉だった。

どうしてパチンコ玉が？

拾い上げようかどうか迷っていると、

「触ったらダメ。現場はそのままにしておかないと」

あおが冷静な口調で釘《くぎ》を刺す。視線からももの思考を読み取ったのだろうか。当然だが、あおもパチンコ玉には気づいているようだ。

「どうしてパチンコ玉が？」

「自転車のカゴに引っかかってたのが落ちたのかも」

淡々とあおが答えるが、それはももも目にしていた。知りたいのは、これは手がかりなのかそれとも無関係なのかだ。

名探偵ってここからどうやって推理して事件を解決するのだろう。とっかかりが解らず呆然《ぼうぜん》としていると、背後からパトカーのサイレンの音が聞こえてきた。

それからはよく覚えていない。

なにせ全てが初めての経験だったからだ。駆け寄ってきた警官は思いの外ガタイが大きく思いの外親切だった。事情聴取の際も声こそ低く怖かったが、終始柔和な表情で優しく接してくれた。

事情聴取ってこうするんだ。ドラマだとダイジェストだし。

見るもの全てが新鮮だった。でも次から次へとベルトコンベアーに載せられたようにするすると段取りよく進み、結局記憶に焼きつけることができなかった。

　そうこうしているうちに、スーツ姿の兄が迎えにきた。長身の腰を深く折り年輩の警官たちにぺこぺこと頭を下げながら、ももを引き取りにくる。職場での空の姿を目にするのは初めてだ。家にいる時よりも、ずいぶんしっかりしているように見える。そういえば今年念願の刑事になれたんだなと、思い出す。

「大変だったな。でも無事でよかった」

　両肩を強く握りしめられた。空はそのまま視線を隣のあおに向けると、

「君があおちゃんか。ももが仲良くさせてもらっているらしいね。お父さんに報《しら》せたら、夜勤で帰れないみたいなんだ。だから、今夜はうちに泊まっていくといい。ひとりじゃ心細いだろ」

「いいの？」ももが驚いて訊き返すと、

「ああ、いま母さんがあおちゃんの分も夕食を作ってるって」

　あおに向かって兄が微笑むと、彼女は緊張した面持ちで俯《うつむ》き、

「ありがとうございます。お世話になります」

　ぼそっと云って頭を下げた。

「それで、ちゃんと二人で状況を説明したんだって？　頑張ったな」

　一緒にお風呂《ふろ》に入って母特製の手ごねハンバーグを食べて、はあ満足満足とリヴィン

グでくつろいでいる時、兄が労《ねぎら》いの言葉をかけてきた。

兄の話では老婦人は郵便局で貯金を下ろし、孫のために銀行に振り込みに行く途中だったらしい。バッグには五十万円入っていたとか。結局それもオレオレ詐欺だったので、どちらにせよ奪われる運命だったのだが、孫の宏の不祥事が嘘と判りむしろ喜んでいたようだ。また犯人は郵便局の向かいのコンビニで見張っていたようだ。郵便局のATMコーナーはガラス張りなので、二十分ほど雑誌コーナーで立ち読みのふりをして、狙いやすそうなカモを選別していたらしい。

「なにそれ。その程度で褒めないで。子供のお使いじゃないから。こっちは名探偵を目指してるの。本当は犯人を見つけたかったんだけど……いま力不足を痛感してるところ」

「ももはまだ探偵になりたいとか夢物語を云ってるのか」

湯上がりでストライプのパジャマ姿の空は、飲みかけの牛乳瓶を片手に呆《あき》れ顔でももを見下ろす。

「名探偵！　またお兄ちゃんは。妹の夢を少しは応援してもいいんじゃない」

「他のことならともかく。犯罪の捜査は俺たち刑事だってかなり危険なんだ。素人のそれも女の子が興味本位で首を突っ込むものじゃない」

　割と真剣な声に一瞬たじろぐ。

「いつまでも子供扱いして。そりゃあ今はまだ子供だけどもうすぐ大人になるもん」

「そんな背伸びをしているうちは、いつまでも子供だよ」

自分も数年前に成人式を済ませたばかりなのに、父親面した物云いにももは顔をしかめた。父親は二人もいらない。

「名探偵になりたいのは、私だけじゃなくあおもだよ」

「君も？」

空の不躾《ぶしつけ》な視線に、ずっと黙ったままだったあおが小動物のように身を竦《すく》める。

「こらバカ兄ちゃん。そんなにじろじろ見たらあおが困るでしょ」

「ああ、ごめん、ごめん」

頭を掻《か》きながら空が詫《わ》びると、あおは少し安心したかのように強《こわ》ばりを解き、

「いえ、気にしないで下さい。……でも探偵は決して夢物語ではありません。例えば今日の事件でも」

「どういうことだい。何か気づいたことがあるのかい？」

そう訊きながらも、まだへらへらしている。牛乳に酒でも混ぜているのだろうか。カウボーイっていうんだっけ？　とにかく所詮《しょせん》は中学生の考えだからと軽く見ているのだろう。実際のところももも最初はそう思っていた。しかしあおは先ほどまでの怯《おび》えるような態度とは裏腹に、正面から空を見つめると、

「犯人は男だと思います。犯人が乗っていたのは黒色のクロス風のシティサイクルでしたが、ハンドルとサドルのすぐ下の高い位置にフレームが通っていました。女ならスカ

ートのことを考えて、ママチャリとは云わなくても、もっとフレームが下がった自転車にしているはずです」

「盗難車かもしれないよ。着眼点はいいが……」

やっぱり中学生だな、とか口にしかける兄を遮るようにきっぱりとした口調で、

「自転車は、後尾の反射板の上に養生テープが十センチほど貼られていました。養生テープは簡単にはがせます。犯行後にテープをはがすことを考えていたことから、それは自分に繋《つな》がる何かを隠そうとしていたことになります。つまり盗難車ではなく、犯人自身のものだと思います」

「それは……」

兄が口籠もる。間髪を容《い》れずあおは、

「また逃走の際、犯人は正門の前で一旦《いったん》病院のほうにハンドルを切りかけて止めました。どうしてだろうと思ったら、すぐに中年のナースが出てきました。それから導かれることは」

あおが続きを口に仕掛けたとき、

「解った！」

ももは声を上げ遮った。上げたのは声だけでなく右手とテンションもだ。思わず目の前のコップを倒しそうになる。でも、あおにばかり格好いい真似はさせられない。自分も探偵を目指しているのだ。

「アパートや団地の自転車って、無断駐輪を防ぐために後ろに独自のナンバーシールが貼ってあるでしょ。犯人はテープでそれを隠してた。最初、病院に入るつもりだった。でもすぐに思い直して真っ直ぐ逃げていった。少し後でナースが出てきたから、彼女が邪魔だからって解ったけど、どうして病院に入ろうとしたのか」兄が自分に耳を傾けてくれているのを確認して、ももは推理を続けた。「お兄ちゃんも知ってるだろうけど、あの病院はどちらからでも救急車が入れるように、救急外来のアーチを挟んで、正門が裏口に真っ直ぐ繋がってるの。そして病院の裏口のほうが人通りが全然少ない。でも病院をショートカットするのは、土地鑑がないとなかなか気づけない。つまり犯人は病院の近くのアパートに住む男になる。近所に団地はないし。だからテープで隠さなければならなかった。近隣のアパートの自転車をしらみつぶしに探していけば見つかるはず。それなら、そう難しくないでしょ」

どお、とももはしたり顔であおを見る。ドラマの知識とクイズ本でここまで推理できることを披露したつもりだった。ところがあおは視線を下に落とすと、

「二十五点。でももにしては上出来かな」

再び顔を上げ、水晶のような瞳《ひとみ》でふっと笑う。すごく上から採点された。しかも全然上出来じゃない。小学校の通知簿に捺《お》された〝もっとがんばりましょう〟のスタンプを思い出させる冷酷な宣告。

「どういうことだい、あおちゃん」

さっきより少し居住まいを正して、空が尋ねる。

「そもそも近所でひったくりを起こすのは考えにくいです。犯人はレインウェアのフードにサングラスにマスクと顔を完全防備していた。顔見知りでも判別できないほどに。ただ、自転車は違います。養生テープで一部分だけを隠しているだけの殆《ほとん》ど裸の状態。都会ならともかくこんな田舎ではリスクが高すぎます。しかも郵便局を見張るために長くコンビニに停めてあったわけですから、簡単に特定されてしまいかねません」

「つまり、犯人は近隣の住人ではないというんだね。それには俺も同意するけど、じゃあ、土地鑑の件はどうなるんだい」

「養生テープで隠さなければならないのは、なにもアパートに限ったわけではありません。例えば自転車通学の高校のマークとか。校章をあしらっているから、アパートと違い遠くの高校でもバレてしまうかもしれない。それに土地鑑があるのはなにも近所に住んでいるからとは限らない。その病院に入院や通院していた場合もあります」

「じゃあ、入院患者が犯人?」

ついももが尋ねると、あおは静かに首を振って否定した。

「どうして方向転換したかといえば、ももが云ったようにナースがいたからでしょう。しかしナースはその時点ではひったくりに気づいていなかったはず。それにただ人がいたのを避けたというなら、結局逃げ去った道にも通行人が二人いて、彼らのほうがひったくりを目撃していた可能性が高かったのに、犯人はそちらを選んだ」

「じゃあ、どうして方向転換したの？」

「犯人は、ただの人ではなくあのナースだから避けた」

「顔見知りだったから？　ああ、入院したとき世話になったとか」

　合点したももがぽんと手を打つが、

「入院にしろ通院にしろ、ナースが患者の自転車まで識別できるとは考えないでしょ。つまりナースと犯人の関係は、患者ではなく家族。ちょうど高校生の息子がいても訝《おか》しくない歳のようだったし。それに母親の職場なら土地鑑があっても不思議ではない」

「……なるほど、ちょっと当たってみるか」

　兄の口調が変わっている。見るとさっきまでの酔っ払ったような表情は消え、刑事の顔つきになっていた。

「あおちゃんはまるで名探偵のようだな」

　あれだけ名探偵を夢物語とバカにしていた兄が、あっさりとあおを褒める。まるでドラマにでてくるパートナーの刑事のように。

　一瞬、あおたちとももの間が、プレパラートのような極薄のガラスで遮られた気がした。


　二日後。あおを家に連れてくるよう空から連絡があった。

　その日も陰鬱な雨が降り続いていたが、あおの顔を見るなり空は晴れやかな笑顔になった。

「いやあ、あおちゃんの推理は当たっているかもしれないな。ナースの名前は諏訪《すわ》冬香《ふゆか》と云うんだけど。彼女には二人の息子がいたよ。どちらも高校生で、兄が皐月《さつき》で弟が睦《む》月《つき》という名らしい。それぞれ三年生と一年生だ」

「二人いるんだ」ももは思わず声を上げる。「自転車はどうなの？」

「それが二人ともメーカーは違うが似たような黒いシティサイクルを持っている。ただ、兄のほうは原付スクーターにも乗っているようだが。もちろん高校への通学は自転車だが」

「……そうか！　解った！」

　ももが我先に手を挙げた。一昨日《おととい》は美味しいところを全てあおにかっさらわれてしまった。最後、自分だけがのけものになった気さえした。ちょうどテレビの画面を挟んで、ももだけ茶の間にいるかのような。視聴者が見ているのは、あおと空だけ。探偵修業に関してはあおに一日の長があるのかもしれない。でもこんなのは許せない。いまアピールしないと。

「パチンコ玉！」

　声高にももが叫ぶ。あの日自転車のカゴから落ちたパチンコ玉。これが最後の鍵だったんだ。

「高三ならもうパチンコができるでしょ。パチンコで小遣いをすってしまってひったくりに走った」

「たしかにコーヒーを玉で買うと紛れたりするが」

「どう？」とあおを見る。あおは熱があるのか額に手を当てている。その原因はすぐに判明した。

「十点」と冷たくあおが宣告したからだ。前回より遥《はる》かに低い。テストでも数学以外ではとったことがない点数だ。続いて「単純すぎ」と切り捨てられる。

「ええっ、どうして？」

「ももの直感は間違ってはいない。皐月と睦月という名前は、おそらく生まれ月から命名されたんでしょう。母親の冬香も冬に生まれたからだろうし。だから高三の皐月のほうは五月生まれでもう十八歳になったと考えられます。また原付スクーターに乗っているから当然運転免許を持ってる。高校生の入店を禁じていても、免許証だけ見せてこっそり入るのは可能だけど」

「じゃあ、合ってるんじゃ」

　ももは強く抗議した。理屈はともかく答えが正しいならなぜ十点なのか。

「直感だけじゃ探偵にはなれないから。犯人が病院の正門に折れ再び方向を変えたとき、変速機のギアを逆にいれたのに気づかなかった？　自転車はメーカーによってギアの上下が違っている。つまりそれは乗り慣れていない自転車だった。パチンコ玉が落ちたのは兄の自転車だったからだけど、乗っていたのは弟の睦月だった。万一のために兄の自転車を拝借したと考えるほうが妥当です」

　数日後、犯人が捕まった。あおの推理通り諏訪睦月だった。犯人が高校生で初犯ということで、新聞に詳細は出ず兄もそれ以上は話してくれなかった。

　以来「あおちゃんは凄いな」と家でも兄はしばしば口にするようになった。ももにはそんな褒め言葉なんて一度もかけたことがないのにだ。

「あおちゃんなら名探偵になれるかもしれないな」

　暢気《のんき》な兄の言葉に、ももは苛立《いらだ》ちより無力さを感じていた。

　どこか歯車が狂っている。現実主義の兄が名探偵というものに理解を示し始めた。しかしそれは自分が契機ではない。あおの鮮やかな推理のせいだ。ももは二十五点であり時には十点だった。

　ずっと自分がなりたいと思っていたものが、自分の理想が、なぜか目の前に存在している。どうすればいいのだろう。

　夢とは何だろう？　ももは戸惑っていた。

3

　そんな中、夏休みに入り文芸部の夏合宿が始まった。合宿といっても何かをするわけではない。いや、何かをするのかもしれないが、ももはきちんと聞いていなかった。顧問の守田《もりた》先生が引率して青山《あおやま》高原にある合宿所に向かった。電車を乗り継ぎ西青山駅で降り、そこからバスでさらに三十分。

二泊三日の避暑旅行だ。

伊賀と伊勢を隔てる布引《ぬのびき》山地に十キロにわたって広がる青山高原は、室生《むろう》赤目《あかめ》青山《あおやま》国定公園という長たらしい名前の国定公園の東端に位置している。標高は約八百メートルで、頂上からは伊勢《いせ》湾一帯の素晴らしい眺望が楽しめると、合宿所の案内に書いてあった。

建ち並ぶ風力発電の風車を横目にバスはのろのろと高原道路を上り、着いた頃には昼を少し過ぎていた。バスから降りると意外と肌寒い。涼しい風がセーラー服の首許《もと》をくすぐっていく。

関西の軽井沢《かるいざわ》と称されているらしいが、たしかに下界に比べかなりの涼しさだ。あおなどは、バスの揺れのせいで色白の顔がますます白くなりなんとか持ち堪《こた》えている状態だったが、そこに冷気のダブルパンチで瞳から光が消えていた。

守田先生の先導で、スポーツバッグを片手にバス停から歩いて五分の合宿所へと向かう。市営の少々古びた三階建てのコンクリート製の建物で、主に市内の中学や高校のクラブの合宿所として使われている。避暑地という場所柄もあって、かつて夏場は人気があったらしい。過去形なのは、峰を一つ越えた東側に県立の立派なセミナーハウスが新造されたためだとか。そちらは大きなグラウンドと体育館が付属していて、その上バーベキュー広場と温泉まで完備されているらしい。すこし足を延ばせば民営のプールもある。まさにいたれりつくせり。キャパシティもこちらの数倍とか。

　それもあって、運動部などはもっぱらセミナーハウスのほうで夏の合宿を行っているらしい。

　たしかにももたちの目の前にある合宿所のグラウンドは、みどり中のものと比べてもお粗末なものだった。ハズレと断言しても問題ないだろう。まあ、そのおかげで弱小の文芸部が競合することなく合宿できるのだが。

　正面玄関に入ると『みどり中学校文芸部』と筆書きの看板が立てかけられている。堂々とした楷書に、部員でもないももですらなんだか面映《おもは》ゆく感じられた。

　そんな大した部だったっけ？

　隣には『みどり中学校バレー部』の看板が並んでいる。

「バレー部も来てるんだ」

　ももが声を上げると、

「知らなかった？　守田先生が話してたでしょ。仲良くしなさいって。何も聞いてないんだ」

　呆れ口調であおはももを見る。体調がいくらか快復したらしく、クールな舌鋒に戻っていた。バレー部は昨日から一週間の予定でここに泊まっているらしい。

そういや同じクラスにバレー部の娘がいたな。後で挨拶しておこう。

ぼんやり考えていると、宿泊部屋に案内される。

合宿所には宿泊部屋が一階から三階まで三十部屋以上あり、今回は一部屋を二人で使うらしい。ももとあおは同じ二階の部屋だった。浴場は一階で、トイレは共同で各階にあるとのこと。スイートルームなんか最初から期待していないが、トイレが部屋の外にあるのは面倒だなと思った。決して幽霊が怖いわけではない。


午後からは創作の批評会だった。部員が書いた短編を他の部員が論評する。合宿参加者は十名で、そのうち短編を書いてきたのは六名。各短編は予《あらかじ》め印刷され部員に配付されていたのだが、当然ながらももは読んできていない。持参すらしなかった。

普段は正部員ではないからとお目こぼしされていたももだが、合宿となるとさすがにそうそう甘やかされることもなく、二日目午後の批評会までに三本の短編を読むよう厳しく云い渡された。ただ、寝坊して皆と同行できず午後の批評会に参加できなかったくせに、夕食前にちゃっかり食堂に現れた部員が一人いたおかげで、矛先はだいぶ逸《そ》れた気がするが。


　というわけで、翌日の朝食後は大人しく部屋でノルマをこなしていた。避暑のイメージとはほど遠いインドアでの読書地獄に、ストレスが蓄積するばかりだったが。

高山先輩のミステリ短編が思いの外つまらなかったので、気晴らしに廊下に出たところ、階段の向かいにある共同トイレの前であおの姿を見つけた。あおはクラスメイトでバレー部の白樫《しらかし》たか美《み》と話していた。たか美はさすがバレー部だけあって背が高く、低身長のあおと並ぶとまるでドラマの研三と恭介だった。

「へえ、そういう理由だったんだ」

たか美と話すため、まるで天を仰ぐように首を上に向けながら相槌《あいづち》を打っている。たか美のほうも気を遣って少々猫背気味。

「ねえねえ、どうしたの？」

ももが割って入ると、

「あ、もも。もう読み終わった？」

「まだ。高山先輩のやつだけ。『仮面の密室大王』。でも……中指より人差し指のほうが長かったからボウリングのボールがシュートしましたって、あれって推理なの？　クイズ本の、殺人現場でナメクジが這《は》っていたやつのほうが数十倍面白かった」

「クイズ本はたいてい古典の名作を底本にしているから。中学生と歴史上の偉人を比べるのは残酷なだけでしょ。あと、そういう愚痴は批評会に残しておけば。高山先輩も喜んで耳を傾けてくれるから」

「ホント？」

訝《いぶか》しげにあおを見る。

「私をスケープコードにする気じゃないの」

昨日は三作の批評会が行われたが、異世界ファンタジーを題材にした作品に、食パンをくわえながら登校する男子はありえないだの、トラックに轢《ひ》かれた程度で死ぬとは軟弱だの、中三のくせに中二病だの、七月から始まったアニメに設定がざっくり云えばそっくりだの、云いたい放題の手厳しい指摘が相次ぎ、作者の上之庄《かみのしょう》先輩は涙目になっていた。

最後列でぼんやり眺めていただけのももでさえ、先輩が筆も心も折ってしまわないか心配になったほどである。きっと避暑のつもりが着くなりの批評会で、みんな苛立っていたに違いない。さすがに口が過ぎたと感じたのか、終了後に部員たちもお前の思いは伝わってきたとかなんとかフォローしていたが。

自ら手を汚すのは後ろめたいので、ももを矢面に立たせる気では。そう疑心暗鬼になるのも当然だろう。

「スケープゴートって。ゴート。本を読まないからそんな間違いをする」

「『仮面の密室大王』にそう書いてあったけど」

読みたてほやほやだから忘れもしない。

「そう云えばたしかに。それはご愁傷様。ちゃんとした人の本を読まないからに訂正する」

「高山先輩に対してあおが一番失礼じゃない。あおってそんなドSなキャラだっけ……それはともかく」きりがないのでももは強引に話を戻した。あっけにとられ所在なげにしているたか美の姿が視野に入ったせいもある。「なんの話をしていたの？」

「どうしてバレー部がセミナーハウスではなくこちらを使っているか訊いただけ。私たちのような文化部ならともかく、向こうのほうが立派なコートもあるのに」

「それに温泉も。で、どうしてなの？」

「それがさ、去年、羽目を外して日本酒を呑《の》んだ部員がいたの。南部美人の純米吟醸だったかな。ベロンベロンになって、空の一升ビン片手に廊下で大騒ぎして」

　猫背気味に肩を落としながら、たか美は答えた。

「日本酒！」ももが復唱すると、

「声が大きい」あおが窘《たしな》める。

「大丈夫、大丈夫。呑んでいた先輩たちはもう卒業してるし、当時学校でもかなり広まったから」

「私は知らなかったけど」

　ももが首を捻《ひね》ると、

「さすがに一年生はあまり噂にしてなかったかも。私も他人《ひと》には云わなかったし。先輩たちは夏の大会を前に退部させられたけど、学校には来てたから。だから知ってる人は知ってると思う。……まあそういうことがあって今年はセミナーハウスは無理ということになったの」

「ふうん。それでこっちの合宿所に。当の先輩たちがもう卒業しているのにいいとばっちりね」

「ホントいい迷惑。来年は申請してみると先生は云ってて、使えるようになるといいんだけど。やっぱり温泉がないと」

「温泉か……いいな。うちも来年はセミナーハウスのほうに申請しようよ」

「〝うち〟って、ももはその前に入部届を出すほうが先でしょ」

「だって本は苦手だし。何かの拍子に文芸部を退《や》めることになったら料理部に次いでバツ二になっちゃうでしょ。バツ一はともかくバツ二はさすがに体裁悪いし。内申書にも響くかも」

「ももにしてはちゃんと考えているんだ。進学とか」

口をOの字にしてあおが感嘆の声を上げる。

「当たり前。名探偵になろうというのに、中卒だと誰も推理に耳を傾けてくれないでしょ」

「中卒で総理大臣にまで昇りつめた人もいるんだし、人情味のある苦労人探偵として売り出せば？」

「私はもっとスマートでエレガントな美少女名探偵になりたいの。よっしゃよっしゃじゃなくて、この前放送してた女探偵のギョウザスキーみたいな」

「ねえ、文芸部って小説を書いたりしてるんでしょ。それは解るんだけど、合宿って何をするの？」

たか美が尋ねてくる。たか美の疑問はもっともだ。当のももですらここに来るまで知らなかったのだから。

「批評会かな」

　あおが即座に答える。

「でもそれなら教室でも同じだよね」

　これはたか美ではなくもも。心の声が洩れたせいか、少々恨みがましい口調になった。

「ここに合宿所があるからじゃないかな」

「どういう意味？」

「活動実績と使用実績の両方が満たせるでしょ」

　まだ中二のくせに大人びたことを云う。

「なるほど。あまり使われないと潰《つぶ》れかねないもんね」

「そういうこと。税金のムダ遣いとか最近口やかましいし。その意味では、大所帯のバレー部の合宿はありがたいことなのかもしれない」

「そんなの絶対にイヤ！」とたか美は甲高い声をあげ激しく首を振る。「来年は絶対セミナーハウスで温泉とバーベキューを満喫するんだから。どうしてこのハズレ合宿所の実績のためにバレー部が犠牲にならなければいけないの」

「まあまあ落ちついて。まだ来年もここと決まったわけではないし」

　バレー部がここにいてくれたほうが文芸部のセミナーハウス行きの確率が上がるなと思ったことはおくびにも出さず、ももはなだめた。

「そういえば、今日は練習はお休み？　昨日はずっとグラウンドをランニングしていたようだけど」

「午前中はね。今は中休みなの。でも昨日は休みの前日だからっていつも以上に走り込みをさせられたから全く意味が無いけど」

　まだ張りが残っているのか、たか美は緑の短パンから覗いた小麦色の太腿《ふともも》をパンパンと叩《たた》く。

「その上、朝から半分以上が自主練をしているんだから」

　脳筋という言葉が頭を過《よぎ》ったが、さすがに口には出さなかった。ももは空気が読めるのだ。代わりに、

「でも体操服だから、何をするにも楽そう」

　バレー部員は丸首と袖《そで》口に緑のラインが入った白地の半袖の体操服を着ていた。胸には2－4白樫とゼッケンが縫いつけられている。

「でも下は短パン必須で、トレシャツもトレパンもNGだし。朝とかけっこう肌寒いの」

「それは私も。こんなに涼しいとは思わなかったから上着なんて持ってこなかったし」

と、そこであおに目をやる。彼女は半袖のセーラー服に黒のアームカヴァーをつけていた。

「私もこういうの持ってくればよかった。教えてくれればいいのに」

「私もここまで寒いとは思ってなかったし。これは別に防寒対策じゃないから。知ってるでしょ、日焼け対策」

「じゃあ、今日は曇りで紫外線なんて関係ないし、私に貸して」

「ダメ。寒いと活動が鈍くなってしまうから。怪我の功名」

「えー、ケチ。変温動物なの？」

「ももこそ、靴下の先を切って腕に嵌《は》めてればいいんじゃない。さすがに靴下は替えを持ってきているでしょ」

「当たり前。そもそもいつから私は不潔キャラになったわけ？」

とまあ、ももたちがトイレの前できゃっきゃと井戸端会議に夢中になっていた時、三階から高く短い悲鳴が聞こえてきた。

「なに？」

ひと月前のこともあり、ももは悲鳴に敏感になっていた。今度こそは名探偵の卵としてきちんと振る舞わなければならない。

真っ先にももは目の前の階段を駆け上っていった。三階は二階と同じく階段から東西に廊下が真っ直ぐ延び、廊下の両側に部屋が並んでいる。窓はなく無機質な内開きのドアがついているだけ。学校よりもホテルに似た作りだ。

ももが三階に着いた時、左手（東）に並ぶ部屋のうち一つのドアが開いたところだった。

顔を覗かせたのは文芸部の天然パーマの高山先輩。カッターシャツに学生ズボンというでたち。高山はもともと目が合うと、「いま悲鳴が聞こえたよな」と同意を求めてくる。

「はい。三階からなのは間違いないです」

階段を追いついてきたあおが、背後から冷静に指摘した。

「奥の部屋のドアが開いてる」

東西に延びる廊下はそれぞれ大部屋へ通じるドアに突き当たっている。他の部屋が内開きの普通のドアなのに対し、両サイドの突き当たりの二部屋だけは会議室にありそうな両開きのドアになっていた。

間取りも他の部屋より格段に広く、昔は部員たちが雑魚《ざこ》寝する大部屋として使われていたらしい。今は人も少ないので、ミーティング室としての利用がもっぱらだ。ももたちの視線の先にある東の大部屋は、文芸部が昨夜批評会を行った場所だった。

大部屋の両開き扉のうち、片方だけが内側に開いたままになっていた。

あおの言葉に真っ先に反応したのは、一番近くにいた高山だった。小説は面白くないが意外と行動力はあるらしい。彼は黒豹《ひょう》のごとき軽い身のこなしで飛び込んでいく。だがスマートな高山先輩はそこまで。次いで聞こえて来たのは声変わりを終えた野太い悲鳴だった。男の悲鳴ってこんなに情けないのか。ドラマでは女の悲鳴しか聞かないし。妙な部分に感心しながら仕方なくももも駆け寄る。

教室を一回り小さくした広さの大部屋には、まず高山が腰を抜かして情けなく座り込んでいた。その前には同じように腰を抜かしている蓮池尚子《はすいけひさこ》。体操服姿の彼女はたか美と同じバレー部の二年でクラスメートでもある。

そしてへたり込んでいる尚子の足下には同じ体操服姿の女子が仰向《あおむ》けで倒れていた。部屋の北側の壁中央に掛かっているホワイトボードの前、首に黄色い紐《ひも》が絡みつき口からは舌がだらしなく伸びている。

由緒あるお寺の毎日磨き込まれた廊下のように艶《つや》やかな長髪で半分ほど隠れていたが、その顔はももにも見覚えがあった。同じクラスになったことはなく多分話したこともないので、名前までは覚えていないが。

ふと胸許を見ると、学年の割に盛り上がったゼッケンには、2－1西明寺《さいみょうじ》と書かれていた。

4

事件！　それも殺人！

ももは西明寺に駆け寄ろうとした。だが背後から彼女を追い抜く影。あおだった。

この前と同じようにあおが先に被害者に駆け寄るとしゃがみ込んで呼びかけた。

しかしすぐに諦めると手首の脈を取る。

「死んでる」

三十秒後、固唾《かたず》を呑むももたちを見まわしながら、あおは沈んだ声でそう宣告した。

「香苗《かなえ》っ！　香苗っ！」

あおの言葉が契機となって、いままでへたり込んで放心していた尚子が叫び出す。その声に反応するように他の生徒も何事かと大部屋に顔を覗かせ、死体を目にしパニックになる。その声がまた誘蛾灯《ゆうがとう》のように新たな生徒を招き寄せる。

それが四度ほど繰り返され、ももたちが発見してから五分も経たないうちに、大部屋の戸口付近は狂気の坩堝《るつぼ》と化していた。幸いだったのは、パンデミックが三階にいた者たちだけで済んだということと、中心に終始冷静なあおがいたということだろうか。あおが醸し出すクールな謎のバリアーによって、誰も部屋の中までは踏み入ろうとしなかった。

その役が自分でないことに少しばかりジェラシーを覚えながら、ももは携帯を片手に警察に事情を説明していた。

「大変だったな。でも無事でよかった」

警官たちと一緒に現れたのはスーツ姿の空だった。最初、デジャヴじゃないかと思った。ついひと月ほど前に同じ場面に遭遇したばかりだ。

「伊賀の妹さんか……」無骨な顔をした年長の刑事が興味深そうにももを見ている。初めてパンダを見るかのような眼差しだ。「例のひったくりの逮捕に協力してくれたという」

「それはこちらの上野さんです」

即座に空が訂正することによって、中年刑事の関心は一瞬であおへと移った。あおは注目されることになれていないのか、ももの陰に隠れようとする。

私じゃないんだ……ももは心の中でそうぼやいた。事実だから仕方がないけど。

前回と違い今度は殺人、しかも被害者はももと同学年ということで、細かいところまで執拗《しつよう》に訊かれた。容疑者扱いとまではいかなくとも、前回のようなたまたま事件を目撃した第三者というわけにはいかないようだ。

名探偵を目指すものとしては新たな知見が増えたことを喜ぶべきだろうが、実際のところは、もしかすると自分が犯人だと疑われているのではないかという不安が心の半分を占めていた。

そのため、事情聴取を終えて部屋に戻ってきた時はへとへとだった。まだ日は高いが、今日はこのままベッドに潜り込んでお終《しま》いにしようかとさえ思う。伸ばした手が『仮面の密室大王』のコピーの束に当たり、せっかく読んだけどどうせ批評会はおじゃんだし時間がもったいなかったなと虚《むな》しさを感じた。

ぐうと腹が鳴って、初めて昼飯を食べていないことに気づく。でもこの状況で昼飯を作ってくれているのだろうか。不安だ。

ベッドに横になりいろいろ考えているうちに眠ってしまったようで、次に目を覚ました時、

「起きた？」

とあおが顔を覗き込んできた。近い。

「私、寝てた？」

慌てて身を起こすと、

「私が戻ってからも軽く三十分は」

「そうなんだ。その間あおはどうしてたの」

「ももの顔を眺めながら考えてた。この事件のことを」

ぐうと再び腹が鳴る。携帯を見ると、三時を回っていた。

「私も探偵やりたいな」

ぼそっと呟く。つい本音が洩れてしまった。

「やればいいんじゃない」

気軽に云うが、あおと違いももは自信を少しだけだが失っていたのだ。今回も事件に翻弄《ほんろう》されただけで、挙げ句へとへとになって眠りこける始末。

ももが間抜け面で熟睡している間に、あおは既に事件について考えていたという。スペックの違いを見せつけられたようで、これで気が滅入《めい》らないほうが嘘だ。

「珍しい。前向きだけが取り柄のとにかく明るいももが。後ろ向きの名探偵なんて嫌わ

れるよ。そんな人に誰も事件の解決を頼みたくないし、プライヴァシーをうち明けたくないでしょ」

「なにそれ。前向きだけって。こっちはいろいろ繊細なの……それより事件はどう？　進展した？」

「まだ。そろそろ全員の事情聴取が終わる頃かも」

いきなり犯人が捕まったとか、そんなサプライズはないようだ。探偵志望としては喜ぶべきかもしれないが、なにせ殺人犯がまだ近くをうろついているかもしれないのだ。しかも殺されたのは同学年の子。そうそう浮かれてもいられない。

あおも同じ気持ちだと思うのだが、色白で能面のようなポーカーフェイスから感情は読み取れなかった。

やっぱりあおのほうが探偵向きなのかもしれない。

「じゃあ、しばらくはこのまま？」

その時ノックの音がして兄の空が入ってきた。手にした皿の上にはおにぎりが載せられている。

「どうだ、元気か？　昼飯を持ってきたぞ」

気遣うように、優しく微笑みかけてくる。

「全然、大丈夫よ。それよりお兄ちゃんが握ったの？　これ」

「いや、食堂で作ってもらったんだ。他の生徒たちにも今配っているところだよ」

云うが早いか、空は端の一つに手を伸ばし美味しそうにぱくつき始めた。

「なに、私たちのじゃないの？」

「三人分だよ、ちゃんと六個あるだろ」

「説明になってない。六個だと、二人分かもしれないでしょ」

不満げに指摘しながら、ももは反対側のおにぎりに手を出した。いい具合に塩が利いていて美味しかった。具はおかかだった。今度は鮭か、あるならば海老《えび》タルがいいな。あ、でもツナマヨも捨てがたい。

「何だ、意気消沈しているかと心配したのに、喰ったら機嫌が直ったのか。現金なやつだな」

　呆れたように空が二つ目に手を伸ばす。空いている手でももは素早く制すると、真ん中の一個を獲《と》った。一口食べて確認してみると、昆布の佃煮《つくだに》だった。微妙。味付け海苔《のり》を外に巻いているのだから、同じ海藻と醤油《しょうゆ》の組み合わせを内側に忍ばせる意味はあるのだろうか。

「ねえ、あお。あおは何だった？　具」

「海老ツナマヨ」

「うそ、そんなゴージャスなものが入ってたんだ！」

　びっくりして両手のおにぎりを落としそうになる。「そう嘘。あるわけないでしょ。自分がおかかと昆布なんだから、そこから類推すれば気づくはず。ただの鮭」

それでも羨ましい。

「どうして私のおにぎりの具が解ったの？」

何か探偵能力を使ったのかと思えば、

「食べ口がこちらを向いてるから。どう見てもおかかと昆布。自分の周りすら全く見えていないんだ」

「……そっか、観察か」

やっぱり名探偵に向かないのだろうか。胃が膨らんでせっかく盛り返してきた気力が、またがくっと衰える。

「そうそう、あおちゃんのおかげで助かったよ」

二つ目を口にしながら空がいきなり礼を云う。観察、観察と、空の手許を見ると、あやつの二つ目は梅だったようだ。

「どういうこと。あおが何かしたの？」

先ほどの口ぶりだと、ずっとここにいて、探偵としてはまだ行動していないようだったが。

「いや、あおちゃんが見張りを立てておいてくれたんだ」

「あの時、悲鳴を聞いて一緒に三階まで上がったでしょ」引き継ぐようにあおが自ら説明する。「ももはすぐに大部屋に駆けていったけど、私は厭な予感がしたから、白樫さんにその場に留《とど》まって誰が階段を使ったか見張るよう頼んだの。理由を説明している暇がなかったから怪訝な表情をしていたけど、彼女、一応役目を果たしてくれたみたい」

「ああ、おかげで大助かりだ」

陰でちゃっかりそんな機転を利かせていたのか……まさしく名探偵に相応しい判断と行動。ずしんと心が一段と深みに沈んでいく。それに比べて自分は……。自分がなりたいものが、自分の理想が、目の前にいる。悔しい。口惜しい。

「それで、どう助かったの？」

平静を装いながら、今度は兄に向かって尋ねると、

「ここには外付けの非常階段があるんだが、七月頭の暴風雨以来、使えなくなっているんだ。だから三階へ行くには中央の階段を使うしか手がない。そして階段を見張っていた白樫さんの証言に基づくと、当時三階には被害者を入れて七人しかいなかったことになる。バレー部と文芸部の生徒だけで四十人以上いるから、だいぶ絞られる」

「同時に、残念だけどその六人の生徒の中に殺人犯がいることも」

ぼそっとあおがつけ加える。まるで人魚の肉を食べて何百年も生きて諦観《ていかん》したような声だ。

「ちょっと待って。でも、悲鳴を聞いてからの動向は判っても、それ以前に犯人が既に下りていたかもしれないでしょ」

「今のところ殺されたのは今朝の十時三十分から発見された十一時十五分までと考えられている。解剖すればさらに細かく判るだろう。と云うのも、被害者は二階から三階に

上っていくところを十時三十分に目撃されているんだ。あおちゃんにね」

「正確には、私と白樫さんです」

「つまりあおと白樫さんはその間ずっとトイレの前で喋《しゃべ》ってたってこと？」

「そのうち三分の二はももも一緒だけど。だから断言できる。西明寺さんが三階へ行って蓮池さんに発見されるまで、誰も三階から下りてこなかったと」

「なるほど。あおがそう云うのなら、そうなのかも。ん？」とももは一つ首を捻ったあと、「いま誰も下りてこなかったと云ったけど、上がった人はいたの？」

「西明寺さんの一分後に高山先輩が上がっていった。だから高山先輩も容疑者の一人かな」

　恐ろしいことを口にする。でもそれくらいドライに徹しないと探偵は務まらないのかもしれない。実際、人が死んでいるんだし。家族が殺されて哀しんでいる関係者にも、アリバイとか訊かなければならないわけだし。気を遣っていたら捜査が全然進まない。肝に銘じなければ。

　でもまだ間に合うのだろうか？

　視界の遥か先、米粒になった背中を追いかけるマラソンランナーのような絶望がももを襲う。実はその背中すら、周回遅れなのかもしれない。周りの友達が中学生になって夢を切り替えたように、自分もいま夢を諦めなければならないのか。

　顔を伏せ押し黙るもも。

「どうしたの？」

怪訝そうにあおが、目の前の理想が、尋ねかけてくる。

「ううん、なんでもない」

そう首を振るが、空すら心配げに「急にどうしたんだ。おにぎりが中《あた》ったのか」と無神経に覗き込んできた。

「なんでもないって」

兄の身体を押しのけ、思わず声を荒らげる。

「なるほど……拗《す》ねてるんだ」あおはクールに指摘する。こんな時すら洞察力を発揮するなんて。「でも、すぐそこに気づくなんて、ももも案外探偵の素質があるかも。私のワトソン役になってもらおうと思っていたんだけど……」

「どういう意味、ワトソン役って！」思わずあおを睨みつけた。「それに今、案外って云った！　なにその上から目線」

唇を嚙みしめるが、あおの表情は微動だにしない。いっそ、お前には無理だ、諦めろと断言してくれたほうがどれだけ気が楽か。

それが余計にももを苛立たせる。

「だって、ももはただ寝ていただけ。何もせず、ただ寝ているだけの探偵なんて聞いたことない」

あおが追い打ちをかけてくる。やっぱりドSだ。

「なによ。人を三年寝太郎みたいに……」

何もしていない。その言葉にももははっとした。確かに自分はまだ何もしていない。諦めるに値することすら。

「安心して、ももの夢は私が受け継ぐから」

なんと傲岸《ごうがん》な台詞《せりふ》だろう。だがその言葉があおには凄く似合っていると、納得してしまった。

そう、夢は夢かもしれない。儚《はかな》い夢で終わるかもしれない。しかし目の前のあおが本当に夢を託すに足る名探偵か、諦める前に見極めなければならない。

「いい。私も探偵をがんばる。あおより先に事件を解決してやるんだから！」

ももはすっくと立ち上がると、人差し指を突きつけた。あおはくすっと微笑む。

どうせ私には無理だろうと決めつけている小憎たらしい余裕の表情。

そうだ、この世界に名探偵は二人もいらない。一人で充分。たとえ潔く散ることになったとしても、伊賀ももの死に様を見せつけてやる。

今からあおは、同志じゃなくてライバルだ！

Ⅱ　上野あお

1

世界は透明な歯車を持った透明なプラスチックで出来ている。

母がいないので、父が夜勤の日は一人で食事を摂《と》らなければならない。小学校の時からそうだった。そのせいか小学四年生の頃には基本的な料理は一通り作れるようになった。

火は危ないから使わせてくれない、ＩＨでもダメ。包丁も一人ではダメ。クラスメイトにはそんな娘が多かったが、あおに制約はなかった。最初は父も注意していたが、そつなくこなすあおを見てすぐに諦めた。

そもそもあおが作らなければ、上野家の食生活が破《は》綻《たん》する。夜勤明けの父の食事が偏ってしまう。あおが台所に立とうとしたのも、宅配ピザやコンビニ弁当の日々に嫌気が差したからだ。

同時にあおは、自分なら上手にできるという自信があった。万事においてそうだった。料理だけでなく、音楽の授業でのピアニカの演奏や班で任された天球儀作りなども、少し頑張れば簡単にできたからだ。勉強も一夜漬けでテストの点数を整えていた。

生まれつき身体が弱いためスポーツは苦手だったが、それ以外では劣等感とは無縁だった。あおより成績がいいクラスメイトは何人もいたが、授業を真面目に聴き地道に予習復習をすれば、いつでも追い抜ける自信があった。やればできるというのは魔法というよりまるでニートの合言葉みたいだが、あおにとってはあながち過信でもなかった。

かといってあおは自分に隠された才能があるとは思っていなかった。料理にしても楽器にしても、そして勉学にしても、きちんと筋道立ててやり方を理解すれば自然と上達していくものだ。苦手なスポーツにしても、テクニックなら人並み以上に習得できていた。ただ持久力が乏しいだけ。重要なのは、特殊な才能ではなく理解である。

仮に自分に才能があるとするならば、それは物事を理解できる才能だろう。

そうなると勉強にせよ趣味にせよ、すぐにできないと嘆くクラスメイトたちがバカに見えてくる。方法を理解しようとせずただぼやいているだけの甘えん坊。

そんなあおの冷めた眼差《まなざ》しに当然クラスメイト、特に女子は敏感に反応した。イジメなどはなかったが、口調は親しくてもどこかよそよそしく、遠巻きにこちらを牽制《けんせい》する。幼稚園の時から比較的仲が良かった飴屋《あめや》茜音《あかね》を除いて、みな距離を置き始めた。

もちろんクラスの人間関係はあおへのベクトルばかりではない。三十人のクラスには三十人分の相関図が描かれる。男子はそれでも単純なものだが、女子は既に仮面を被《かぶ》り始め複雑だ。妬《ねた》み嫉《そね》み足の引っ張り合い。愛と死と憎悪が渦巻くメカニカルクラス。

さしたる実害はないのだが、群衆の混沌《こんとん》に気づいてしまったあおが気疲れするのは確かだった。

　そんなあおがミステリ小説と巡り合ったのは小学三年生の時だ。学校の図書室にあったホームズ譚《たん》がきっかけだった。研ぎ澄まされた知力で殺人犯の策謀を暴き、謎は論理によって白日の下に晒《さら》される。不可解な現象、隠された悪意を把握し理解する名探偵の姿がそこにあった。

　そう世界は知力によって、論理によって理解できるのだ。

　それからあおはミステリ小説を読みふけった。放課後、クラスメイトと遊ぶより家や図書室で本を読む日が続いた。元から陽に弱いインドア体質なので、屋内に籠もることは苦にならない。休み時間は教室の端からクラスメイトの観察。観察対象と捉《とら》えると、バカの集まりでカオスの象徴だったクラスにも、様々な発見があった。相関図の隠れた矢印や意外な理由などが見えてきたのだ。

　四年生の時ちょっとした事件が起きた。机の引き出しに入っていた紙に、定規を使った直線だけの文字で悪口が書かれていた。クラスで孤立気味なあおを嘲笑《ちょうしょう》し罵倒《ばとう》するような内容だった。もう学校に来るなとも書かれていた。その程度ではあおの心は揺らがなかったし、向けられた悪意を面倒くさいとさえ思った。しかしあおは真相を理解してしまった。

　定規とボールペンで書かれた文字の直線は滑らかではなく、所々引っかかるようにダマになっていた。定規をあててカッターナイフを使うと、定規に所々切れ込みが入る。

抉《えぐ》れた定規で線を引くと、その部分だけ引っかかり小さな凹《へこ》みが現れる。あおは定規の目盛り部分で描線、背で切断と使い分けていたので綺麗《きれい》なものだが、多くの児童は混用していて目盛り部分が欠けていた。そして茜音の定規とダマの間隔が一緒だった。

あおはその紙を茜音の机に戻しておいた。茜音は何も云ってこない。

あおは一人になった。だが気にならなかった。名探偵は非人情でなければいけない。それに相関の輪の外側から観察者としてクラスを理解することが、面白く感じられてきた。常に一歩引き、集団に同調しないあおの姿勢に「上野さんは頭が固いわ」と零《こぼ》した娘もいた。頭の固さは視野の狭さに比例する。どちらの視野が狭いのか比べるまでもない。マイナスのレッテルで自らを上げようという見栄《みえ》なのだろう。もちろん安い挑発には乗らず、冷ややかに観察を続ける。

世界の解剖そして理解こそ自分に合っているのかも……。

やればできるを信じるあおは、やがて名探偵を目指すようになった。

そして中学二年の春、ゴールデン・ウィーク明けという中途半端な時期に、父の仕事の都合で東京から三重の伊賀市に引っ越すことになった。

伊賀といえば忍者のイメージしかなかったあおは、どんな山猿が暮らしているのか半ば不安だった。人には有効な洞察力も猿には通用しない。

だが百聞は一見にしかず。転校先のみどり中学のクラスメイトたちは情報過多な都会の子たちと比べると素朴ではあったが、当然のことながら同じ人間だった。似た連中ばかり観察しすぎて飽きてきた頃だったので、むしろ毛色が変わって新鮮だったくらいだ。観察対象の幅が広がればそれだけ経験値も上がる。神田《かんだ》へ古書店巡りに行けないのは残念だが、それはネット通販で補うしかない。

　それにここ二年ほど、あおはある飢餓感に襲われていた。理由は不明だし、何が不足しているのかも解らない。一切合切正体不明。霧の向こう。何杯水を飲んでも喉《のど》の渇きが癒《い》やせないように、とにかく飢えているのだ。自らを観察対象に加えられない探偵の悲しい性《さが》で、原因が突き止められないままあおはずっともやもやしていた。もしかするとこの飢餓感は探偵として成長途中であるが故の必然的なもので、探偵として完成すれば解消される類《たぐ》いのものなのか？　期待を込めてそう結論づけたくもあった。

　ともかく、環境が変われば原因や対処法も明瞭《めいりょう》になるかもしれない。あおは異郷への転校をむしろ好機と捉えることにした。

「私、ミステリ小説が好き。休み時間はいつもミステリを読んでいたし。私は書く方より探偵になるつもり。小説に出てくるような名探偵に」

　馴《な》れ合いを好まない自分とは、ゆくゆくそりが合わなくなるのは必然だから、予め観察者としてのポジションを明確にしておくのもいいだろう。

　それを見据えての発言だったが、一人のクラスメイトから思わぬ反応が返ってきた。

「あなたも名探偵になりたいの？」

人なつこそうな女子が、白い前歯をちらつかせた笑顔で尋ねてくる。その瞳はよくある興味本位によるものではなく、もっと好意的なものだった。まるで同志を見つけたような。

この娘も探偵になりたいのだろう。あおはすぐさま察知した。

名前は伊賀もも。苗字《みょうじ》の通り伊賀忍者の末裔とのことだった。

自分と同じ探偵を志す人間が他にもいる。

つまり互いに特権的な地位を争い、互いに観察しあうということだ。自分も世界の要素として腑《ふ》分《わ》けされる。もし相手が自分より上手ならば、常に観察の対象にされるだけの存在に堕《お》ちてしまう。

はたして喜んでいいのかどうか。あおは逡巡《しゅんじゅん》したが、とりあえず同志のお手並みを拝見することにした。

ところが……。

ももの探偵としての心意気たるやあおをも凌《しの》ぐものだが、いざその能力といえばからっきしだった。期待していたものとは全く違う。見事な肩すかし。ライバルの出現に張り詰めた糸はあっさりと弛《ゆる》んで縺《もつ》れてしまった。

そもそも小説は読まず、見るのはドラマやアニメ、漫画だけ。外見や大舞台での派手な立ち居振る舞いに惹《ひ》かれているだけで、核となる論理的な推理などは二の次。ミステりのクイズ本を読んで繰り出す推理も直感頼りで的外れ。根拠はいつもあいつが怪しいと思ったからの一点張り。論理の欠片《かけら》もない。そういえば芭蕉や俳句を愛していると公言しているのに、一句も詠んだところを見ていない。万事がそういう調子の人間なのだろう。やらなくてもできると過信しているタイプ。

あるとき体育の授業中にクラスメイトのハンカチが紛失する事件が起こった。可愛いと評判の娘だったので、思春期という添加物が不穏な憶測を炎上させ、午前の授業が終わった途端、男子の持ち物検査まで断行されることになった。阿鼻叫喚。

それでもハンカチは発見されず手詰まりかと思われたとき、ももは首をぐるぐる回したあと、「犯人が解った」としゃしゃり出て、早弁魔王の異名を持つある男子生徒を名指ししたことがある。

「これだけ捜しても見つからないということは、空いた弁当箱の中に隠しているに違いない。早弁魔王改め、この変態魔王！」と。

もちろんももの当てずっぽうなど正しいはずもなく、早弁魔王の空の弁当箱からは米粒以外何も発見されなかった。

机の脇に落ちていた黒い羽根から鳥が咥えていったことを考慮に入れるべきで、当初は傍観していたあおが慌てて羽根を手にそう説明し、またハンカチも放課後に校庭で発見されたので、なんとか事なきを得た。とはいえ探偵が軽率な推理で冤罪《えんざい》を招くなど、不名誉の極みである。

しかしももは「間違えちゃった」と、えへらと笑うだけ。それで済ます気なのかと驚いたが、本当にそれで済ます気らしい。そして実際、それで済んでしまった。無防備すぎる笑顔に、当の早弁魔王も呆れ顔で不問に付したのだ。

やきもきした自分がバカらしくなる。

「そんなザルな推理で、外れたときのことを考えないの？」

「失敗を恐れちゃ、何もできないでしょ。私たちはまだ若いんだから。あおは考えすぎて不器用になってる」

ぽんと優しく肩を叩かれる。まるであおがミスを犯したかのように。

東京にいた頃なら、即座にその手を振り払っただろう。いや、みどり中学でも他の生徒なら同様だったかもしれない。しかしあおはももの前で溜息《ためいき》を吐くだけだった。

「ねえ、もも。ももはどうして名探偵になろうと？」

別の日、隣でクイズ本と睨めっこしているももに尋ねたことがある。ももは考えすぎて@になった瞳をあおに向けると、

「名探偵って世界の中心にいるでしょ。世界の中心を目指さなきゃ」

「世界の中心？　謎の中心にいるのは犯人でしょ。名探偵がいるのは世界の外」

「そんなわけはない」とももは何度も首を横に振る。「犯人なんて最後に正体を明かすまではひたすら気配を消している日陰者。関係者は名探偵の一挙手一投足に注目しているんだから」

決して冗談ではない、真剣な眼差しだった。

「ももはスターになりたいんだ」

「スターだなんてそんな子供じみた夢は望んでない。私は名探偵になって事件を解決したいだけ」

〝だけ〟の用法が明らかに間違っているが、ももの真っ直ぐな熱意をどう受け止めていいものか、あおは戸惑っていた。少なくとも他の連中のように上手《うま》くいかなくても、すぐに愚痴ったり諦めたりはしない。結果、本人よりも周囲、主にあおがハラハラする。まるで電柱の陰から初めてのお使いを見守っているような気分。相手は同い年のクラスメイトだというのに。いや誕生日が遅いぶん、厳密にはあおのほうが年下なのだ。

実際、先日の失敗のほとぼりも冷めやらない翌週、ももは男子のエロマンガが突如教壇に出現した破廉恥な事件で同じような冤罪を繰り返したが、再びあおが手助けしてしまった。助ける気などなかったのに、つい思わず。

結果謎を解決したあおの株が上がり、観察者の立場で静かにクラスを眺めにくくなった。ももと違い、他者からの称賛や名声にはさして興味がない。今は観察という趣味を妨げられることのほうが、はるかに不満だった。それもこれももものせい。

「どうしてももはそう後先考えずに推理するの」

きつく叱ったつもりだが、

「ありがとう、あお。助かった」

屈託のない笑顔で手を握られそう返されると、小言を繰るほうがバカらしくなった。

以後もクラスメイトとは微妙に距離があったが、トラブルの際に頼られることも増えてきた。嬉《うれ》しくも何ともない。タダ働きの便利屋程度に思っているのだろう。ちょっと頑張れば自分で処理できそうなことすら頼みにくる。もちろんあおはすげなく断る。そんなことで図書室のミステリ小説を崩していく貴重な時間を削りたくない。そうすると今度はももを通じて頼みにくる。愚者は愚者なりに狡猾《こうかつ》なのだ。ところが一番手間をかけさせたもも自身は、何も頼ってこない。いつも自分で解決しようとする。そしてつまずく。反省もしない。心意気は立派だが探偵としては限界が近い。

そしてある梅雨の日、ひったくり事件が起こった。学内でのささいなトラブルではなく、初めて遭遇する犯罪。しかしももは探偵を志す者でありながら、犯行を目の前に動揺して立ち尽くすだけで、なに一つ観察できていなかった。ヒントを与えても的外れな推理を自信満々で述べるだけ。探偵に一番必要な慎重さが全く備わっていなかった。

探偵を志す者同士、切磋琢磨《せっさたくま》できるかも。このひと月なんとか我慢し友情を繋ぎ止めていた淡い期待は、屋根まで飛んだシャボンのようにみごとにはじけ散った。

そろそろ潮時。ここで見切りをつけて、彼女もただの観察対象の一人にすべきなのかもしれない。それがもも自身のためにもなる。犯罪捜査は遊びではない。ももは刑事の兄が子供扱いすると不満たらたらだったが、生半可な能力では兄の危惧《きぐ》通り危機に陥ってしまうだろう。

ももの家で二度目の夕食を共にしたときは、本気で別離を考えていた。朱に交われば赤くなる。

だからももに見せつけるように推理を披露し、探偵としての実力の差を自覚させた。

実際、あおの推理を聞いた兄の空は驚嘆し、

「あおちゃんは本当に名探偵だな」

と前回に続き素直にあおを褒め称《たた》えた。名探偵を夢物語とバカにしていた空の豹変《ひょうへん》ぶり。それに一番驚いたのはももだったはずだ。

目論見《もくろみ》通り、それからのももは自らの無力を痛感し露骨に落ち込んでいた。

探偵を諦めるのは時間の問題かも。

あおは心の中で北叟笑《ほくそえ》もうとした。だがずぶ濡れのカピバラみたいにしょぼくれるももを目にしたとき、あおの顔は凍りついてしまった。

　太陽が沈む……。

　いつも明るく愛嬌《あいきょう》をふりまくももの、こんな悲しい姿は見たくない。ここで突き放せば、ももの笑顔はもう見られない。これからも失敗し続け、しょぼくれまくるのではないだろうか？

　それは厭だ！

その時、あおはずっと自分を襲っていた飢餓感、なぜかこのひと月安寧を保っていた

飢餓感の正体を唐突に知った。

探偵は孤独である。謎を切り裂くモノポールとしては当然だ。だが同時に推理とは提示と承認による対話でもある。

自分にはワトソン役が足りなかったのだ。

ももが話を聞いてくれたことで自分は充《み》たされていた。

小学三年の時に探偵を志して以降、この世は観察者である探偵と、観察される群衆で構成されるとずっと思い込んでいた。その思考を無批判に実践していた。

しかし違った。

この世界は観察者である探偵と、観察される群衆と、そしてそれらと独立したワトソン役で構成されている。世界は二つではなく三つに分類される。

もしかすると本当に自分は頭が固いのかも。つい心にもない自虐を思い浮かべるほどに、この発見は衝撃だった。同時に、天啓でもあった。なぜなら、目の前にちょうど飢餓を充たしてくれるワトソンがいる！

この絶望しょぼくれたももを縵網《まんもう》で掬《すく》い上げ、ワトソン役として大事に育てていけば、二人一緒に開花できるのではないか。

文芸部でも集中力が持続しないももは、クイズ本を読みながらすぐ居眠りしていた。隣で読書をするあおに凭《もた》れかかることもしばしば。重い、邪魔だと感じながらも、どこか心地よかった。

他人のプライヴァシーを暴き立てたり犯人の心の闇に肉薄したりと、ともすれば心が荒《すさ》む名探偵の癒やしとして、非人情を貫くための安全弁として、やる気はないが腹蔵もないももはワトソン役として適任なのでは。ずっと傍に置いておきたい。

これから自分は名探偵になるための研《けん》鑽《さん》を積むと同時にももを最良のワトソン役として善導していかなければならない。あおはももの手を握りしめ、心に固く誓った。ももはわけが解らずきょとんとしていたが。

ただ、それには大きな障壁があった。あおはやればできる人間なので、名探偵になれることに微《み》塵《じん》も疑問を抱いていなかった。問題は、ももだ。

彼女はワトソンではなく名探偵を夢見ているのである。それは役者志望の人間を裏方に回すようなもの。

はたして巧《うま》く誘導できるのか。ももはワトソン役という引き立て役に甘んじてくれるのだろうか。

多くの名探偵志望者がそうなるように、ももももワトソン役を格下と考えている節がある。日頃の言動から、ももには自分が名探偵となった暁には、刑事である兄をワトソン役にしようという魂胆が垣間《かいま》見《み》えた。もちろんその際に兄を小馬鹿にするニュアンスも含まれていた。

ワトソン役を低く見ているももが、自らその役を買って出てくれるのか。

また、自らに才能がないと痛感したとき、探偵の世界から逃げ出してしまわないだろうか。あおという自分がなりたかった名探偵を目の前にして、それでも一緒に現場に出てくれるだろうか。

ももはあおと違いファッション名探偵好きで、今風に云えば名探偵ガール、悪く云えばミーハーだ。この手の人間は社交的で順応性もあり、足抜けしてもすぐに新たな目標を見つけて邁進《まいしん》していくことだろう。まるで最初からそれが自分の天命だったように。

何とかももを繋ぎ止めなければならない。

それは探偵に本来要求される能力とは別種のものなので、あおにとってはいっそう困難な課題だった。

ももの心をずっと捉えておかなければならない。惹きつけておかなければならない。

そして危機はすぐに訪れた。

文芸部の夏合宿で訪れた青山高原の合宿所で、殺人事件が起こったのだ。事件に遭遇したときのももの対応は、間を置かずに起きたこともあり、ひったくりの時の二の舞になっていた。

あおが白樫たか美に見張りを頼んでいるあいだに大部屋に飛び込んだまではよかったが、西明寺香苗の死体を前にただ呆然と立ち尽くしているのみ。あおが死体に駆け寄ったのを見て、ようやく我に返りおろおろと近づいてくる始末。ワトソン役としては正しい反応だが名探偵失格だ。

ももそれを痛感したのだろう。以降、表情から精彩が失われ、警察の事情聴取にもオートマトンのように淡々と答えるだけだった。挙げ句の果てに、気疲れしたのかそのままベッドで眠ってしまう。これではただの一般中学生だ。

探偵を諦めさせるのが最終的な道筋であっても、ワトソン役の道を示す前にドロップアウトされては意味がない。

　そもそも自信を喪失したももを見ていたくはない。

眠っているときだけは悩みも忘れているのか、すやすやと穏やかな寝息をたてている。

薄い布団を肩までかけたあと可愛らしい寝顔を見つめながら、どうしたものかあおはずっと悩んでいた。もちろん事件のこともあるので、脳細胞の半分は推理に割いていたが。

ものを食べなければいくら落ち込んでいても腹が空《す》くのは自然の道理。やがて目覚めたももは、兄の空が運んできたおにぎりをぱくついていた。様子見にちょっかいをかけてみるが、あえて観察しなくても虚ろなのははっきり解った。

　顔を伏せ押し黙ったももに、

「どうしたの？」

　と尋ねると、

「ううん、なんでもない」

　と殊勝な返答をする。そうかと思えば兄の冗談には声を荒らげる。元来喜怒哀楽がはっきりしたタイプだったが、今は感情の起伏が箇条書きで顔に映し出されていた。

「なるほど……拗ねてるんだ」あおは冷たく指摘する。「でも、すぐそこに気づくなんて、ももも案外探偵の素質があるかも。私のワトソン役になってもらおうと思っていたんだけど……」

「どういう意味、ワトソン役って！」ももが睨みつけてくる。「それに今、案外って云った！ なにその上から目線」

僅《わず》かだが普段のポジティヴなももが戻ってきたようだ。もう少しこの路線で推し進めてみよう。

「安心して、ももの夢は私が受け継ぐから」

傲岸《ごうがん》な台詞《せりふ》で追い打ちをかけると、ようやく奮起したように、

「いい。私も探偵をがんばる。あおより先に事件を解決してやるんだから！」

ももはすっくと立ち上がり、人差し指を突きつけてきた。そうそう、そうでないと。

諦めるのはまだまだ早い。あおはくすと微笑んだ。

2

思い返せばこのふた月、ももはあおにとってまるでできが悪い姉のようだった。あおが転校生なため古株の雰囲気を出していつも面倒を見ようとするが、その実、漬物石みたいに頭の上に載っているだけ。

あおに兄弟姉妹はいない。一人っ子だ。その上四歳の時に病死した母親の記憶はぼん

やりとしかない。クラスメイトとはいつも距離を置いていた。あの一件の前の茜音でさえ、ここまで近接しては来なかった。

　もしかするとももの無邪気な名探偵への憧れが、無謀すぎるが前向きで屈託のない性格が、同志だからという以上に警戒心を和らげていたのかもしれない。

　父の話では母は病弱だがしっかり者だったらしい。お前が理屈っぽいのは母親譲りだとも云われた。しかし記憶が朧《おぼろ》なはずの母のイメージが根底で安心と繋がっているように、ももへの想いもどこか胸の奥底で安らぎと結びついていた。不思議なものだが、本当は多くの名探偵がトランキライザーとしてワトソン役を必要としているのかもしれない。

「状況を説明して。お兄ちゃん」

　ようやくやる気スイッチが入ったももが、空を急《せ》かす。空はちょっと待ったとばかりに片手でももを制止しながらおにぎりをほおばった。

　一分で飲み込み終えて茶で喉を洗浄したあと、「しかたないな」と困り顔で説明し始める。既にあおには話しているので公平を期すためもあるが、やはり妹に甘いのだろう。仲睦《むつ》まじいことである。

「被害者の名前は西明寺香苗。みどり中学校の二年一組でバレー部員。まあ、その辺りはもものほうが詳しいだろう」

　当然ながら、空はずっとももに顔を向けながら説明している。

香苗は二日前、他のバレー部員と一緒にバスでこの合宿所にやってきた。宿泊部屋は二階でバレー部の同級生と同室だった。あおたちが泊まった部屋の斜向《はす》かい。一昨日、昨日とバレー部は大したトラブルもなく激しい練習を熟《こな》し、今日の午前中が中休みになったのはたか美が説明した通り。

香苗は今朝の九時頃からグラウンドでランニングメインの自主練をしていたが、十時三十分頃に合宿所に戻ったらしい。一緒に走っていた部員の証言によると、本来なら昼食までトレーニングをする予定が、急に取り止めたという。理由は不明。そしてほぼ同時刻に三階へ上がるところをあおたちに目撃されている。同じ半袖の体操服に短パン姿だったことから、グラウンドから戻った足で三階へ直行したと考えられた。直後にドアの閉まる音が三階から聞こえてきたので、どこかの部屋、おそらく現場となった大部屋に入ったのだろう。

今から思えば、三階へ上がっていく香苗はどこか険しい表情だった気もする。もちろん後づけの可能性が充分にあるので、空には注釈をつけて話したが。

死因は頸《けい》部圧迫による窒息死、つまり絞殺で、凶器は首に巻きついていた黄色いタオル。細い上に捻《ねじ》れていたため、ももには紐に見えたようだ。

こういった観察力の点でも、あおが失望していたのは今さら大書するまでもない。

タオルは被害者の所持品で、グラウンドから合宿所へ戻るときも首にかけていた。三階へ向かう香苗が首にかけていたのは、あおの記憶にも残っている。

「背後からそのタオルで首を絞められたようだ。喉に被害者があがいた際の爪の痕《あと》が幾筋も残っていた。必死でタオルをふりほどこうとしたんだろう」

「うわぁ」とももが自身の首許を押さえる。「絞められるのより痛そう」

「もう、話すのを止めようか」

過保護な反応を示す空に、ももは当然、「ううん、続けて」と先を促す。

ももは名探偵になった暁には空をワトソン役に据えたいと考えているようだが、こんな過保護なワトソンなんて見たことがない。このコンビではいくつになっても名探偵として自立できないだろう。やはり自分がももを立派なワトソン役として独り立ちさせなければ。

「そして、十一時十五分に蓮池尚子さんが遺体を発見した」

空は話し続けた。

尚子が自分の宿泊部屋を出たとき、大部屋の扉が軽く開いていたので、閉めにいったという。大部屋は文芸部の部屋でバレー部は使っていなかったが、つい気になったらしい。若さ弾《はじ》ける仁木《にき》悦子《えっこ》といった風情の尚子はクラス委員も務める律儀な性格で、例のエロマンガ事件の時も、女子は誰も触りたがらなかった現物を責任感から職員室まで運んでいった。

で、一応中に人が居ないか覗いてみたところ、壁に掛かったホワイトボードの前に香苗が倒れていた。慌てて駆け寄るが、あおたちも目にしたように、首にタオルが巻きつき舌がだらりと伸びていたために、既に手遅れだと悟ったようだ。

急に怖くなり悲鳴を上げると、そのまま腰を抜かして座り込んだ。そこに先輩の高山元樹が飛び込んで同様に腰を抜かし、続いてももたちがやってきたことになる。

香苗は頭を戸口に向け床の上に仰向けになっていた。尚子は死体に手を触れていないので、あおたちが見た状態と同じと考えていいだろう。もちろん尚子が犯人でなければの話だが。

現場に文芸部員たちの指紋はわらわら残されていたが、バレー部員の指紋はなかった。香苗のものもなかったが、立ち話だけなら指紋が残っていないのも不自然ではない。とはいえ簡易な照合のうえ不鮮明なものも多いので、その中に香苗の指紋も紛れている可能性がある。

あおたちは半ば強制的に指紋を採られたが、もし空がももの兄でなければきっぱり断っていたかもしれない。名探偵が警察に指紋を保管されているなんて不名誉にも程がある。逆にももにはそんな拘《こだわ》りはないようで、むしろ一大イヴェントとばかりに嬉しそうにほいほい十本全ての指を押しつけていた。

「つまり犯人が文芸部員なら気にせず触れたし、バレー部員ならあとで拭《ふ》き取った可能性が高いわけか……あれ、友生《ともの》君の指紋は残ってたの？　もし残ってたら」

友生康晴《やすはる》は寝坊して昨日の午後の批評会に来られなかった文芸部員だ。同時に当時三階に居た面子《メンツ》の一人でもある。クラスは違うが、あおたちと同じ二年生。スペースオペラ風なSFに興味があるらしい。小柄だが筋肉質でスポーツも得意のようだ。文芸部には珍しいタイプかもしれない。顔は黒岩涙香《くろいわるいこう》をもっと愛想よくした感じだ。宿泊部屋が大部屋から遠いせいか最後の方に現れたが、高山のように腰を抜かすことはなかった。とはいえ立っているのがやっと。呆然と人垣の隙間から死体を眺めていただけだった。ごく一般的な反応だろう。

「いきなり仲間を犯人扱いする？」

あおは呆れて溜息を吐いた。

「友生君も、もともと同じで短編の冊子を忘れてきたから、昨日の夕食後に大部屋に取りに行ったみたい。ただもともと違って予め読んできてたけど。批評会で指摘するためにたくさん書き込みをしたのにと悔しがってた」

「名探偵として確認してみただけ。だれも友生君が犯人だとは思ってないって」

「入り口のドアノブの指紋は外側も内側も拭き取られてた」

空が説明する。ある意味、外側のドアノブを拭うときが一番目撃されやすく危険な瞬間かもしれない。

室内の照明は消えていたがカーテンは開け放たれていたので充分に明るく、またスイッチからは多くの崩れた指紋が採取されたので、犯行時には照明をつけていなかった可能性が高い。

大部屋には他に備品としてテーブルや椅子などがあったが、あおが記憶する限り前日と配置に違いはなかった。犯人との間で大立ち回りが演じられたわけではなく、ホワイトボードの前の空間で粛々と殺人が行われたようだ。ただ香苗は喉を掻《か》き毟《むし》る前に、おそらく襲われた直後だろう、ホワイトボードに手を突いたらしく、左手の掌《てのひら》に黒のホワイトボードマーカーの跡がついていた。そしてそれと対応するようにホワイトボードの文字が一箇所擦《こす》れて消えかけていた。昨日の批評会で使われたもので、作品名などが羅列してあった。

部屋の奥、入り口のドアの反対側に、引き違い窓が腰の高さに四組並んでいるが、いずれもクレセント錠で施錠されていた。他に出入り口はないので、犯人が入り口のドアから逃走したのは間違いない。

もちろん二階の階段の前にはあおたちがいたので犯人は三階に留まったままになる。中央の階段から東西に延びた廊下の突き当たりにそれぞれ大部屋があり、廊下の南北には宿泊部屋がある。階段の東側に廊下を挟んで三部屋ずつ、同じく西側に三部屋ずつの計十二部屋だ。現場の大部屋と接している一番東の北側の部屋が三〇一号室で、向かいが三〇二号室。三〇一号室の隣は三〇三号室。廊下の北側の部屋は東から西まで奇数番号で、南側の部屋は偶数番号になっている。

そして事件当時、被害者を除いて六人の生徒が三階の部屋にいた。三〇一号室には文芸部の先輩の高山元樹、三〇四号室には発見者の蓮池尚子。三〇五号室には同じくバレー部の三年、界外《かいげ》鷹一《よういち》。

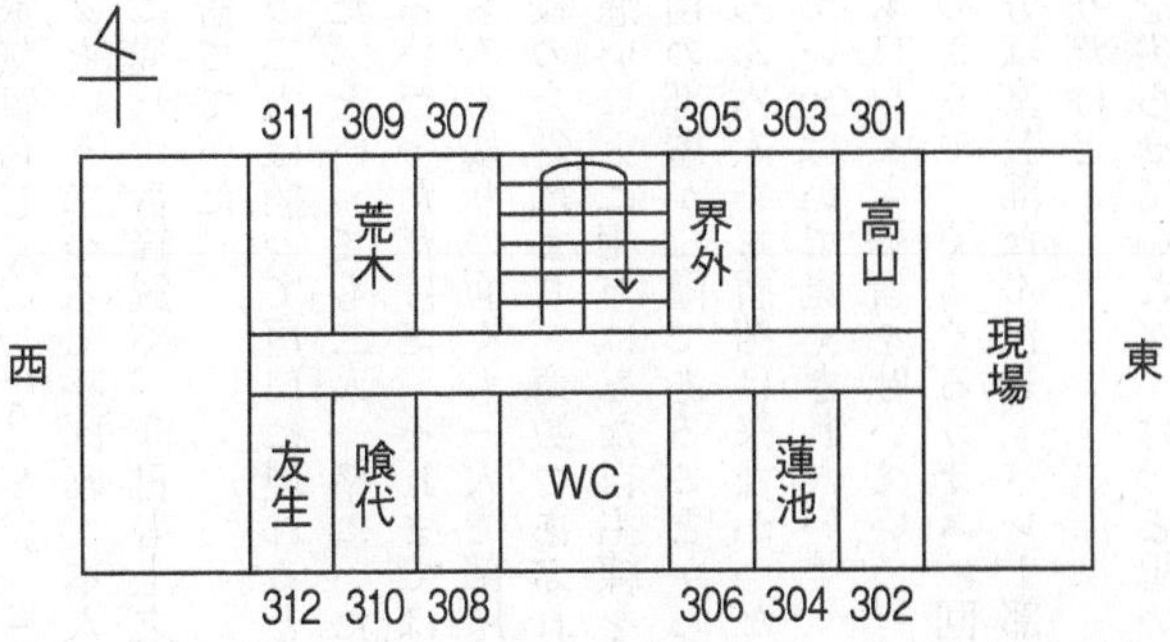

界外は部屋が東側ということもあり、残り四人の中で真っ先に戸口に現れた。背が高く角刈りで、夢野久作《ゆめのきゅうさく》のような細長いぬぼっとした面構えだった。もちろんあおは界外の名前すら知らなかったので、体操服でバレー部と判断しただけだ。

西側に移って三〇九号室にはバレー部の一年荒木梨沙《あらきりさ》、向かいの三一〇号室には文芸部の先輩、喰代清花《ほうじろさやか》、隣の三一二号室には友生康晴がいる。

荒木梨沙はアガサ・クリスティのようなバタ臭く四角い顔が印象に残っていた。というかそれくらいしか知らない。バレー部員にしては身長が低いかなと思ったくらい。骨太なので牛乳を飲んで背骨さえ成長すればいい戦力になりそうだが。

逆に喰代清花は文芸部の先輩なのでよく知っている。大倉燁子《おおくらてるこ》に似た糸目の美人で創作より評論家気質らしく、〝ほうじろ〟という苗字と〝さやか〟という発音から周囲からはシャークという二つ名で呼ばれ、本人も気に入ったのか自分のペンネームにしていた。その名に違《たが》わず舌鋒《ぜっぽう》鋭く、昨日も上之庄先輩の愚作を三年にもなって中二病とばっさり切って捨てていた。

この二人は揃って戸口に現れると、香苗の死体を見て互いに抱き合い短い悲鳴を上げていた。といっても二人一緒にいたわけではなく、表の気配を感じて廊下に出たのが同じくらいだっただけだ。それまではずっと一人で部屋にいたという。もちろん残りの面々も一人で部屋にいたので、誰のアリバイも成立しなかった。

学校の方針により、奇数であぶれた高山先輩と清花先輩を除いてみな相部屋なのだが、運が悪いことに相方はみな自主練をしていたり階下の友人の部屋にいたりしていた。

香苗の部屋が二階であることから、誰かと会うために三階に上がったと考えられるが、もちろん六人とも香苗は来なかったと証言していた。

「人がいっぱいで覚えきれない」

ももは早くも弱音を吐いている。頭の中で顔と名前と部屋番号が洗濯槽に投げ入れた衣類のように、ぐるぐるカオスに回っていることだろう。

「半分は文芸部なんだし、バレー部にもクラスメイトがいるでしょ。蓮池さんとか」

「そうだけど……」

口を尖《とが》らせていたが、はっと思いついたように枕元の冊子をたぐり寄せると、裏に見取り図を描き始めた。高山先輩の『仮面の密室大王』だ。チラシの裏代わりに使われたと知ったら哀しむだろうなと少し同情したが、スケープコードなんて書いてある小説だしまあいいかと制止しなかった。実際、トリックも酷《ひど》いものだった。

ももは草書体のような丸文字で部屋を書き込み終えると、

「東西でちょうど三人ずつになってるんだ」

と妙なところで感心している。ももに甘い兄は「ホントだ」と間が抜けた感じで同調していた。

彼はももに探偵になってほしいのか、なってほしくないのか、どちらなのか？　いまいちよく解らない。とはいえ空の協力がなければ事件に関われないのも事実。ももへの麗しき兄妹愛の存在は不可欠だ。

「それで動機は何か見つかったの？」

ももが尋ねると、空は声を潜め「故人の名誉に関わることだから絶対口外したら駄目だよ」と改めて念押ししたあと、

「同じバレー部員の話では、男関係にだらしなかったらしい」

「そうなの？」

ももは言葉を詰まらせていた。中学生ともなれば、あおたちのクラスでも男女交際は当然ありカップルも数組いるが、〝だらしない〟という形容はまだリアルに響かないらしい。その点、東京で過ごしていたあおのほうが、耳年増としての経験値は高い。

「じゃあ、二股《また》とか三角関係とかそれが理由で？」

ぴんとこない感じでももが確認する。肉体関係までいっていたとは限らないが、中学生ならキス程度でも刃傷沙汰《にんじょうざた》になりそうだ。空もその辺は承知しているらしく、

「あくまで噂だし。もっと他の理由があるのかもしれないし」

一応、恋愛関係を軸に据えて考えているようだった。

「となると、六人の中に西明寺さんとつきあっている男子か、彼氏を取り合っている女子がいるんでしょ。でも友生君ならともかく高山先輩がモテるとは思えないけど」

失礼な発言だ。たしかに小栗虫太郎《おぐりむしたろう》を不細工にしたような顔の高山先輩がモテるとは云い難いが。香苗の方は、だらしないという形容に相応しい男好きのする顔なので、相手もそれなりに選べたはずだ。とはいえ、

「告白してふられた腹いせという線もある。ストーカー殺人」

そうあおが注進すると、

「うわ、冷たい」

と非難の眼差しを向けてくる。探偵が情塗《まみ》れでどうする。しかも探偵としての部分を除けば、明らかに酷いのはもものほうだ。

「ももは高山先輩に犯人になってほしくないんだ」

「やめてって」

一瞬本気で厭がったようだが、

「そりゃあ、同じ生徒とはいっても知らない人が犯人だったほうがいいに決まってるでしょ。でも探偵は全てを公平に見ないとね」

えへんとももは胸を張る。

「で、どうだ、もも。データは全て提出したが、犯人は解ったか」

空が若干意地悪な口調でももに尋ねかける。

なんとなくあおは解った。兄としては、ももの好奇心を充たしながら、同時に探偵を諦めさせる方向に持って行きたいんだなと。たしかにももに才能はない。事件、それも殺人事件の捜査なんかに可愛い妹を出向かせたくないだろう。

でももしあおがももをワトソン役として現場に誘い出す気でいるのを知ったらどうするだろう。空から恨まれるだろうか。憎まれるだろうか。

「そうねえ……」ももはしばらく考えたあと、「もう一度現場を見たい。現場百遍と云うでしょ」

*

「なんだか昨日と違う部屋みたい」

ももは現場となった大部屋をぐるりと見回した。殺人事件の現場という先入観のなせる業なのか、どこか空気が冷たい。避暑地とはいえ、真夏にエアコンもつけていないというのに。

戸口にいた若い警官は無表情だったが、内心不満げに見えた。空はすまんと彼に手を合わせている。

とりあえずあおはそれを見なかったことにして、ももと同じように室内を見回した。

さきほど空は、ももを挑発するように犯人が解ったか尋ねたが、あおにしてもまだ光明は見えていない。いくつか引っかかる点はあるが、線にまでは至っていない。

空は意図していなかっただろうが、あの発言はあおに対しても挑発だった。ひったくり事件の際に一応の信頼を得て今現場にいられるわけだが、これに失敗すれば元の木阿《もくあ》弥《み》になりかねない。ひったくりと殺人では事件の大きさが違いすぎる。

それにもし空の信頼を失うことになれば、もものワトソン化への道も半ば閉ざされかねない。空はあおよりもまずももを現場に入れようとしないだろう。

「それで、西明寺さんの毛髪の件はどうでした？」

気を引き締め、あおが空に尋ねる。

「ああ、あれか。いや、一応三階の全ての部屋を調べたんだが、どこからも発見できなかった。トイレに流されていたりしたら調べようがないが」

「どういうこと？」

怪訝そうに兄を見やるももに対し、背後からあおが説明した。

「被害者は背後から髪の毛を少し切られていたの」

「髪の毛？」

自らの頭髪を摘まみ、ふり返るもも。ワトソン役に相応しいバカっぽい仕草だ。

「そう、後頭部の真ん中辺りから伸びている髪の数本が途中から。それで切り口はどうでした？」

「鑑識では切り口の揃い具合から、ハサミで同時に切られたと考えている。また断面が鋭利で真新しいことからおそらく殺害前後のことだろう」

「じゃあ、犯人は西明寺さんを殺したあと髪の毛を数本切り取ったわけ？　どうして？」

ももが考える気もなく形だけ首を捻ると、

「正確には十七本だ」空が真面目に補足した。「それを推理するのが探偵じゃないのか？」

「そうだけど」

子供のようにももは再び口を尖らせる。

「さっきはそんな話していなかったじゃない。データの後出しはずるい。……でもあおはよく気づいたね」

もともとは違う。探偵として当然と思わず口をつきかけるが、そんな挑発をすれば全てが水の泡だ。目の前の純朴な少女をうまく囲い込まなければならない。

「結構目立つから。ももも枝毛に毎日苦労してるって云ってたでしょ。それに自分であんな風に切るなんてことはありえないし」

「たしかに。じゃあ、やっぱり犯人が？　あっ、十七といえば俳句の音数よね」

途端にももは瞳を輝かせる。いつものももの俳句愛。一向に俳句を詠まない俳句愛。

「さすがにそれは関係ないでしょ」

「そうかなあ。……あと素数でもあるよ」

「素数も関係ないと思う。ともかく、誰かが髪の毛を持ち去っていないか、お兄さんに調べてもらった？」

　その結果が先ほどの報告だ。

「でも髪の毛を持ち去るって、まともじゃないね。もしかして御守りに入れてるとか？それだとストーカーの高山先輩が」

　いつの間にか高山先輩がストーカーなのは確定していたようだ。小栗を不細工にしたような顔なばかりに、可哀想に。

「例えば犯人の血や体液がついたのかもしれないな。その場合、拭《ぬぐ》ったり洗ったりするより切り取った方が確実だし」

　冷静に兄が口を挟む。

「それも考えられますが」

　あおが反論すると、空は興味深げに、

「その口ぶりだと、なにか考えるところがあるんだな」

「はい」と、あおは頷《うなず》いた。探偵としての力量を空にももにも示さなければならない。

それにようやく一つの道筋が見え始めたのだ。ももが力説したように現場百遍は真実かもしれない。

「もしかすると本当の殺害現場はここではないのかもしれません」

「どういうことだい？」

「西明寺さんの靴下はかかとが少し弛んでいたんです。ちょうど上半身を抱え、かかとを下にして引きずられたように」

　合宿所の中では生徒は備品のスリッパ（男子の一部はスリッパも履かないまま）で生活しており、香苗も発見時にはスリッパを履いていたが、靴下のかかとの部分だけが弛んでいた。靴下を弛ませたままランニングをしていたとは考えられないので、事件に関係することだろう。

「それから考えると、犯人は殺害後に被害者を引きずってホワイトボードの前まで持ってきたと」

「被害者は殺されたあとに移動させられたと云うんだね」

　靴下のかかとのことは空にもまだ話していなかったので、ももだけでなく彼も驚いていた。

「仮に犯人の宿泊部屋で殺人が行われたとして、被害者が倒れた拍子に部屋の備品あるいは犯人の持ち物に髪が絡みついたとしたらどうでしょう。それがどうしてもほどけなくて、切るしかなくなった場合。もし適当に遺棄して殺害現場が別の場所と見透かされると、大変なことになります。なぜなら切った髪を全て処分したつもりでも、室内に僅かに残っているかもしれない。それならばハサミがあるホワイトボードの前を殺害現場に誤認させるほうが安全です。ホワイトボードに書かれた文字を掌にこすりつけて、この場所以外考えられないようにした」

昨日午後の批評会で最後に役職の抽選をするために、紙を切って籤《くじ》代わりにした。その時使ったハサミがホワイトボードの隣にあるスチール製の収納棚の抽斗《ひきだし》に仕舞われている。あおも髪が切られているのを確認した直後、靴下の弛みを発見するまでは、抽斗のハサミで切られたものと決めつけていた。

「ですから……」

「解った！」

遮るようにももが突然声を上げた。

「解った！　犯人が解った！」

あおの推理はまだ続いているというのに、お構いなしにももは激しく主張し続ける。探偵としてのマナーがなっていない。

「ホントか、もも」

空が半信半疑の声を上げる。いや一信九疑だろう。ももを見る目が如実に物語っている。それでもまだ一割も信じているところが、妹への甘さか。彼女は探偵ではなくあおのワトソン役にしかなれないというのに。

「ハサミはこっちにもある」

ももは窓辺のテーブルに置かれている赤い柄の裁ちバサミを素手で持ち上げた。

このハサミは同じく昨日午後の批評会の早い時間に、ももが貰《もら》った冊子が乱丁で一ページだけ裏表を逆に綴《と》じられていたので、その場で切り貼りしたのだ。テーブル下の収納箱から取り出して使ったあと、そのまま置きっ放しにしてあった。

「色も赤いし、こっちの方が目立つでしょ。犯人はこのハサミを使ったんだ」

ふんと鼻息荒くあおを見つめる。なんとしてでもあおに先んじたいのが伝わってくる。

「でもそのハサミは、昨日ももが置いた場所と同じところにあるけど。犯人がハサミを使ったあとわざわざ元の位置に戻したとでも？」

「このハサミを使ったと思われたくなかったの。窓際に注意が向いてしまうから。それに少々切ったくらいなら警察に気づかれないと思ったんじゃない？　女子ならともかく男子は髪にはあまり頓着《とんちゃく》しないだろうし」

まるで犯人が男子だと決めつけた云い草だ。確かにバレー部の男子は短髪で、文芸部の男子は髪に無頓着な生徒が多い。ももの言葉にも一理はある。

「で、そのハサミが使われたとしたら犯人が解るというの？」

「そこそこ」とももは得意気に突きだした人差し指を何度も左右に振る。左右のリズムは複雑なシンコペーションを刻み、ビデオで繰り返し見ているだけあって、本当に名探偵かと錯覚するくらい堂に入っている。

「あおが指摘したように、わざわざ被害者の手をマーカーで汚してまで、現場をホワイトボードの前と思わせたかった。つまり犯人はこの窓辺が犯行現場と知られたくなかった。なぜか……」

ももはこれ見よがしに数秒の溜めをつくると、

「現場が窓辺だと判ると困る。つまり犯人は窓から入ってきたから！」

ももはクレセント錠を下ろし窓を開け、外に首を突き出した。そして建物の右隅を見ると、

「ほら、あそこに樋《とい》があるでしょ。犯人はあの樋を伝って外から三階まで上ってここから侵入してきたの」

「とんだ曲芸師ね」

「でも私はそれができる人を一人知ってる。小学校の時、ボルダリングのスクールに通っていて登るのが上手い子。バレー部の山出《やまで》さん」

真夏の太平洋《たいへいよう》でもこれ以上は輝かないと思われる晴れ晴れとした笑みを、ももは浮かべた。

山出さんというからには三年の男子だろうか。それとも意表を突いて女子部員だろうか。二年なら名前に覚えがあるだろうから一年か三年？　ともかくあおの脳内にはその名前はインプットされていない。理由は明白だ。なぜなら当時三階にいた容疑者の一人ではないから。つまり……。

「ダメダメ」

あおは大げさに溜息を吐いた。正直がっかりしていた。的外れすぎるのも、ワトソン役としては力不足だ。ワトソン役の推理には相応のポイントがある。ツボを外した推理では意味がない。これから愛の鞭《むち》でびしばし鍛え上げなければ。

「ちょっとは視野を広げた方がいいと思う」

あおはつと窓辺に近づくと真下を指差す。盛夏の陽光に炙《あぶ》られた練習用のグラウンドが広がっていた。

「今はみんな自室で待機しているけど、事件の前はグラウンドで自主練していた人もいた。西明寺さんも直前まで走っていた。そんな衆人環視の中、堂々とこの樋を伝って三階までくるとは思えないけど。それに窓のクレセント錠は閉められていたから、殺害後そのまま室内に残ったのは確実。でも、当時三階に居た中に山出さんは含まれていない」

「空いている部屋から同じ要領で抜け出したんじゃない？　残された中にいつも犯人がいるとは限らないでしょ。だからもうこんな図なんか必要ない」

ももは自分が描いた見取り図を、あおの前に放り投げる。

「山出英明《ひであき》の部屋は二階だから、下りたとすれば空き部屋を使ったことになるな。空き部屋には鍵《かぎ》がかかっていないから、できなくはないが……」

さすが刑事だけあって、名前も正確にインプットされているようだ。たしかにももが望むように、実務に長《た》けた空はワトソン役に適しているのかもしれない。だがあおはももが欲しいのだ。

「上るときもそうだけど、どこから下りようと人目につくよ。その山出さんに限らず、そんな危険を冒す理由がない。私たちがトイレの前で立ち話していたのも、私が白樫さんに見張りを頼んだのも、犯人にとっては想定外のことなんだし。まさか六人に絞られるとは考えてなかったはず」

「でも、絶対に窓から入ってきたんだって」

未練がましい口調。ももはまだ諦め切れていない様子だが、

「確かに夜中ならともかく、昼間に樋を伝って侵入するのは無謀に近いな」

空があおの味方についたので、悔しそうに兄とあおを交互に睨みつけていた。

「じゃあ」ももの声はかすれていた。本人も実感があったのか、「じゃあ」ともう一度繰り返す。「あおは誰が犯人だと思うの？」

まずい、涙目だ。すこし冷たく扱いすぎたかと、あおは後悔した。いざ推理のことになるとムキになってしまう自覚はある。目的はももを痛めつけることではない。ワトソン役へのソフトランディング。……しかし、実のところあおにとっては苦手な領域だ。だからこそもものようなワトソン役を必要としているのだが。

ともかくももはあとでいくらでも優しく慰めるとして、いまは探偵としての彼我の差を示した方がいいのかもしれない。それに拾い上げたももの見取り図のおかげで、推理

の道筋がなんとなく整理できた気がした。思わぬ副作用だ。

　これで犯人まで辿《たど》り着ける。

「まず、先ほどの話の続きですが、切られた髪が現場に残されていないことや靴下の件から、髪が切られた場所がここではないことが解ります。つまり殺害場所は別の場所だった。しかし犯人はここを殺害現場だと思わせたかった」

「殺害現場は別の部屋だというわけだな」

　拗ねてだんまりを決め込んだももではなく、空が尋ねる。ももに尋ねてほしかったが贅沢《ぜいたく》は云うまい。

　空は毛髪の分析を依頼した時点でその可能性も視野に入れていたのだろう。その表情に驚きは見られない。

「おそらく犯人の部屋でしょう。ハサミも部屋の備品か自身のものを使ったと思われます。先ほど云ったように、万が一髪が一本でも室内に残っていたら、犯人はお終いです。なので殺害現場はここだと思わせたかった。そこで重要なことが一つあります。となると、死体の置き場所にここを選んだ犯人はこのホワイトボードの脇の収納棚にハサミが入っていることを知っていたことになります」

「なるほど」と空が腕組みして頷く。「ここにハサミがあることを知らなければ、むしろ赤いハサミが目立つ窓際に死体を置いていたということか」

「そして私たちは、昨日の午後の批評会でこのハサミを使いました。バレー部のミーティングはずっと二階の西の大部屋で、この部屋に来たことはないはずです」

「つまり文芸部の人間が犯人だと」

犯人がももたちの身近な人間である可能性が濃厚になり、空の眉間《みけん》に深い縦皺《じわ》が刻まれる。

「正確には友生君以外の文芸部員です。友生君は遅刻して夕食後に現れましたから。つまり高山先輩と喰代先輩の二人に絞られることになります」

「でも友生君は夕食後に冊子を取りに行ってるから、その時偶然ハサミを発見していた可能性もあるけど」

ようやくももが口を開く。探偵ドラマ好きなだけあって、反発しながらもあおの推理に興味はあるようだ。

そうそう、ももはその調子で名探偵の推理を最も間近で聞く快感に目覚めてくれればいい。真相を真っ先に聞ける快楽から逃れられなくなればいい……あおは神様仏様法水《のりみず》様と強く祈りながら、おくびにも出さずももに探偵の顔を向けると、

「でも、もう一つの理由で友生君は犯人ではなくなる」

「もう一つの理由？」

「もし殺害現場が別の場所で、そこから死体を移動させなければならないとしたら、それは犯人の自室に間違いない。現場が西の大部屋や他の空き部屋だったなら、その場に放置しておけばいいわけで、あえてこの大部屋まで運ぶ危険を冒す理由がないから。た

ぶん西明寺さんは自主練を早めに切り上げ、犯人の部屋に向かった」

「それは理解できるんだが、友生が除外される理由とは何だい？」

　ももとの会話に割って入るように、空が急かす。そこであおは、つい刑事ではなくワトソン役に向かって熱く推理を披露していたことに気づき、まだまだ未熟だと反省した。

「それは部屋の位置です。先ほども云いましたが、日中に死体を引きずって廊下を通るというのはかなりのリスクです。また死亡推定時刻には私たちがずっと二階のトイレの前、つまり二階の階段の前で井戸端会議に興じていました。三階の扉が閉まる音が私たちに聞こえたくらいですから、逆に私たちの声も階段を通して三階の廊下まで届いていたでしょう。ではもし犯人が西側の部屋に泊まっていたのなら、下から声が聞こえてくる階段を越えて、東側の大部屋まで死体を運んでいけたでしょうか？　なぜ西の大部屋や他の空き部屋に放り込まずに、東側まで運んできたのか」

「でも、空き部屋は施錠されていると思い込んでいたのかも。私も今まで知らなかったし」

　見取り図を取り返したももがヒエログリフを解読するように顔をつきあわせながら反論する。ワトソン役に相応しいいい反論だ。あおは満悦至極の境地で、

「死体を運び出す前に、ももなら一応確認くらいしない？　それに仮に空き部屋の位置は覚えていなくても、西の大部屋も空いていたわけだし」

「……それは」

ももはリスのような可愛い顔で口籠もった。

「じゃあ、犯人は高山先輩だと？」

「さっきまでストーカー扱いしていたくせに不満そうね。喰代先輩も友生君も三〇七号室から向こうの西側の住人だから。東側の三〇一号室から三〇六号室までの部屋で、文芸部員は高山先輩しかいないの」

名探偵とはこういうもの……あおはももの脳髄に焼きつけ永久に魅了するつもりで、力強く宣言した。

　諦めてワトソン役になりなさい。

3

「でも……」

先ほどよりいっそう冷え切った室内に、か細いももの声が響く。

「やっぱり違うと思う」

それこそ自分がいま人殺しをしてきたかのような、思いつめた表情。

「往生際が悪いよ、もも」

「私は自分の直感を大事にしたい。閃《ひらめ》きこそ名探偵の全てだから」

なるほど探偵をまだ諦めきれていないわけか。当然だろう。ももはあおよりも早く、もう十年近く名探偵になりたいと願ってきたのだ。簡単に捨てられる夢ではない。逆にあっさり諦める程度なら、あおも失望していたかもしれない。

　でももも、いずれあなたはその夢を捨て私のワトソン役にならなければいけない。私がももに新たな夢を見させてあげる。

「お前は、まだ窓に拘るのか」

　すっかりあお説に傾いた空が、溜息まじりでももに声を掛ける。身体こそ微動だにしなかったが、心は一刻も早く高山を絞り上げに行きたいに違いない。きっと小さい頃からこうやってワガママに困惑させられていたんだろう、と想像できる光景だった。

「お兄ちゃんは黙ってて」

　ももはぴしゃりと撥《は》ねのけると、スカートの裾《すそ》が乱れるのも構わずパイプ椅子の上にあぐらをかき、首をぐるぐる回し始めた。ヨガというか修行というか。新たな教団でも開くつもりだろうか。

　ワトソン役が教祖なんて、斬新《ざんしん》だけどやめてほしい。ももが言葉巧みに壺《つぼ》を売り歩く姿なんてみたくもない。あおが窘めようと口を開きかけたとき、ももの首が九十度以上曲がり危うく頭と胴体が捻じ切れかけた。次の瞬間、

「解ったり！」

　ももが謎の奇声を発した。最初、とうとうネジが外れたのかとあおは焦ったが、ももは便秘が解消したようなけろっとした表情で、

「どうして私が死体が窓から移動させられたと直感したのか、私はそのどうしてがどうしてかようやく解った」

論理的思考ができない人間特有の曖昧《あいまい》で複雑な文法だ。下手くそな英訳みたいで苛つくが、可愛い。とはいえももはよほど嬉しいらしく、頭上に飛び出した電球のフィラメントが煌々《こうこう》と輝いているのが見てとれる。

「それでなにが解ったの？」

なんら期待のない平板な声であおが尋ねると、ももはにんまりとしながら、

「死体の向き……あおが死体が移動させられたと推理したとき、どうして窓からと思い込んだのか、その原因がようやく解ったの。ほら西明寺さんは入り口に頭を向けて倒れていたでしょ」

勢いのあまり前のめりになって、ももは説明し続ける。セーラー服から伸びたそこそこ日に焼けた両腕は、言葉を紡ぐ度に大仰に広げられていく。

「あおが云うように被害者の上半身を抱えて外から運んできたのなら、普通は足が戸口で頭は東側の窓の方を向いているはず。わざわざ身体をUターンさせる必要はないでしょ。だから西明寺さんは窓から移動させられたの」

一気にまくし立てると、どう私賢いでしょ、としたり顔で胸を張る。

「まさか……」

あおは混乱していた。目の前の世界がジグソーパズルのように粉々に崩れ落ち、再び

新たな姿に組み上がったような。

今までの人生の中で、二番目に混乱していたかもしれない。一番目は母親が星になったと聞かされたときだ。幼な心に死を意味する比喩だと正しく理解していた。

あおが混乱した理由。それはももの推理が正しかったからだ。

どうせももだから間違っていると端《はな》から決め込んでいた。ももの思いつきなど、名探偵の前座としてワトソン役が披露するのに等しい児戯と軽く見ていた。

しかし……頭がドアを向いていた理由が腑に落ちてしまったのだ。慌てて否定のロジックを紡ごうとしたが、出てこなかった。

確かにももの指摘通り、外から運んできたにしては死体の方向が不自然だ。掌をホワイトボードにつけるため再び抱きかかえたときに、向きが逆になった？　いや、脳内でシミュレートしてみたが無理がある。抱きかかえた胴体を軸に回転しようとすると、どうしても伸びた足が邪魔になる。その手間をかけてさえ、積極的に向きを変えなければならなかった理由が思いつかない。仮に二人で運んできたなら、方向転換も大した労力ではないのかもしれないが、今度は靴下のかかとの弛みが矛盾する。あれは一人で引きずったから生じた手がかりなのだ。

反論が袋小路に入ったところで、〝ももの推理だから否定する〟という根本的な誤りに改めて思い至る。探偵として見苦しいにもほどがある。非人情どころではない。論理の使徒としては正直に認めてしまうほうが……。

素直になるのを躊躇《ちゅうちょ》させているのは、ももへの対抗心ではなく、どうして自分は気づかなかったのだろうという衝撃だった。完全な見落としだ。

手がかりから死体の移動を推理した瞬間、本当の殺害現場はここではなく部屋の外から運ばれたと自動的に結論づけてしまった。探偵としてあるまじき予断、短慮、先入観。

まさか窓からわずか数メートルを移動させただけなんて。いや窓が施錠されていなければ、あるいはそれも考慮に入れていたかもしれない。一旦、可能性の領土に加えれば、死体の頭の位置の不自然さも意識に上る。……しかし、いやこの期に及んではただの醜悪な弁明、悪あがきだ。移動＝外部と思考が硬直していた自分よりも、ももの方が論理の組み立てを考えず直感的で、それゆえ柔軟なのかもしれない。自分の頭は固いのか。

それをこんな最悪な形で実証されるなんて。

何とか立て直さないと。とはいえ、死体の移動が室内で行われていたとしたら、今まで構築した推理が全てひっくり返ることになる。灰燼《かいじん》に帰してしまう。ももの兄は凡庸ではあるが一応刑事だ。刑事の前で謎解きに失敗したとあっては、名探偵として黒歴史もいいところだ。

静寂の中、あおは焦っていた。混沌が洩れ出てきそうな口を右手で覆い塞《ふさ》ぎ、左手でざわめく胸の鼓動を押さえつける。

「ねえ、どう？　私の推理」

ずっとこねくり回していた知恵の輪が外れたような満面の笑みで、ももが迫ってくる。

見透かされているのだろうか。ポーカーフェイスの下に隠されたあおの狼狽《ろうばい》を、野性の嗅覚《きゅうかく》で感じとったのだろうか。

ももをワトソン役に据えて、名探偵として縦横無尽に羽ばたく目標が……。今からでもむりやりももをワトソン役の型に嵌めて洗脳するか。

いや、抜本的な認識の改革が必要だ。

もものこの得意気な笑みは嫌いではない。何度見てもいいかなと感じている。

そもそも自分はももを手元に置きたいという願いと、ワトソン役が欲しいという願いの両方を叶《かな》える天啓としてももをワトソン役に据えようと考えた。どう見てももは探偵としての資質を欠いている。冷静さに、観察眼に、論理的思考、その他諸々。さながら百年間使い込んでぼろぼろになった木櫛《くし》の歯のようだ。

だがもしかすると、ももはあおとは違った意味で、探偵に相応しい能力を有しているのかもしれない。直感に優れた探偵。理が勝ちすぎる自分にはない閃きを持った探偵。思い返せば、ハンカチを早弁の中に隠すというアイディアは、閃きとしては悪くなかった。少なくともあおでは即座に出てこなかっただろう。ワトソン役ではなく、ライバルでもなく、探偵のパートナーとして自分を補完してくれれば。

それに名探偵を目指す限り、名探偵として共に活動する限り、ずっと一緒にいられる。でも、万が一ももが論理的思考を会得してしまったら、巣立ってしまうかも……。

「五十点」

あおは顔色一つ変えず嘘を吐いた。

「もう少し頑張ればいい線に行けたのに」

そして何気ないふりを装って空に向き直ると、

「今度こそ犯人が解りました。先ほどの推理は撤回します」

自分でも驚くほど潔く訂正した。空は突然の展開に、事態をまだ呑み込めていないらしい。ももの直感の正しさを理解できていないようだ。まだ高山が犯人だと思っていることだろう。

きっとももではここから先が導き出せない。ももにそこまでの論理的な頭脳はまだないはず。ここから先は私の役割。そしてももが私を必要とするようにしなければ。これからは、ももに私がいないと探偵として成立しないと思わせなければ。

二人で一人の探偵のパートナーとして、芭蕉好きのももにちなんで桃青コンビとして。

明日のエースは私たちだ。

力尽くでねじ伏せてワトソン役に据えようと考えていたさっきまでとは違って、受け身になるのが悔しくないといえば嘘になる。だがそんなこと、探偵としての未来に比べれば大事の前の小事。

あおは自家薬籠《やくろう》中の論理的思考で、即座に事件を再構成した。足場さえあれば、充分なパーツさえ揃えば、新たに組み上げることなど容易《たやす》いことだ。

「ももが見事に推理してみせたとおり、犯人は窓側から死体を運んできました。どうしてか?」

「窓辺で殺されたのを隠すためでしょ。やっぱり犯人は窓から」

先ほどの名推理を帳消しにするダメ推理。しかしこの二つの推理は、ももにとっては等価なのだろう。

「違う。ハサミを取りに行ったことを隠すため」

「ハサミを取りに?」

これは空。空気が変わったことを感じとったらしく、文字通り襟を正す仕草をして確認する。

「はい。掌のマーカーが被害者がもがいて遺したものであるなら、殺してから窓まで運んでいったことが目立ってしまいます。殺害時被害者の髪が犯人に絡まってしまった。そしてそれを切るために犯人は被害者をハサミのある窓辺まで運んでいき、また戻ってきた。そのために頭部が戸口を向いていたのです」

「じゃあ、犯人はホワイトボードと窓の間を、死体と一緒に往復したと」

さすが現職だけあって、ツボを押さえたいい質問だ。ももより遥かにワトソン役に相応しい。そうか、ももがいれば必然的に兄の空もついてくる。また空の関心を自分に集めれば、ブラコンのももは対抗し離れたがらなくなるはず。虻《あぶ》と蜂を一気に捕獲できる。

「そうなります。逆にいえば被害者がホワイトボードに触れ掌にマーカーがついてしまったために、犯人が窓辺を現場と擬装することができず、わざわざ引き返すことになった。これから二つのことが解ります。一つは犯人は収納棚のハサミの存在を知らなかったこと。なのでとっさに室内を見回して目についた窓辺のハサミを取りに行った」

「じゃあ、犯人はバレー部の界外さんか蓮池さん？」

紆《う》余《よ》曲折を経て折り皺だらけになった見取り図を確認しながら、ももが尋ねる。

「現場が犯人の部屋でない以上、さっきの部屋の配置の推理は忘れて」

「つまりバレー部全員が容疑者なわけか。さっきと逆だな」

疲労気味に空が呟くが、

「それに遅刻した友生君」

あおは冷静に追加した。

「そしてもう一つは、西明寺さんの髪は犯人の所持品とかではなく犯人自身に絡みついたこと。例えばカバンや時計、メガネなら、死体を残して犯人だけが窓辺にハサミを取りに行けばいいわけです。いくら近眼でもハサミを取るくらいなら裸眼でできます。ですからわざわざ死体を移動させる必要はありません」

「なるほど。で、それで何が解るの？」

「バレー部員はみな体操服だった。唯一引っかかるとすれば女子のピアスですが、校則違反の上、たとえこっそりピアス孔を穿《あ》けていたとしても、合宿中にわざわざピアスをつけるなんて、命がいくつあっても足りません。つまりバレー部員には髪が引っかかる箇所がない。逆に絞殺時に髪が絡むとすれば、カッターシャツのボタンかセーラー服のファスナーですが、一人を除いて文芸部員は収納棚にハサミがあることを知っています」

「……友生君が」

ももが声を震わせる。

「男の浅慮で、長髪を数本切った程度は見逃されると考えたかもしれません。おそらく事件当時、友生君は何か用事があって大部屋に入ったのでしょう。もしかするともともと同様に冊子に乱丁があったのかも。そして窓辺に立っていた友生君をグラウンドから目撃した西明寺さんが慌てて大部屋に向かった。それこそ痴情のもつれの可能性も高いです。友生君のカッターシャツのボタンや付け糸を調べれば、ランニング直後の西明寺さんの汗が染みこんでいるのが発見できるかもしれません」

今度こそ間違いないはずだ。ももの助力を得て正解に辿り着けたはずだ。云うなれば二人で初めての共同作業。推理入刀。

「私にできるのはここまでです。あとはお兄さんにお願いします」

ももに見せつけるように、再びあおは高らかに宣言した。

「……友生君が」

再び呟いたももは、複雑な瞳であおを見つめている。もしかして友生を、と危惧した。しかし探偵としての力量の差を見せつけられ、落胆しているだけのようだ。

何とか手をさし伸べたい。繋ぎ止めたい。

「でも、もも」

あおはももの両手を握った。そして顔を近づけももを見つめる。あおがこんなに間近で他人の目を覗き込むのは初めてだった。

「五十点だけど、前に比べたらずいぶん成長してる。だからワトソン役への降格はなし。でもひどければいつでも降格させる……」

あおが最後まで云いきる前に、まるでモーフィングのようにももに笑顔が戻るのが見てとれた。同時に握った掌も熱くなる。ももは負けん気が強い。それに前向きだ。心を折らない程度に挑発し突き放すのが有効なのかもしれない。

「つぎはあおに追いつく。そしていつかあおをワトソン役にするんだから」

熱を帯びた手でぎゅっと握り返し、潤んだ瞳でももは宣言した。

そうそう、その調子。そうだ、ももは形から入るタイプだから、閃いたあとに一句詠ませたほうが伸びるかも。解ったり、という謎のフレーズはとりあえずそのままにしておこう。

あおの空虚な胸はいつしかブルーオーシャンに充たされていた。豊饒《ほうじょう》な海の向こうにはやがて新世界が観測できるはず。でもそのためには、ももに失望されないように前を歩き続けなければならない。

あおは長い間、世界は観察する者と観察される者、つまり探偵と群衆の二つに分かれているものと思い込んでいた。それがひと月前、世界は探偵と群衆とワトソン役の三つに分類できることを知った。

そして今、世界は自分ともともと群衆とワトソン役の四分割の様相を呈し始めている。だが果たして世界はそこで胎動を停止するのか。いったい世界はいくつに分割できるのだろう。まるで受精した卵子の成長を目にしているかのようだ。

深淵《しんえん》に無限に開いた合わせ鏡の奥の真理を探すかのように、あおはももの安らかな瞳を、そこに映るあおの瞳に映るももの瞳を、いつまでも見つめていた。

解説　麻耶雄嵩からの挑戦状

有栖《ありす》川《がわ》有栖《ありす》

麻耶雄嵩《まやゆたか》は『翼ある闇』（一九九一年）でデビューして以来、本格ミステリの可能性を探求するがごとき尖《とが》った作品を発表し続けてきた。あくまでもロジカルという姿勢を貫きつつ、本格ミステリという様式が「ああ、それは想定しておりませんでした」と動揺し、ギリギリと軋《きし》むような独特の作風を確立させ、その果敢な挑戦はなおも継続している。

よくあんなことを考えつくものだ。

よくあんなふうに書けるものだ。

と、私は二重に驚かされてきた。前者については、そんな頭脳を持っているからだ、と言うしかないとして、後者も只事《ただごと》ではない。謎とは、探偵とは、捜査とは、推理とは、伏線とは、手掛かりとは、解決とは等々、麻耶ミステリは隅々にまで本格ミステリへの批評精神が及んでおり、常に一筋縄ではいかない。

その分だけ読み解く面白さがあるわけだが、読者をよほど信じなくてはできない筆法だ。「読者は理解してくれるでしょう。謎を追うのに夢中で読み飛ばしたとしても、何か感じてもらえるはず」ということなのか。破格の作家ならではの創作姿勢だ。

そういう尖り方、前衛性をもって一部の好事家《こうずか》的なマニアに歓迎されるだけではなく、キャラクターの造形や魅力的な歪《ゆが》みを持った舞台・世界観の力もあって、非マニアを引き付ける点もまた破格の存在と言うしかない。

さて、本書『友達以上探偵未満』はというと――主人公は女子高生コンビで、筆致はいつもよりもライト。ボリューム的にもコンパクトだし、麻耶雄嵩への入門書としてふさわしいかもしれない。舞台となっている忍者と芭蕉《ばしょう》の里・上野《うえの》市（現・伊賀《いが》市）は、作者の郷里でもある。伸びやかで楽しい印象（殺人事件が次々に起きるけれど）を受けるのは、そのせいもあるのかもしれない。

筆致がライトといっても本格ミステリとしての中身はマニアも唸《うな》らせるほどこってり濃厚で、最後まで読めば名探偵とその相棒のいわゆるワトソン役についての存在論が浮上するあたり、麻耶ミステリらしさが横溢《おういつ》である。

いつもと少しばかり手触りが違うのは、本作の成り立ちが関係しているのだろう。

冒頭の「伊賀の里殺人事件」は、二〇一四年九月にＮＨＫ　ＢＳプレミアムで放送された推理番組『謎解きＬＩＶＥ』第二弾のために書いた犯人当てドラマの原案「忍びの里殺人事件」を小説化したものだ。綾辻行人《あやつじゆきと》らスタジオのゲスト解答者がドラマの問題編を観ながら真相を推理し、視聴者もウェブサイトなどから参加できるという趣向の番組で、女子高生コンビの起用はプロデューサーの発案だったという。

はっきり言って、そんな番組のために犯人当てドラマの原案を提供するというのは、最高にハードルが高い。一斉に謎に挑んでくる恐ろしい数の視聴者を出し抜いた上、解決編で「ああ、そう考えたら解けるのか！」と感嘆させなくてはならないのだから、これはもう至難の上にも至難のミッションだ。スタジオには解答者として京都大学推理小説研究会の大先輩がいたわけだし、相当なプレッシャーがあったはずなのに——出来映えの見事さは、お読みになったとおり。

　ちなみに、麻耶雄嵩×綾辻行人の勝負は出題者に軍配が上がったものの、解答者も善戦した——のだが、後日、綾辻さんは「やられた。あれはトラウマ作品だ」と筆者に語っていた。馴《な》れ合《あ》いなしの真剣勝負だったのですね。

　そんな「忍びの里殺人事件」を小説化するにあたり、互いに補完し合う探偵・伊賀《いが》もと上野《うえの》あおの桃青コンビを創り、さらに「夢うつつ殺人事件」と「夏の合宿殺人事件」を加えてできたのが『友達以上探偵未満』。最高にハードルが高い仕事をこなした後、同じ高さのハードルを二つ、自分で用意して跳んだわけだ。

　互いに補完し合う探偵コンビのユニークさについて論じる紙幅がないので、以下は犯人当てというテーマに絞って書こう。

「この小説は犯人当てになっています。次へ進む前に、しばし立ち止まり誰が犯人かを考えてみてはいかがでしょうか？　一句詠むだけでも構いません」と作者は三回も私たちを誘ってくれている。本書は麻耶雄嵩からの挑戦状なのだから、お誘いに乗ってゲームに興じない手はない。

大多数の挑戦者をいっぺんに相手にした「伊賀の里殺人事件」に特に顕著なのだが、これは単に色々な要素が入っているから頭が混乱して解きにくい、という問題ではなく、突然の雨というハプニングや見立て殺人らしき状況に作者が持たせようとした意味を見抜かなくては解けない。「証言に嘘が混じっていたから」「犯人しか知らない事実を知っていたから」という理由で尻尾《しっぽ》が摑《つか》めるようなものではなく、犯人当てのセンスが試される秀逸な問題である。この難問をテレビ番組の収録で解いてみろと言われたら、私などパニックに陥りそうだ。

秀逸な問題であるのは「夢うつつ殺人事件」も然《しか》り。加えて、この作品は真相が明らかになった時に脳内で再現される情景が忘れがたい。まるで遠い昔に見た夢と今朝の夢の辻褄《つじつま》がカチリと合ったような不思議な感触を覚えた。

桃青コンビ誕生の瞬間に遡《さかのぼ》った「夏の合宿殺人事件」の推理も切れ味が鋭く、読者の意表を突く。何が謎であるかを正しく見極めさえすれば解けるシンプルな問題なのに、私たちはそれを見落としてしまう。「こう書けば見落とす」ということを作者は知っている。かなわない。

三本勝負のうち一つでも取れた方は、名探偵の素養がある。いかがでしたか？

私は……正直に言うと、早く真相が読みたくて、あまり考えないままページをめくってしまったので、反省しながらちょっとネオ芭蕉風に一句だけ詠みます。

「夜なべして論理しみいる麻耶雄嵩」（夜なべ＝秋の季語）

本書は、二〇一八年三月に小社より刊行された
単行本を加筆修正の上、文庫化したものです。

友《とも》達《だち》以《い》上《じよう》探《たん》偵《てい》未《み》満《まん》

麻《ま》耶《や》雄《ゆ》嵩《たか》

令和２年 11月25日　初版発行
令和６年 10月30日　再版発行

発行者●山下直久

発行●株式会社KADOKAWA
〒102-8177　東京都千代田区富士見2-13-3
電話　0570-002-301（ナビダイヤル）

角川文庫 22418

印刷所●株式会社KADOKAWA
製本所●株式会社KADOKAWA

表紙画●和田三造

●お問い合わせ
https://www.kadokawa.co.jp/（「お問い合わせ」へお進みください）
※内容によっては、お答えできない場合があります。
※サポートは日本国内のみとさせていただきます。
※Japanese text only

ISBN 978-4-04-110845-1　C0193

角川文庫発刊に際して

角川源義

第二次世界大戦の敗北は、軍事力の敗北であった以上に、私たちの若い文化力の敗退であった。私たちの文化が戦争に対して如何に無力であり、単なるあだ花に過ぎなかったかを、私たちは身を以て体験し痛感した。西洋近代文化の摂取にとって、明治以後八十年の歳月は決して短かすぎたとは言えない。にもかかわらず、近代文化の伝統を確立し、自由な批判と柔軟な良識に富む文化層として自らを形成することに私たちは失敗して来た。そしてこれは、各層への文化の普及滲透を任務とする出版人の責任でもあった。

一九四五年以来、私たちは再び振出しに戻り、第一歩から踏み出すことを余儀なくされた。これは大きな不幸ではあるが、反面、これまでの混沌・未熟・歪曲の中にあった我が国の文化に秩序と確たる基礎を齎らすためには絶好の機会でもある。角川書店は、このような祖国の文化的危機にあたり、微力をも顧みず再建の礎石たるべき抱負と決意とをもって出発したが、ここに創立以来の念願を果すべく角川文庫を発刊する。これまで刊行されたあらゆる全集叢書文庫類の長所と短所とを検討し、古今東西の不朽の典籍を、良心的編集のもとに、廉価に、そして書架にふさわしい美本として、多くのひとびとに提供しようとする。しかし私たちは徒らに百科全書的な知識のジレッタントを作ることを目的とせず、あくまで祖国の文化に秩序と再建への道を示し、この文庫を角川書店の栄ある事業として、今後永久に継続発展せしめ、学芸と教養との殿堂として大成せんことを期したい。多くの読書子の愛情ある忠言と支持とによって、この希望と抱負とを完遂せしめられんことを願う。

一九四九年五月三日

角川文庫ベストセラー

怪しい店　有栖川有栖

誰にも言えない悩みをただ聴いてくれる不思議なお店〈みみや〉。その女性店主が殺された。臨床犯罪学者・火村英生と推理作家・有栖川有栖が謎に挑む表題作「怪しい店」ほか、お店が舞台の本格ミステリ作品集。

狩人の悪夢　有栖川有栖

ミステリ作家の有栖川有栖は、今をときめくホラー作家、白布施と対談することに。「眠ると必ず悪夢を見る」という部屋のある、白布施の家に行くことになったアリスだが、殺人事件に巻き込まれてしまい……。

濱地健三郎の霊《くしび》なる事件簿　有栖川有栖

心霊探偵・濱地健三郎には鋭い推理力と幽霊を視る能力がある。事件の被疑者が同じ時刻に違う場所にいた謎、ホラー作家のもとを訪れる幽霊の謎、突然態度が豹変した恋人の謎……ミステリと怪異の驚異の融合！

霧越邸殺人事件〈完全改訂版〉（上）（下）　綾辻行人

信州の山中に建つ謎の洋館「霧越邸」。訪れた劇団「暗色天幕」の一行を迎える怪しい住人たち。邸内で発生する不可思議な現象の数々…。閉ざされた〝吹雪の山荘〟でやがて、美しき連続殺人劇の幕が上がる！

深泥丘《みどろがおか》奇談《きだん》　綾辻行人

ミステリ作家の「私」が住む〝もうひとつの京都〟。その裏側に潜む秘密めいたものたち。古い病室の壁に、長びく雨の日に、送り火の夜に……魅惑的な怪異の数々が日常を侵蝕し、見慣れた風景を一変させる。

角川文庫ベストセラー

深泥丘《みどろがおか》奇《き》談《だん》・続《ぞく》　綾辻行人

激しい眩暈が古都に蠢くモノたちとの邂逅へ作家を誘う。廃神社に響く〝鈴〟、閏年に狂い咲く〝桜〟、神社で起きた〝死体切断事件〟。ミステリ作家の「私」が遭遇する怪異は、読む者の現実を揺さぶる――。

深泥丘《みどろがおか》奇《き》談《だん》・続々《ぞくぞく》　綾辻行人

ありうべからざるもうひとつの京都に住まうミステリ作家が遭遇する怪異の数々。濃霧の夜道で、祭礼に賑わう神社で、深夜のホテルのプールで。恐怖と忘却を繰り返しの果てに、何が「私」を待ち受けるのか――!?

ガラス張りの誘拐　歌野晶午

警察をてこずらせ、世間を恐怖に陥れた連続少女誘拐殺人事件。犯人と思われる男が自殺し、事件は解決したかに見えた。だが事件は終わっておらず、刑事の娘が誘拐されてしまった！　驚天動地の誘拐ミステリ。

さらわれたい女　歌野晶午

「私を誘拐してください」。借金だらけの便利屋を訪れた美しい人妻。報酬は百万円。夫の愛を確かめるための狂言誘拐はシナリオ通りに進むが、身を隠していた女が殺されているのを見つけて……。

ジェシカが駆け抜けた七年間について　歌野晶午

カントクに選手生命を台無しにされたと、失意のうちに自殺したマラソンランナーのアユミ。同じクラブ・チームのジェシカは自分のことのように胸を痛めて泣いた。それから七年後。新たな事件が起こり……。